三国·荆州

朱苏进 作品

江苏凤凰文艺出版社
JIANGSU PHOENIX LITERATURE AND ART PUBLISHING, LTD

图书在版编目（CIP）数据

三国 • 荆州 / 朱苏进著. — 南京：江苏凤凰文艺出版社，2018.9
ISBN 978-7-5594-2728-1

Ⅰ. ①三… Ⅱ. ①朱… Ⅲ. ①散文集－中国－当代
Ⅳ. ① I267

中国版本图书馆 CIP 数据核字（2018）第 185628 号

书　　名　三国 • 荆州

著　　者　朱苏进
责任编辑　黄孝阳　孙建兵
出版发行　江苏凤凰文艺出版社
出版社地址　南京市中央路 165 号，邮编：210009
出版社网址　http：//www.jswenyi.com
印　　刷　三河市华东印刷有限公司
开　　本　718 × 1000 毫米　1/16
印　　张　16.25
字　　数　260 千字
版　　次　2018 年 9 月第 1 版　　2020 年 1 月第 2 次印刷
标准书号　ISBN 978-7-5594-2728-1
定　　价　45.00 元

目　录

第一辑　天圆地方

第二辑　三国荆州

第一辑

天圆地方

最优美的最危险

最危险的东西往往最优美，最优美的东西往往也最危险。危险与优美，互相暗藏着对方，如同一柄剑的双刃。当两者都相当杰出的时候，就产生如下一些现象：毒蕈；钻石；银环蛇；金钱豹；凯撒大帝；埃及女王克里奥佩特拉……

“美”与“险”凝成的结晶——事物，或者人物，或者景观，都具备既迷人又骇人的双重魅力，它令人类心惊胆寒同时又万世追逐不息。而且，越是有质量的人——英雄霸主们，越是追求美境与险境，甚至帝王大业即是美，帝王大业即是险。对于庸常境界他们不屑一顾只稍以利用而已，连他们本人都是美与险的产物，他们再造江山的同时不惜让人血流成河，当然为了那美境与险境他们自己也不惜殉命。即使是寻常百姓，也略爱些美与险，只不过没那么极端罢了。比如登高望远，吃吃河豚，隔着网绳看看猛虎与拳击，或者让武侠小说与警匪片把自己带进幻觉……这些，都说明美境与险境的种子暗藏在人心里。说得绝对一点，吗啡与可卡因也是一种美与险的结晶，它能提供奇妙致命的美感，为了那美感人们才不惜送命。很怀疑人类能否消除毒品，因为毒品与人类性灵暗通。即使消除了它，人类也会再创造出一种致幻物来调剂精神。生命一旦诞生，就奔着美与险那路子去了。理智挡不住生命，生命大于理智。正如你的直觉永远强如你的苦思冥想。

世上什么事物最优美也最危险呢？

在精神方面，是思想，或者幻想；

在物质方面，是兵器，或者由一柄弯弯的匕首所代表着的那种品格。匕首是世上最简单的兵器，简单的东西最富于代表性。

第一颗原子弹爆炸时，严谨的科学家竟用诗般的语言报告：比一千个太阳还要亮！……那颗优美的火球将科学家的数据逼成了诗，多么幸福的不幸。除那句诗外，他将无语说出爆炸的真实感受。迪斯科舞厅里激光束闪动着，它是光的极致，宛如漂亮水晶划空而过，把舞厅变成跳动的梦幻。那激光，实质上与致死力极强的粒子束武器同理。人们发明它，首先是为战争需要，后来顺手把最差最小的激光束掷给了舞厅。在舞曲中，我们已认不出它原先是一件武器。

假如你按动火炮的炮栓，上百公斤重的金属体竟如羽毛般轻轻的滑开，发出开香槟酒盖子似的声响。阳光从炮膛里放进来，无数条膛线旋转着奔向太阳，那优美的律动仿佛把你拽向太阳。风从炮口处撞过，碰出洞箫般低鸣，这时你会觉得深深的炮膛里不再是空的，它充溢某种欲望，渴望发射的欲望，它美得令人恐怖。巨大的弹丸就竖在炮座边，腰缠金黄色弹带，形体如同一颗倒置的雨滴那样可爱，内装浓缩烈性炸药。弹群们从天空飞过时，切开的气流发出画眉鸟一样动听的鸣啭，声声轻灵娇嫩，撒娇似的偎进你耳里——死亡！假如把弹丸划空而过的声音关进鸟笼，人们就会把它当做珍禽鸣叫。谁会想到，死神与小鸟，就声音而言一样美妙。所以说无知接近于幸福，而大智大慧却成了既无痛苦也无幸福的菩萨。让我们顺着膛线朝前伸展——它的意旨是无限的。每一根炮管都沿伸出一条弹道，势若撞出天外。通常我们看不见弹道，弹丸的速率是300m/秒至2000m/秒，这么快的速度超出我们可视极限。但我们可以把它画成图谱，这时可以看出弹道是一条彩虹状曲线，即：抛物线。当炮管抬升到最大射程的仰角时，通常是45°角左右，弹道竟然弯曲成一种哲学：

它上升上升……接近峰顶时速度变慢，到达顶峰那个瞬间，弹丸竟然在空中停定片刻，是的，它完全不动。这时候，它的上升力恰好被重量抵消，它的前进力恰好被阻力抵消，飞行的弹丸在瞬间成为恒星，这片刻它无比辉煌。之后，它开始下落，弯曲着回到地面。这就是一条弹道的全过程，它像不像人生道路？而它在最高处停止着的那个瞬间，于弹道全段中恰是黄金分割率所在：0.618！假如你正在看电视，荧屏的高与宽的比便恰好是黄金分割率的近似值。假如你能活七十岁——人类平均寿命，黄金分割率所在又正好是四十余岁——人生巅峰期。从古希腊到今天，人们都认为黄金分割率在造型艺术中有极高的美学价值。今天对于它的评价已不止是美学领域了。弹道，这一单纯的线条究竟暗示着什么，又暗藏着什么？

古时候，铸造火炮和铸造铜钟是同一种匠人。钟和炮其实是双胞胎，放炮与敲钟都声震寰宇，在人们心目中，这两者都宛如天意。匠人们先把熔化的铜汁浇进黏土模子里，待冷却后，敲碎模子取出这实心的炮管铸件，反反复复地用重锤敲，再用长杆套上钻头镗孔，钻头依靠水轮带动，钻杆只一头有固定支架，只要镗孔镗歪了，这门炮便报废。镗出炮膛之后，再试炮，一次次射击，逐步增加装药和弹丸，直到最后，炮管里一半都塞满了火药与铅弹，火炮才算试射合格。那时候每一门炮都至少需要一个模子，每门炮都是一件单独的手工艺术品，世上绝不会有彼此同样的炮。因此人们才在炮身上雕上“天字大将军壹号重壹万零伍佰斤整”，“天字大将军贰号重玖仟玖佰玖拾玖斤半”……天字大将军某号，是火炮的名字，也是炮队的名字。古时候的炮兵是最勇敢的士兵，因为他们常常要死于膛炸，差不多每三门炮就有一门要在激战中发生膛炸，炮手们死于自己所热爱的武器，竟比死于敌手的还多。那真是个粗糙而伟大的兵器时代。今天的兵器和当年相比，很像是一台玲珑电脑站在巨大恐龙骨架面前。你无法判断谁更伟大。你如肯定其中一个，等于亵渎另一个。但如果讲美感，毫无疑问，恐龙骨架肯定比那只方方正正的魔盒子更美。如果讲战争体验，越原始的兵器，就越有杀戮快感。现代兵器已浓缩为一台电子操纵器，战场已浓缩成一只荧屏，直到战争打完了，那纤尘不染的战士还没看见过敌手，更没有马蹄击溅、金属碰撞之类的生命感。

苏联军官维克多投奔西方后，写过一本书《铁幕后的苏军》，书中述说了一个具有深刻意义的事实：兵器越简单越好（其实，这跟西方智囊团崇信的“小的是美丽的”同理）。他回答询问“为什么苏联不生产先进的自行火炮，而喜欢落后的牵引式火炮”时说：苏联有的是先进的自行火炮（即，外观像坦克的机动火炮），但我们更热爱简单的牵引式火炮……

只有适合于你的你才可能热爱，这是无数生命淘汰出的真理。比方说追击炮就属于最简单的，只需一个炮管，剩下的全都可以省略掉，却照样是一门炮，再聪明的人也不可能设计出更简单的东西了。1942 年，德军打到莫斯科城下，苏联崩溃在即，全世界都注视着苏联兵工厂能开出多少辆坦克——当时战场上决定胜负的兵器，然而传送带上却不引人注目地滑出了无数迫击炮。火炮和弹丸甚至来不及喷漆就拉上战场。指挥员得不到其他重装备，迫击炮却拯救了苏联。二战中，苏联人生产了 34 万门牵引式迫击炮，比其他交战国所有的迫击炮总数还要多。它简单可靠火力猛烈，几乎无故障——简直没有什么部件可供它损坏。先进的兵器损坏一个电子装置就全完了，迫击炮不会，它太忠实于主人了。虽然射击精度稍差，但弹丸重，其火力强度能补偿精度不足还有富余。它的弹丸是铸铁而不是合金钢，这使它既便宜又能分裂出更多弹片，只要打进人体内，不论铁片或钢片都同样致命。简单的迫击炮更符合士兵文化素质，它是他们的情人，他们看不见大后方战略，看不见先进的武器，只看见迫击炮管可靠地偎在自己怀里。迫击炮群发射时掀起巨大火焰、声响、尘土、风速……哦，它不仅是炮群还是一大片上帝，仿佛大群狼犬为你扑跃吠叫，仿佛是士兵自己扑跃吠叫。火光与声响，才是战争的旗帜。胆量是战斗力中最不可测的部分，迫击炮便是你的胆！反过来，我的火光与声响对你却是魔鬼，是压迫。你在肉体尚未给弹片击中的时候，灵魂已被那声势钉住了。

这事实启示了西方人，战后美英法都加大迫击炮拥有量并且改进性能，增加了膛线，将射击精度提高一倍，还生产出大量的自行式迫击炮。苏联不干，他们执着地固守自己的真理，像农民固守锄头。制造一门线膛炮的费用是滑膛炮的10倍，而作战效能只提高一倍；制造一门自行火炮的费用是牵引式火炮的10倍，而作战效能只提高三倍。如果代价大了10倍而收益只大了一倍或三倍，他们就认为那是一件拙劣的武器。

事情至此并没有完，其中暗藏着更加骇人的内容：当敌人装甲集群包围上来时，自行式火炮因其机动性能好，炮手们便有了两个选择，战斗或者逃生。但是牵引式火炮尤其是迫击炮机动性差，炮手们便落入绝境，他们只有一个选择：战死。

战场定律之一：最大的战斗力产生于兄弟阵亡之后。

战场定律之二：怯懦者在绝境中会变得勇敢，而勇敢者在绝境中会变得疯狂。身陷死地，将逼迫人爆发出动物性本能。人的潜在力量原本就是无穷无尽的，只是没得到证实罢了。所以，你认为你能干多少，你就能干多少。你完全不知道你能干多少时，你往往能干得最多。

炮手们当然不会知道，眼前这绝境战前就被决策者们设计好了，他们眼前只有敌人，他们认为这一切都是敌人造成的，他们只能将临终仇恨全部喷泄到敌人头上，他们在那特定的时刻，已不再是为胜利为祖国为生存而战，而纯粹地彻底地为战斗而战。他们生命之火进入白炽色，体内细胞呈挥发状态，拿音乐来讲他们进入了华彩段，不是奏音乐而是音乐奏他们。人的极限究竟在哪里？美就在那里进入巅峰。二战中的库尔斯克战役，小小的苏军反坦克部队，凭借牵引式火炮阻止了德军上千辆坦克集群，不乏炮手抱着弹丸撞向坦克的、无效的纯拼命行为。他们胜利了。当然，火炮和炮手们几乎全被履带碾碎了。我无从猜想，烈士们身随弹碎时最后一个念头是什么。我知道，他们再现着古代炮手们死于膛炸的意境。

我想起斯大林一句名言：死一个人，我们会感到十分痛苦；死一万个人，就只是一个统计数字了……你得承认，他说得无比残酷又非常深刻，差不多是优美的概括了。斯大林经常有一些绝境中的思想，他的胜利建筑在统计学基础上。简单地讲：你有一个士兵，我有三个士兵，那么我终究会战胜你；你的国家能够付出5000万条生命但你的国家只有5000万条生命，我的国家虽然付出了一亿条生命但我的国家拥有两亿条生命，因此你100%地亡国了而我只50%亡国，因此最终胜利者肯定是我的国家而不是你的国家……你又得承认，斯大林的取胜之道犹如老农般可靠。蚁群会噬尽大象，人海将淹没武器的高山。

世界上两大武器系统：美制与苏制。

苏联人制造的所有兵器：坦克、飞机、军舰、潜艇……都含有追击炮的特征，简单，实用，火力强大，笨拙而造价低，乘员不舒适。这些特征，曾被西方嘲笑，而后来却令他们尊重，因为苏军就靠这些武器赢得了战争。实际上，凡是苏联的工业产品几乎都带有迫击炮的特征，他们生产的冰箱、机床、彩电、汽车……都那么结实厚重。可见战争在继续教导他们如何生活。

看一眼德苏战争的军用地图吧。希特勒进行的战争是非正义的侵略性的，可他们创造的闪击战略却多么优美：犹如一道闪电洞穿天穹，分离出每一个箭头都尖锐泼辣，痛快淋漓，符合兵器精神。这一道闪电击溃了整个欧洲，击溃了全世界传统军事思想，开创了军事史上新时代。斯大林进行的战争当然是正义的、卫国性质的，可是他所采取的战略、尤其是早期战略却多么丑陋：梯次防御，逐步增援，涣散而无重心，地图上一道道粗重图标七零八落……不仅德苏战争，整个战争史里都暗藏着一个更痛楚的事实：从纯粹军事艺术角度来讲，划时代的军事思想军事战略，大多是由侵略者那一方创造的，而由被侵略那一方消化吸收，最终击败侵略者。凯撒，拿破仑，希特勒，都是非正义的战争大师兼卓越的军事艺术开创者！我们最终消灭了他们，然而我们常常是用10倍的血肉才能埋没掉他们那一份。

剩下的那9倍血肉，是我们为他们军事艺术而付的代价。之后，我们还得继承他们的军事思想军事艺术，犹如他们活在我们体内，活在我们兵器上。

在道德领域，美的可能是“善”的。

在军事领域，美的却是“恶”的，极尽风流的总是优美的“恶”。

我们再来谈谈枪。和巨型兵器相比，轻武器——枪，尤其是手枪，更像人的一个器官，像人肢体的延伸。假如一门火炮需要七个炮手操纵，那么每一个炮手都只是七分之一个战斗力，少了任何一个“七分之一”，火炮将降至为零。但是枪手们，每个人都是一个单独的战斗力。枪的威力小于炮，枪手的自由程度却远远大于炮手。从这方面讲，枪更接近于人的本性。世上最大的兵器——原子弹，也是最没有自由的兵器，使用它要经过总统甚至是某个国际联盟的同意。枪是每个士兵都可以任意使用的自由兵器，你爱打多少就能打多少，爱怎么打就怎么打好了。全世界为制造原子弹和防卫原子弹，花费了兵器史上最大量的金钱，可是自从它诞生以来只有过两次实战表演：广岛与长崎。而枪，仅在本世纪以来就有过多少次实战表演呢？人类拥有着并且拥有过多少支枪呢？绝对是一个天文数字！所以，理论上最可怕的是热核武器，而实际生活中最可怕的却是普普通通的枪。

世上最著名的轻武器当属苏制AK47步枪，也即我国军队最常见的冲锋枪，它性能优良，原型与仿型在世界各国繁衍，先后生产了约5000万支。它诞生于二次大战，到今天半个多世纪，却仍没被淘汰，反而形成了一个宏大的AK型枪族。就算它每5支杀伤过一个生命吧，也有1000万条人命。我们还没有算进AK枪族的其它兄弟。核武器两次实战爆炸，只夺去20万条生命，和AK枪族的战功相比简直微小到可以忽略不计。AK枪族设计者卡波什尼科夫是森林工人的儿子，毕生不是科学天才而是实用工匠，这种级别的才华刚好可配得上枪。他的创造物给世界带来的创伤无人可比——当然他是无辜的。但是，鉴于卡波什尼科夫的创造，斯大林授予他一个奇怪的荣誉：社会主义劳动英雄。这就幽默了。

美国被AK枪族挖苦过不止一次。美国的M型枪族（M1，M14，M16）都是被卡波什尼科夫逼出来的，至今为止，M枪族的战场表现仍稍逊AK47。前些年，美国加州疯子珀迪持一支自动步枪冲进托克顿学校，对着小学生胡乱开枪，两分钟射出100发子弹，打死5人伤30余人，最后朝自己开了一枪。没多久，欣克利为取悦女影星行刺里根总统，里根身中两弹。作为

“全美枪支协会”会员的里根，被刺后威望更高了。他声明：危险不来自枪，武器不杀人，人才杀人。任何美国人都有持枪的权利（不怕民众持枪，反证了自己强大）。他否决议会控制枪械案，欣克利被判无罪，入院治疗……事后，枪械商店被抢购一空。一首老歌重新流行全国:《幸福是一支温暖的枪》。珀迪所持自动步枪，就是 AK47。作为世界上头号军火大国，AK47 如此得宠，不能不是个挖苦。顺便提一句：美国 2.1 亿人口，竟拥有 1.4 亿民间枪支，还不算武装部队所装备的正规武器。这只能说明，枪是人类的宠物，无数人爱着它。1.4 亿支枪，意味着 1.4 亿种诱惑，1.4 亿个潜在的微型战争。

一个人应当充满性感，一支好枪肯定充满枪感。任何兵器，大至“星球大战太空武器系统”，小至女士防身用的袖珍手枪，只要它是卓越的肯定就是一件艺术品。北京国际射击场展室陈列着许多精致枪械，其中有两支礼品手枪，只赠送国家元首级人物。枪身是贵金属，枪柄镶嵌珐琅，通身闪射珍珠般光辉，它们卧在墨绿色礼品盒里，如同少女裸卧在大理石浴池中，活活的一个意境，令人心旌摇荡。但它们仍然是枪，致死能力丝毫不损，只不过美感已大于枪感了。卓越的武器握进手中，便感到诱惑在掌中乱动。准星呼唤你去瞄准，扳机勾引你扣压，枪管挑逗你射击……它整个嵌入你的手掌，撑开你的心窝窝，进入你的精神方式。它被你掌握的同时悄悄地改变着你，它向你献身的同时又垄断了你。不信么？当你握住一支卓越的枪而不允许射击、握住一柄名贵的剑而不能够杀戮时，你必然会感到意境不够完整，像憋股尿似的憋着那该死的瘾头。白天你憋住了，那瘾头夜里钻进梦魇，封存在潜意识里，冷冻在某种欲望中，并在某个时刻，跳出来谋求实现，或者报复你一下……你和你的枪，其实是互相拥有的。要知道，任何武器，在铸造它时都铸进一种审美观，一种意识形态，一种哲学构思。它那魅人的造型、色彩、质感与动感，都是它美的包装，呈示着极高的观赏价值。而在最根本意义上，任何包装，都是为了诱惑你使用被包装的东西。君不见，战争恐惧者也会爱上一支枪，挂在墙上，像欣赏一件雕塑般欣赏它。兵器学家们有意识研究并创造着这种效果，所以战争智慧与战争艺术才不断发展。威力是什么？威力就是魅力。何物杀人最锋利？“美”杀人最锋利。

世上最热爱和平的莫过于母亲了吧？可是，哪一个母亲没有给自己心爱的儿子买过一支玩具手枪呢？那满街橱窗货架地摊，琳琳琅琅的都是武器仿制品：枪械、刀剑、手铐、装甲车、变形金刚……它们仿真到了乱真的程度，不仅具有枪械造型与金属质感，而且会发声发光发射达姆弹。它们可直接用于劫机或者劫持人质。这意味着：机上乘客与人质，都承认它不是玩具，而是道道地地的枪。和平是一片母性，而战争则是一颗童心。母亲抱起儿子像蛋白裹蛋黄，生命才在一个椭圆体中蕴藏。和平与战争两者原属于人类精神双胞胎，劈掉一者另一者也无法独存。而且，你劈不断两者的血肉联系，就像你劈不断水。现在，不少城市儿童公园里，已展示着退役下来的真正的飞机巨炮，和花草驯鹿放在一块儿展览，美名“国防公园”。机翼上的弹洞还来不及修补，孩子们已爬进驾驶舱，坐进炮位，透过瞄准具观察另一个新鲜世界。那里面，旧日的一切忽然变得奇妙陌生：目镜里中央有蓝色“十”字标，你把镜头转向哪里它也跟到哪里，深险难测，孩子凭直觉就能猜到它是致命的标志。透过它，树上的小鸟突然抵近，你可看见它的心脏正在腹部绒毛下面微微跳动，鸟儿一张口，你就顺着那嫩黄的小口一直看到它喉管里去……生命就是这样不堪一击。一片叶子遮住了太阳，叶片忽然半透明了，阳光透露出那叶片的丝丝脉络，跟人的血管一样美妙和脆弱，有体温有律动……一颗小水珠正顺着弯曲的电线滑行，到中央，它停顿住了，逐渐增大，变圆，亮晶晶的，内部包藏一颗小太阳。接着，它由圆变为椭圆，下半部越来越大，上半部越来越细。终于，它悬挂不住了，凌空落下。电线上的残余水滴猛地朝上一缩，再重新聚集成一颗水珠。落下那颗，在空中画出轨迹，掉在石上迸碎……这个过程，与飞机投弹几乎同理，更拥有同样的审美旋律。

孩子们在座舱内体验到了兵器与战争意境。孩子实际上就坐在那意境里。他甚至无需学习，无需军训，小手一搁上去，就知道那红键是射击装置。目光一搁上去，就知道那屏幕是罗盘。方向舵自动来到他脚下，操纵杆投进他掌中……我说过，好的兵器如同你的器官。你往当中一坐，它们就奴仆般的朝你投奔过来，每一件都吻合你身体：通讯装置吻合你的耳朵，射击键吻合你的手指，发动机吻合你的心跳，多谱勒雷达吻合你的目光，电脑吻合你的思想，脉冲波吻合你的隐私，座椅吻合你的生殖器，……你下意识地辨认了它们，你穿衣戴帽那样穿戴起诸种兵器，你与兵器们彼此拥抱，你浸泡在兵器之中，你不仅使用更是享受着卓越的兵器，你与兵器们协同做爱、爱极性交。事罢，你又像雄鹰回收翅膀那样庄严地回收掉它们。最后，你就是它们。

于是，你和它们便融化到一个共同意志或者指令中去了：射击。

虽然它们不会发射，孩子们口里啪啪作响，替它们发射。

公园具备了战场性质，过山车拳击场射击房之类，越刺激的东西越具备战争暗示。人之初——善幻想（决非“性本善”）。孩子的灵魂嫩如一团奶油，不当心碰它一下，你的指纹就印在他灵魂上了。随着他年龄增大，那指纹发展成脑组织纹路，发展成一种人生方程，幻想硬化成为现实。我们不能说他“变坏了”，只好说他“长大了”。我们无奈。我们深刻地智慧地优美地大度地无奈着……不管附加多少装饰词，无奈仍然是无奈。

伦敦将某处战时地铁车站，改造成战争博物馆，里面阴森潮湿，深不见底，陈列着二战期间的火炮、坦克、战斗机。它们不仅供人参观，也可以随意操纵。游客顺着小小的洞口下到地底，在铆死的铁椅上坐下，需一个一个进入——以便感受那份孤独。

阴湿气流涌来，昏黄灯光开始忽明忽灭。洞中猛然响起德国战斗机的尖锐呼啸，重磅炸弹撕裂空气，爆炸声浪击来时，你所处的地面、所坐的铁椅都剧烈晃动，洞顶洞壁掉落碎片，房屋倒塌，玻璃崩裂，儿童哭喊，母亲尖叫……利用现代科技手段，博物馆复制当年全部战争氛围，并把它们播放出来，让没有参加过战争的人亲历战争。

艾伦馆长吃惊的是，为了这 8 分钟的惊吓，游客们愿意等候数小时。长椅一次只能坐 20 人，而每天排队等候者达两三千。他们当中，一部分是来怀旧，大部分则是来“补偿战争感”，是花钱买一次战争恐怖。轻微的恐怖，往往能提供巨大的审美快感。假如与死亡擦肩而过，此人会终生津津乐道那次历险。人们憎恶战争，人们却爱欣赏关在笼子里的、安全的战争，只要它不把爪子伸出笼外就行。

自从我们祖先蜕去尾巴进化为人以来，人类就进入战争史。如果问世上先有犁还是先有剑，等于问我们先有左手还是先有右手。在人类还不能从大自然中分离出来时，只面临一个战争：人对自然的战争。当人类有能力从大自然中分离出来以后，就面临两个战争：1. 人对自然的战争。2. 人对人的战争。后者是战争的高级阶段。总之，战争是一种人类现象，动物界只有角斗而没有战争。既然如此，似乎只有等人再进化为超人或者非人时代时，这种人类现象才可能消失——甚至连这判断也只是个愿望。每一次战争爆发，其罪过并不全在一两个策动者身上，根本原因在于人对战前那种和平的不堪忍受，对于自己力量的不堪忍受。当这种不堪忍受达到临界点，某人振臂一呼，万众持戈而起，就形成战争。至于这“某人”是谁，何时“一呼”，呼出一句怎样时髦的战争主题，都具有相当大的偶然性。于是我们不得不迫近问题核心，并且忍痛朝深处穿刺：

A. 战争能否消除？

B. 没有战争的世界是不是一个幸福的世界？

C. 果真消除了战争之后，人类会不会创造出比战争更可怕的东西？

D. 这东西会不会更加令人着迷？……

西方战史专家统计，公元前3200年至公元1960年这5160年时间里，全球共发生14513次战争，只有300余年处于和平状态，活活从战争巨掌中漏掉了。人类为此付出的代价是，36.4亿人死亡，损失财富折合黄金可铺设一条厚10米、宽150公里（几乎占1.5个纬度）、环绕地球一周的金质长城。人们站在月球表面，用肉眼就能清楚地看见地球身缠一条金黄色腰带，这就是我们为所在星球建筑的辉煌。西方人真有把什么都换算成金钱的天才。敢于想象这么多的黄金，那心灵已在膨胀、神秘地悸动着了。

人类史上最大的灾难是第二次世界大战。它带来的剧痛消失之后，隐痛永远不会消失。隐痛是所有痛楚中最杰出的痛楚，它痛得叫你沉默无言。二战中直接死亡者有5700多万。其中，苏联2060万，是死亡人数最多的国家。“每家餐桌上都有一把空着的汤匙。”死去的多是男性青壮年，苏联男女比例经过战后40年恢复，才上升到47∶53，仍未达到战前水平。对于一个大国人口结构来讲，男女比例只要相差1%，就足以造成许多社会问题了。或者，本身就是问题的后果。

中国：1200万；德国：730万，其中370万是军人，平民死亡不到50%，这点很重要；波兰：600万，虽然只居总数第四位，但最惨痛却是该国，600万人占他们全国人口近20%，其中一半还是在焚人炉里烧掉的；日本：180万；法国：81万；意大利：33万……收获了半个世界的、最大的战胜国美利坚，只有38万人。

谁都知道战争是灾难。但它，仅仅只是灾难吗？

如果如此坚信，那就是歪曲了战争。

战争——这个人类伟大景观，极大地推动了人类成长，科技发展，文明进步。战争痛楚以及军事思想军事艺术，是人类精神宝库中的璀璨遗产。战争直接面对生死存亡，国家命运，它不像有无一辆家庭汽车只关系到生活幸福的程度问题。因此，最多的聪明才智，最尖端的科技成果，无不最先运用到军事领域，反过来刺激聪明才智和科学研究的喷发。战争调节着人类的冬枯夏荣，活像物竞天择的自然规律那样，控制着人类这条大河不要漫出了堤坝。战争中的审美光芒丰富着我们的内心世界，诞生的雕塑、诗歌、戏剧、文学、影视，弹壳般蹦跳出来，闪射着不世之光不世之美不世之音。蚌病成珠，悲剧升华为艺术至境……假如没有战争，我们将萎缩为原始人。战争是生命大炉，人类以身投火，炼成凤凰涅槃。战争是一壶老酒，酿尽天地精华，醉死万千好汉。

军事学家认为：如果一个民族缺乏尚武精神，如果在这个国家一个杰出军人的地位不及商人，那他们的版图就只是一块软腹部。一个国家可以只有很少一点兵器与军队，但必须蕴藏着这样一种可能：天边一声枪响，全民族霎时蹦跳起来扑向天边，传送带淌出不尽坦克……无需多言。自古以来，凡大时代都充满金属碰撞与思想交锋，比如春秋战国，比如汉唐。而羸弱的时代则半跪着祈求和平，真诚地、战战兢兢地，比如南宋，比如晚清。

战争底蕴流淌在一切健康人的血脉里，它不仅表现为杀戮，还表现为强悍，绝境，拼搏，冒险，征服，创新，反常规，逆天而动，宁死不屈，伟大的恨……等等阳刚品格。杀戮只是阳刚品格所拥有的上千属性中之一种。羸弱的时代掐灭战争的同时也掐灭这些品格，结果反而引来战祸。

为了不要战争而只要这些品格，我们就把战争底蕴稀释到拳击足球击剑赛马等剧烈运动中去，稀释到弈棋、探险、警匪片、电脑游戏、事业拼搏之中去（它们原本就有战争延伸物的性质）。我们化剑为犁，秦始皇曾将天下兵器铸成十二铜人；我们跳出战火谋求凤凰涅槃；我们不饮而醉，就着枪管吹洞箫……都证明我们聪明了，被战争升华了。准确说是曾经聪明了，曾经被战争升华了。到头来还是走了一个圆，回到起点。战争没被稀释掉，反而在这过程中移植栽培，如影随形掩在我们身后。随着时代进步它也进步，它甚至走到时代前端，它牵着时代迈大步！像孩子牵着母亲，像顽童牵着水牛。它和其他领域相比往往最先开始优化组合，升级换代，变得更加精致，更加精美。它在人类的反战声中成长壮大，愈演愈烈。反战史就是战争发展史。

我再不泛泛地反对战争。我只反对那些丑陋的战争——而且首先出于对丑陋的恨。因为丑陋的战争才表现为屠杀。诸如苏联卫国战争早期，斯大林的拙劣战略导致数百万红军被俘，反过来讲等于帮助对手屠杀了兄弟。目前，欧洲那些分离出来的山地小国难民遍地，所进行的粗劣混乱的无限战争，若从审美角度看则是：神圣庄严兼鼠窃狗偷。其实东西方的职业军人都非常厌恶这些战争，特别是“无限战争”。它不但打烂了民族心智，还毁掉了军人所自豪的那种职业艺术，毁掉了军队肌体与特性，将军与士兵俱坠为绿林枭雄，8 分钟内可以收到 17 道圣战指令，每天要打 25 小时……职业军事家远远看一眼那发霉变质的战场也觉得屈辱。真正的战争精英们，有时恰恰是宁死不战、宁死不为的。现在高品质的战争已经接近于艺术创作，它只杀敌手不杀（尽可能少杀）平民百姓，它干脆利落地取胜尽量减少痛苦，它重视战果也重视道德与文化评价，它在开战之前就明智地构思了战后，它万众一心的同时又人人具备自己的想象力……战争越来越作品化了。

海湾战争剖开一个战争新时代，美国及盟军占尽压倒优势，却仿佛平等地把弹丸之国伊拉克当做对手。他们不屑于偷袭或将偷袭硬叫做奇袭，而是古典地掷去一个白手套，喝道“拔剑！”并将日期、战略、目标和时限等等本属军事绝密的东西告知对方，打一场透明的战争。精确制导飞弹理论上已可以从几十英里外飞来，命中地面上一枚镍币，实战中也大致可以两枚飞弹钻进同一个弹洞。战争成为外科手术，只取敌人首级不伤平民百姓。每个军士手里都拿着香烟盒那么点的卫星导航终端，在茫茫沙漠里，24 小时提供两维坐标（经度与纬度），18 小时提供三维坐标（经度纬度加海拔高度）。它的价值不仅是让人员坦克飞机随时知道自己的战场位置，还是个安全心理：你不孤独，你背靠着整个世界！这太可怕了，须知在我们辽阔国土上，许多地方连准确地图还没有。这已经不是打仗而是表演。美国等朝海湾一站，向全世界卖弄西方人的蓝眼睛黄头发、粗密胸毛和炮弹般生殖器，展览着它的人种、体制、文明和不可战胜。战争在一个更高境界上还原为游戏，开战之前胜负已定，剩下只是在全球赢得更多的票房价值。

萨达姆明知必败还要打，他不是为胜利而战，而是为怎样失败才最有价值而战。胜负降为次要，重要的是：你敢不敢与自诩上帝的人为敌？你基督教的神，比我伊斯兰教的主更伟大么？我不信！要试试！萨达姆死前两脚先占稳不朽二字，悲剧性地神化了自己与自己的战争，战争在他这方面还原为更加本初的生命机制，像心跳像呼吸，心灵沿着膛线射出，炮口插着信仰的大旗。

两者都以不同形式，使当今战争变得比传统战争更优美。同时，有没有变得更恶呢？让我们还是从海湾战争的战地拾来一颗普普通通的反步兵雷考察一下。

它与一盒百雀灵香脂一样大，塑料制品，乳黄色（根据战场地表色彩，工厂可以制造出任何迷彩），扁扁的，也略带芬芳。内装十几克高纯硝化锶炸药，只需 10 公斤踏发力度，它就会爆炸。爆炸时不产生任何金属碎片，只靠霎时间的气浪叼去你一只脚踝。它便宜得很，却相当可靠，可通过火炮飞机等多种手段布设，漫天雨点般播撒下来，混进草木沙石，有效期长达数年之久。即使陷入厚土中，表层如踏上一只脚它仍然忠贞地爆炸。传统地雷恨不得取你一条命，它只取你一只脚踝，多一点都不要。我说过，最大的战斗力产生于亲人阵亡之后。可是踏上了它，你的亲人或者兄弟没有阵亡，而只是半死半活，你这个班就尴尬了。你没有死了人要报仇的心理，却得料理一个负担。他哭泣呻吟动摇军心，军士要派两个士兵抬他下去——等于减员三人。否则，当场结束他的生命——你得替敌人枪毙他。事情至此并没有完。国家处理一个烈士很便宜，几百元抚恤金就够了，而照料一个伤残军人的终生却不知要花费多少钱。烈士还可以唤起民族的亢然之气，而伤残军人走在路上都是歪歪的，终生都得由他人照料。他成为负面效应，成为某战争的失败广告……看看一只小小百雀灵盒子，可以从对手那里谋取多少利益。这仅是现代战争的军事智慧之一。这种性质的智慧，凝聚在天空地面海底……几乎所有武器的设计原理上。

战争遗留了多少残骸？大地寸寸触目皆是，人心几成一面碑，锲满深痕与深痕般的文字。其中有一种残骸，兵器或武器的残骸，却被世人们忽略。其实真该略予欣赏。只说销毁核武器，就是核大国的灾难性工程。无数科技人员得钻进地下发射井般的掩体内，从每一个核弹上拆下上万个元部件，核弹内的氢与铀，需稀释后才能用于核电站，每个步骤都是险境，他们带着想象肢解魔鬼，工厂警卫比真正的发射井还严密……还有南亚的丛林，太平洋海底，欧洲都市下水道里，仍然潜藏不可胜数的地雷和爆炸物。战争过去几十年了，它们并没有失效。它们搞得当地人民不敢进橡胶林，搞得主航道突然浮起一个金属圆球，搞得挖掘机莫名其妙地炸断了巨铲……任何战争结束之后，剩余兵器都将反过来报复和平。因为，兵器已获得它自己的生命。它原本是从消灭生命中发展起来的，当然要抗拒别人剥夺它的生命。

巨炮膛炸了，几寸厚的合金钢像棉絮那样撕开，每颗金属粒子、每个小剖面上都闪射虹光，成为力量性的雕塑品，呈示怪异奇丽的美。它以拒绝死的姿态死去，它真是卓越的残骸！

见过一根生长着的竹子，伸进死者的钢盔里，将它顶得两丈高么？微风拂煦，双双无语飘摇，死与生如此辉煌地结合着。

见过一根老藤，钻入一支枪管里，拔出来以后，它浑身笔直，上下缠满了旋转的来复线么？草本的生命，一瞬间熔出金属光辉。

珍珠港海水中，至今还停放着当年沉没的“加里福尼亚”号巡洋舰。那是日本人偷袭时击沉的，美国海军让它睡在海底，另造一艘“加里福尼亚”服役。海底这艘成为那次战争的水下纪念碑，供世人尤其是军人参观，以记住昔日耻辱。太平洋的海水将那艘巡洋舰揩抹得锃亮，放射着银色的光，舰舷距水面只有几尺，镜子般的卧在那里，具有真实与梦幻双重意境。它是一件获得了更大生命的兵器残骸。

那天黄昏，我独步山野，听到矮墙后面发出洞箫也似的风鸣，转过去看，看见荒草上堆满墨绿色炮管，榴弹炮管、加农炮管、迫击炮管、坦克炮管、无后坐力炮管……它们都是一门火炮身上最雄硕的部分，现在像一把火柴杆撒落在这里，竟另有一番逼人的气势。风在炮管里钻进钻出，吼叫出膛线的旋律。野草基本与它同色，从一切缝隙中探出来，使炮管具备毛茸茸的兽的感觉。我去过屠宰厂，我知道某一车间可以全部是鸡腿，另一车间可以全部是胸肋，再下一车间可以全部是内脏。而面前这片山野，则全部是炮管……

夕阳烈烈，放射着宇宙的核能。一片金光将它们覆盖，我听见天边如雷般低吼：

看哪，古老山野里，匍匐着大块文章。快泼去你的茶，酿出你的酒！

“天真”声明

我想替人的天真撰写一则声明：保持才华容易，保持天真却很难。特别是对于许许多多从事心灵职业的人来讲，甚至对于人类的内心世界来讲，丧失天真比丧失才华更加致命。随着岁月逝去，你会越来越成熟越来越富有，同时你也越来越不够天真了。如果你做每件事，成功率都高达百分之九十以上——如果你竟然在长达半年、两年、几年的时间里没发生像模像样的失误——如果你将人间与世事都看得那样清楚，回回都立于最佳位置长胜不败——如果你身边的人都佩服你的智慧却不那么喜欢你的严谨——如果你走进朋友房间，带进许多深刻、许多沉重、许多传闻与信息、许多妒恨与愤怒，而不是带进赤裸裸的欢笑，其中最好是幽默（那些深刻、沉重、传闻、信息、妒恨、愤怒……都可被含蓄在幽默里，幽默却不能缩进它们之中，幽默大于它们）——如果你购买每条裤子都非常合适，采购每条鱼每斤肉每捆菜都物美价廉、活灵活现，丈母娘和妻子都赞不绝口——那么，你可能已丧失天真，甚至可能一点天真气息也没有了。你看上去仍然双目炯炯生机勃勃，但内心已是老人。

英国诗人华兹华斯说“儿童是人类的父亲”，他将人的天真性灵举得太阳一般高。初初一看世间，是我们这些做父母的养育着儿童，但精神世界的事情却并非如此简单。人类精神中最宝贵的那部分：天真、自然、幻想、顽皮……最浓郁地集中在儿童身上，正是这些精神养育着全人类，使人类在整体上永不衰老。假如一个母亲突然失去了孩子，她在一夜间会老去十岁。她失去的决不仅是一个孩子，她精神上由孩子代表的那部分情愫也随之失去了，生命被切掉好大一块！这时你可以清楚地看出，养育着母亲的，竟是她的孩子。那母亲即使剧痛停止，隐痛也将伴随终生。

少年牛顿躺在树下，看见一个苹果掉下来，不禁幻想：它为什么往地下掉而不往天上掉呢？如果以聪明人的标准严谨地看待这个念头，多傻呀！然而一个时代被这个傻念头切开了，他发现了万有引力。少年瓦特坐在锅炉前烧水，呆呆地看着热气冲撞锅盖，心想这气体怎么会有那么大劲呢？他发明了蒸汽机，把工业社会推上了轨道。少年达尔文盯着一只昆虫从花蕾里钻出来，心想它是什么东西变的，是花变成的虫子还是虫子变成的花？……这大概是人类史上最伟大的一次天真，他创立了进化论，这孩子后来让上帝死去，而让一只猴子成为我们祖先。我们想一下，假如那一天果树下的牛顿，像那个时代的精英们一样深刻地思考（资本主义初期阶段，商人是精英）：苹果值多少钱？卖了它以后可以盖多少工厂？……人类将丧失什么——这问题简直有些恐怖。当然，并不一定天真了就必有伟大创造，但是，疑问却往往喜爱堆积在天真者的心头。伟大的疑问往往又是伟大创造的前驱。失去天真的心太硬了，可以整百上千地数过去，像森林。天真心灵却只在一颗颗的颤动，彼此不会重复，甚至天真也有个“保鲜期”的问题，很多人曾经天真过，一旦成熟起来就不再天真了，反过来责备别人“你太天真了”！从什么时候起，天真这禀性竟然不是可贵的而是可耻的？天真这词汇竟然不是晶莹的而变得混浊了呢？天真太娇嫩了，像儿童一样，稍不当心就会伤了她。百经磨难不失天真的人非常罕见，所以伟大同时也是罕见。

目前，我们都市生活越来越繁荣，带来的另一种品格是越来越精致了。化妆品有系列，食品有系列，娱乐有系列，服装有系列，吃住行有系列；马路分割了空间，斑马线又分割了马路；时间分配给单位、家庭、学校，钟表与规章又管理住你的时间；你在卧床上、柜台前、市场里、股票交易所播撒着不同的情感与欲望，又在亲人、友人、情人、仇人、陌生人那里收获不同的情感与欲望；孩子一辈子没见过虎，只好养一只猫。一辈子没有碰过树上的苹果，便以为它是商店里长出来的。哦，我们精致得像一只瑞士表机芯。我们稍出点意外就引起轰动，如同马路上的人群围上去看一件小小的意外。这一切，都要求甚至迫使人们：准确地生活着。然而，我们是蹲在一把长方形尺子上生活吗？都市环境与生存境界，暗暗地、悄悄地伤害天真。天真是一种天然状态。我们一旦不天然了，我们也就不天真了。

现在，都市人比乡野里的人更重视天然了。仅食品包装上就醒目地注明各种：“天然！绝对天然！”但愿那是一种真天然。生活反复告诉我们，最可贵的东西常常被假冒，被复制。天真是可贵品格，因此非常聪明的人就来伪装天真了，让人觉得他可爱。故做天真是深刻的卑鄙，他把人间的天真搞馊了，他“创造性”地化神奇为腐朽，把微笑变苦笑。

朋友，“天真”如果开口，我想它会这么声明的。

分享张承志

不知这旅人此刻已行走到哪块地头，是在眺望还是在失神？不知这旅人此刻孤坐于何处黑夜，点燃刺鼻的莫合烟，正在与魔鬼窃语或是同神灵们私通？马雅可夫斯基有诗道——胸膛是一面大鼓！这旅人的每个动作都像是被自己的心跳顶撞起来——于是才有了动作。两年前，读罢《心灵史》，我知道文化界的上空掠过了一道闪电。那光锋过于炽烈耀眼，以至于那一瞬间苍天乌云都沦陷为透明的废墟。这是一部难以形容难以评价的大书，甚至是本世纪中国一部杰作。

一个作家写出这样一部书，证明他已大于作家，证明他已漫出了文学、历史、政治等等金牢，直奔某个渺无边际的大境界。倘无决绝之勇，不会掷下这样一份最后通牒，一份自戕似的个人圣言。这旅人势如倚天拔剑，近乎残忍地劈开天空那片近乎美的浓厚，放出自己的光来。之后，我倾听着等待着，沾染了大事件前夕的那种激动。谁料却没有听到雷霆滚动，甚至没有什么像样的回响。一个月两个月，一年两年……依然如是。仿佛是报复，惊世之作没有得到如今庸常作品也能搅起的视听响动。因此，《心灵史》景观便有了双重含义：第一、它是闪电；第二、它是一道被剥夺了雷鸣的闪电。

旅人将自己焚烧祭旗后，并没有化为灰烬，竟一抖身肢又回来了：《荒芜英雄路》《清洁的精神》等书迭出，那散文群落骨骼峥嵘，险状环生，思想与人格光芒逼面，所到之处，常将我们爱怜不已的大地烧成一片焦土，并划入所谓“后心灵史阶段”。文化界依然持重地沉默着。这沉默与旅人的炽烈形成悬殊反差。报刊间或有一两声评介滑开，旅人仍如同险极的深潭搁在大地上。

我说：承认这厮或者猛烈抨击这厮吧，欣赏这厮或者干脆扼杀掉这厮吧。否则，你翻阅刊物时，旅人掷出的意境总硌着你的目光。你坐下啜茶的时候耳边突然爆裂一声“背叛！”搞得你半天心情不快。你们邂逅于途、想伸臂握手时旅人不屑地走开——和误赠的喜爱相比他可能更接受直率的恨意。旅人烧掉了你们的名片并且和大半个世界一刀两断，你们矜持忍让着而终究绕不过这口狂潭。

难道，这旅人的行为及作品的价值不如《废都》、王朔甚至什么梁凤仪么？难道，在后者们躯体上特别适合施展我们的“主义”锋芒与手术剖析，特别适合烹饪我们的沙龙语境与各种精神剪裁，而在旅人面前则必须高深莫测的、如铁如智的坚守沉默么？

果真如此，就证明我们和对手一般大。我们不是同志但是同质。我们拥有一样的舌头，区别只在两只口腔里搅动。若摆脱是非评价纯粹就生命质量而言，希特勒是斯大林的标高，魔怪是行者的兄弟。从来只有并世而出的两者，没有脱离了南极的北极。你抨击谁，你选择谁是自己对手，就证明你和谁之间闪闪烁烁地连结着一条脐带。

在我们文明长河中，沉默往往意味着万千语言。

当不允许说出想说的话时（沉默成为压迫）——当可以冒险说出想说的话，但是预计口祸大于自己的胆囊时（沉默掩饰怯懦）——当感觉到说了无用，沉默烂熟成那种外圆内方的智慧品格时（沉默近乎享受）——当几番说出几番被世人所误解，缄口不言才是洁士贞操时（沉默可谓守节）——当百般不语，窥测时机，以求一诺千金惊世骇俗时（沉默成为利益判断）——当讲坛被垄断，只好在内心反扑时（沉默转化为心灵喧嚣）——当世间噪音万千，谁也听不见谁时（沉默萎缩为无奈）——当说到一半，突然丢失意图和讲稿时（沉默沦陷为尴尬）——当正确与优美都被对手占尽，自己不敢再说时（沉默成为藏拙）——当无话可说时（只有此时，沉默才是健康的沉默）……我们都会转入沉默。那么，对待旅人的沉默属于哪一种性质的沉默呢？

大沉默如死海，小沉默如微醺，都蕴藏着我们民族丰富到近乎腐烂的文化内涵。婴儿沉默 10 月，终有一啼。由于那一啼，那 10 月沉默才获得承认。为了那一啼，她才沉默。所以沉默总属于一种待证实、未完成状态。那一年到怒江，撞到个意外：我面前的怒江是一大段死水，几乎不动地淌着。接着，它流入一条更大的河、更大的沉默之中去了，令我难受不已，认为它不配叫怒江。长江五千里，倒有三千里是沉默着，要不是三峡等几个狂蹦暴啼的一瞬，我将不愿意承认长江，因为它直到消失再没有醒来过。那几个一瞬是它的生命代表，余下的只是惯性躯体。所以，以沉默为结尾的事物，恰恰背叛了沉默精神。特别是沉默久了将习惯于沉默，将沉默合理化、财富化、人生化、永恒化，甚至讨厌不肯沉默的人。

我对大多数沉默不信任，它毕竟透出苍老的气质。它的性质属于冬眠属于顺应天道，而春晓仍是未知。何况，沉默曾经在民族胸膛里蚀过巨大的溶洞。然后，地震般断掉脊梁。

但是旅人频频长啸，投身哲合忍耶如海的沉默中，他一头撞到地壳又弹丸般反射回来，他以“世界需要我”为旗帜而再度诞生，屡屡射矢投枪于当今人世与人市最热闹处。他的使命感甚至命运感，他的愤怒甚至是仇恨，将一个叫张承志的炼成旅人（目下盛行的是作家们以什么“斋”什么“堂”什么“居士”为笔墨别号，将自己染得一片铜绿，可惜文章与性命均没有古意盎然）。大概是大地把他从地底下压迫出来了，于是山被迫生长为山。就像山峰卓越地背叛了大地母亲，并且执拗地想抓起大地随自己冲天而起。旅人再没有矫情、泛指、暗示、隐喻、商榷……等等高级花枪，他大部分美感都体现在对大千世界任意一击，而且一击之下就予洞穿（我们也常能着力“一击”，但我们难能做到“任意”）；体现在势不两立，并且公开宣告势不两立，动手之前，先将自己置于绝境；旅人从不琢磨着既利用你又反对你，或者智慧地将两脚分别踩定社会主义与资本主义最肥沃处、免却后顾之忧以后再昂奋地批判两者；旅人的丰富才智已经更多地体现为惊世救世与斗士精神——不是因生命力衰减才学诗不成改学剑、学剑不成学万人敌，恰恰是内力与心火旺极才浓缩成一股子激光；旅人在大江东去时偏不肯张帆而要沉为逆行的石砾，还偏偏昂立在主航道上；旅人深感无力回天因此只为完成自己，他认为自己跟这个世界一样重要——如果不是更重要的话；旅人在目下时髦壮观的化装舞会上、在人欲滚滚万丈红尘中，那么冰冷地睥睨着，那么烫人地刺出理想主义英雄主义等等古典大矛，铿铿锵锵……

旅人本身就是一个景观，一个象征，一弯牛角，一根大刺。

有时候，问题就简化到这程度：你有无自己的独立精神。

如果仅是上述这些，旅人也就仅是一个极端性姿势，仅有审美魅力，而且只会存在片刻的动人。很快，我们就能将其识破，一哂了之。我们、干脆就是我自己，无甚本领却擅长挑剔。

起码到目前为止，旅人所闪射的思想锋芒，所批判的世态人情，我觉得大都深刻犀利、结实优美、正确珍贵。旅人关于自由、压迫、真诚、历史、生命价值、信仰与文化、孤独与崇高、清洁的精神与一己的追求……诸多论说，都拥有统一而晶彻的品格，来自一个完整的赤裸裸的世界观。旅人的许多篇章既是猛药又是美文，在新奇意境和铿锵乐感中簇拥着采自大地的野草般思想。旅人的作品个性极度张扬，锋是锋、刃是刃，经常戳得人心灵不宁，痛字当头，快在其中。旅人有独到的专业学术功底，他的海外旅学，他的宗教信仰和不尽的九州长旅，将文章铸造成一锭锭合金。那光景儿早不是漂浮在海面冰尖，确确地有三分之二埋在水下。旅人经常冲刺般掠过稿纸，以便追上脑内念头，经常弃甲裸体，所以你尽可拾掇他暴露的破绽。旅人不是那种打磨刨光不留毛病、整体却一无可取的匠人匠作，旅人的毛病也属于残剑断矛那样的钢蓝色毛病，你可以连这毛病一并欣赏；旅人经常抵达天人合一的那片刻极境，读之，觉得旅人此时此处已非神来之笔、已非汗泪之笔、已非浴血剜心之笔，简直就是射精！旅人醉入绝唱，准备着封笔盖棺……在中国当代作家中，很少有人以其文章人品同时激动着我们的，旅人则是其中一个。文章与人格一旦脱节，写作即成仿真，对更高生命的临摹。旅人自身先是作品，然后才产生作品。

对于苏菲教或者哲合忍耶，我基本无知。我所看见的，只是通过旅人这晶体折射出的哲合忍耶之光。对于哲合忍耶，我深深感动甚至自卑了——却仍不等于我理解它，更不会舍身投奔。这方面对于我更重要的是旅人这晶体——何以他就能折射出那么多的光，而我们却不能？！我想，因他是晶体而我们不是，只要世间有晶体存在，只要晶体们聚集并遭至压迫，没有宗教也会产生宗教，一个信仰会烧成一颗太阳。

精神的自由，自由的精神……我反反复复读到的是一句老话，从人类史开端滚到今天。

而这些，混浊心灵常常也扑出去冒领，以为是太阳山的金子。

旅人却告诉我们内心辉煌者命运会是多么可怕。他留给人想象的空间极大。

对于旅人，我几乎没有世面上的交往，不知道这里赞美的是否真是他。一个人的内心只要流露到纸上形成作品，同时也形成对作者内心的屏蔽，多数还是优美的屏蔽。我们有时不免将这屏蔽视做内心，到后来，被赞美者却令我们失望。文坛与道德领域许多大师，不就是这样报复了我们当初的偏激么？炼得我们说好话坏话都得留点后路否则就是不会说话。我就遭遇过这种尴尬。

我欣赏的是我阅读到的这个旅人，篇章之外的，待看。

由于说偏激易给人利用太多，所以真不忍心说旅人偏激。就说极致好了。

旅人喜爱指点人类大势，常常朝天穹一击，将自己钉在启明星左近；旅人也爱把胸膛拍得咚咚作响，脑内迸发思想口中迸发切齿声，甚至将两者相互碰撞，以便溅出火星来；旅人即使赞美回回的一片草叶，也摆出决斗的架势，似乎这草是由恨喂大的。人要同意这草美的话——亦近参与决斗，不同意这草美的话，就得与他决斗。要是既同意这草美又不同意这是决斗，人们只好沉默，也许前所说的沉默中该算上这一种；旅人激赏清洁的精神——绝对值得激赏，但是清洁不止于刊登此文的片纸。人们倾听他关于洁的呼唤时，最先意识到的是自己不洁。旅人首先向读者要求一种质量，达不到质量标准者别碰这剂猛药；旅人响亮地声明脱离文学——感动过我，继之响亮地声明回归文学兼拯救精神世界——又感动过我，但是我心内多少有点不落实：第三次世界大战将于何日突发？是核裂变还是核聚变？旅人似乎总被两个撕扯着，身与魂俱归大西北了，但我们常读到他写于中国最大都市里的文章。旅人的宗教精神和自由精神像两只眼睛难分。他对俗世之恨掩不住舍我其谁的自信与自爱。他经常登绝顶临风弹剑，一遍又一遍地宣称与这个世界一刀两断——其实只要说过两次，那么起码第一次就是欲断而未断，第二次就是对上一次的重复……

所以旅人仍有令我不解之处，令我忐忑着心存可疑。

旅人将如何死去，也是个魅人的话题。

当然是说一个罕见景观怎样终结的问题。这些年，旅人精神一直处于巅峰境界，已有极致之美，旅人仍然每两年更新自己也即超越自己一次，他逼近极限了吗？逼破极限之后怎办？那天议到这个话题，友人王斌斌说“是旅人就应当死在旅途”。他说得对，是顺着大河说到了大海。旅人向这个世界提出过那么多要求，我们更有权要求他的完整与对旅途的忠诚，要求他实现自己。假如有一天，旅人在自己的偶像们身上也发现诸多不洁，在拥有那信仰的人们内心发现另一种形态的混沌，在追求探索时撞上精神灾难，在将意志扯得太紧太远时终于断掉，那么，旅人最低限度也应该留给我们一堆：

优美的残骸！

被一个愿望伤害过

旅行者们外出，都希望见到绝世之日出，那必须高踞于山巅才能够观赏到。山巅把你高高托起，竟比天边那轮太阳还要高些。那里的空气还不曾有人呼吸过，太阳在你脚下婴儿般蠕动着，一阵阵唤你搂抱它。光似的风与风似的光，一把掳走了人。你能说清第一缕阳光撞到身上时的感受么？它们水似的滑掉了。脚下的山坳们仍是黑黝黝的，像眼睛那样慢慢张开。凡是沾染过旭日的人，精神气儿都从皮下透出来……在那个意境中，只有两个生灵遥遥相对：你和太阳。此时，你不再是你，而太阳也不仅仅是太阳，你俩是一对旷世独存的情人，在天涯赴约。

可惜我从来没见过壮美的日出，所以至今没有印象却只有想象。这好像被一个愿望伤害着。或者说，我伤害着这个愿望。后者更痛楚些。

早听说黄山日出了不得。第一次登黄山便纯情得很，凌晨5时披起大衣攀到山顶看日出。那天大雾弥漫，闷得人胸紧。况且那雾近乎死去，一动不动，全无雾之轻灵。这种雾已背叛了雾，所以便有被骗的感觉：尽管你是伟大的太阳，你他妈的也不能骗我！

其实，昨夜就知道今晨有大雾，但是别人都纷纷跑出去看日出，自己便坚定不起来，害怕万一叫别人看上了日出，漏掉了自己，暴露出自己的平庸来，所以才跟着去了。这已不是日出的力量，而是随波逐流的惯性推动着我去的。因此，那次即使看上了日出，也将不是自己的日出。第二次登黄山，自始至终都是秋雨霏然，便没生出看日出的念头，朴朴实实地失望着。后来，在庐山住过几年，虽然每每临渊望远，竟也没有认真看过一次日出。心想有的是日子呢，何必着急。凌晨总是高卧不起，却又不肯承认懒惰的力量大于日出的魅力。再后来，深入滇西近一个月，那里奇山异水层出不绝，太阳更是一山一个样儿。我深信既慵懒又无运气的我之辈，撞也该撞上一次漂亮的日出吧。谁料及至返程，不但没看过日出还把愿望也遗失了。我想，不如索性承认自己木然，也比硬提拔自己的情趣要好。既然我不配拥有那情趣，强向它靠拢便是在污辱它了。唉，一个挺棒的情趣，几番得不到满足，不免萎缩掉。何况日出永远在那里，你看与不看，它都万世不竭。它伟大得几乎超出伟大的范畴，它无需任何人类的情趣去滋润它。

某日下午，在怒江峡谷行车。车至山巅，险极，众人默然无语，心都在口里衔着。车中一位老哥忽然雄浑地叫："看啊！"我朝天边望去，山脊正昂奋着一轮硕大的太阳，嫩透了净极了，光毫茸茸不刺人眼，轻轻亮亮如破壳蛋黄，流淌着那种无可名状的嫩红。哦，眼睛含着它好舒服啊。它是一个优美的念头浮在那里，悄悄地呼吸。完全是因为它，天空透明了而群山含蓄了，万物都沾染上高贵的气质。也许万物原本暗藏着高贵气质，但唯独太阳才能将之剔出释放。它是一轮落日——太阳消逝前的巅峰状态。可是谁能说它不是日出呢？以它的辉煌而论，完完全全是日出境界……落日与日出竟然如此相似，假如不是我们体内生物钟暗示，我们投奔它就会跟投奔日出一样。假如把它拍成照片，任何人都辨认不出它是日出还是日落，就连太阳自己也不行。原来，日出与日落并不像我们以为的那样重要，再说任何一处的日落都意味着另一处的日出，重要的是，太阳在此刻宣言似地喷泄着太阳精神。

瞧啊，一个优美而巨大的误解。因为看不到日出便把落日当日出看。心头一动，收获到双倍的辉煌。那一刻，你就是太阳，起码是其一部分。

古今所有关于太阳的描写，绝大部分是写朝阳与落日——这两种太阳最动人。而它横亘天空大部分时间里，人们几乎不看它，人们只是使用它。人们执其两端而略其中间。因为事物的两端常常最美，事物的两端也最相似，如同人老了就像个孩童。我想，这是人类与自然的一个默契：人类从自然精神中拨出一点来做自己的精神。普罗米修斯盗取天火便是明证之一。后来落日归入我情怀，我悄悄地将一个太阳看成两个，日出与日落的差别俱已消失，只剩下我与太阳的一次邂逅。这大概是人被一个愿望伤害过的结果，受过伤的心灵常常产生猛烈弹跳力，去够那些平日里难以够着的境界。

我们有很多愿望，很多。不能实现的愿望比实现的愿望更多。有些愿望，外界迫使我们割舍。有些愿望，我们自己因懦弱因羞愧因疲倦因……而主动割舍。我想说：主动割舍自己的愿望的人实际上是在自戕。我们情愿它不能实现，情愿它一次次受伤，情愿它跟隐私那样藏于深处不敢示人，情愿它受到一万种耻笑，但决不要遗失它割舍它。也许它迟早会实现，尽管不是以你想象的那种方式。

天圆地方

一

世上有什么东西能将两个素不相识的人引到一起，对坐数小时、一天、两天，而又一言不发？唯有棋，尤其是围棋。仅凭这一点，人类就应该感激它。它紧拢人心的魔力大得不可思议，很多情况下，它竟使权场中人忘却了权欲，使情场中人摆脱了情欲，使利欲熏心之徒不思金钱，统统扑至棋枰旁折腰相向。我相信，即使是他们，也并非是来偷取片刻喘息的，而确实是一种激情使然。他们在弈棋时和我们一样，把身处世界割舍了。在现代社会里，人们太需要静静地而不是喋喋不休地、透明地而不是百欲塞心地坐一坐了。我们早已忘却在母胎时的那种宁静，也忘了我们终究要归于宁静，在善于遗忘方面，君子与庸人似乎没有什么差别。但是，棋枰静静地搁在那里。须知，不是它离不开我们，而是我们离不开它。

二

象棋军棋麻将都锲有字儿（国际象棋以其造型代替了字儿），围棋子上没字！一般的讲，没字的东西比有字的东西更高明些，更“文化”些，更“阳春白雪”些。通俗歌曲都有词儿，交响乐没词儿。通俗歌曲因其有词才得以通俗，交响乐取掉了文字反而大于文字。在象棋理论中，一个卒的力量指数是 1（过河卒力量指数加倍），士象是 2，马炮是 5，车是 10。至于帅，它最重要也最没用，它的战斗力只有 0.5。军棋更俗，永远只能军长吃师长，旅长吃团长，排长吃工兵……绝不允许小吃大。多么丑陋啊，棋尚未开局，弈者尚未到位，各子的轻重强弱高低已被规定好了，永世不得超生。它显然是从人类阶级社会中脱胎而出，却比人类社会更加过分！你的乐趣、情操、智慧也被它固定住了，你不得不降低自己的文明程度适应它，且就为了那一点点稚嫩的袖珍快感。至于麻将，现已臻于国技，我的许多朋友仿朋友伪朋友乐此不疲，我也不便鼓舌摇唇了，但轻轻喟叹一下总可以吧：每当我看到我所尊敬的人在方城之畔昂首挺胸时，我都觉得他们是坐在一颗铜质野心上（这比契诃夫或李诃夫巴诃夫某诃夫所言“坐在一枚5戈比上”，当然高明些）。你见过一张宁静的牌桌么？不，雀战永远是聒噪的。即使咬紧了牙关不出声儿，欲念也在腔内乱动。有时我想：他们完全知道麻将是什么档次的东西，但高尚者也间或需要极庸俗的乐趣，犹如君子嗜痂、帝王捧嗅三寸金莲，或者老翁与幼童一道吹肥皂泡。这几种乐趣，外形有些相似。荷花还像恋母那样恋着污泥哩。不过，麻将这种东西不会因为有卓越人物喜爱就变得卓越起来。比方说苏东坡狎妓，那妓就因苏轼狎过而流芳百世了么？凯撒喜娈童，那童儿就因之不朽了么？麻将之趣，正在其低俗粗蛮，一旦高雅起来等于取消麻将，等于歪曲它蹂躏它，麻将拒绝人抬举！在“麻协”圈里，我比较喜欢屡战屡败、囊空如洗、宁死不屈的人，比较喜欢把赌债看得也很神圣的人，即莽夫一般的人。因为，这种人与麻将的精神匹配！而匹配便有了谐调之美。

我蔑视麻将，但从不轻视它。

围棋呢？像一张荷叶托起一颗露珠那样简明。它的棋枰只有两种线条，横与竖，如同经纬网。它的棋子只有两种，黑与白，子力无大小。围棋的力量全靠人来赋予，这就最大限度地扩张了人，把弈者推到上帝般境界了。正是由于围棋的组成要素简化到了极致，它的变化也就达到了无穷，最为智慧的东西就这么朴素。围棋是自然，围棋是哲学，围棋是情绪，围棋是宇宙之谜。

当然，过于低幼之物也没有字儿。比如孩子们喜爱的跳棋，以及他们常以大地为枰的五子棋，都不锲字儿。难道它们的境界比象棋还高么？这里隐藏一种有趣现象，如同哲学上的否定之否定那样，如同人类史螺旋式上升那样，棋发展到极致后似乎又回到开头的原始状态了，玄妙的围棋不屑和象棋靠近却愿与童稚之棋形似。假如我们让一枚黑子一枚白子彼此拥抱，不正是混沌初开时的意境么？“清者为天，浊者为地。”假如我们的感觉循着棋枰的暗示无限铺漫开，不正匍匐在地球表面上么？在人间，除孩子外，谁还是孩子最好的朋友？是老人，因为他们最相像。基督就是一位两千岁的孩子——这点毋庸置疑，关于他，我们见的最多的画像是两类：一是钉在十字架上的老人，一是抱在圣母怀中的婴儿，这是后人的直觉使然。人类生命的两端如此相像，于是才有了优美的生命弧度，沉甸甸的果实压弯了枝头靠近大地，靠近才出土的嫩芽。在自己家与在友人家下棋时，我最痛苦的就是棋子常被蹒跚走来的娃娃拿走，让你急火攻心徒唤奈何。这时，我只好想：这是人子与天意在相认。

三

我在少年时代喜欢下象棋，今日还凄然地牢记：当时我正患病住院，不准离开隔离区一步，雪白的被单上有无数病毒，夜来香树丛后面是太平间。那天我看见两个穿斑马服（病员服）的大人将一只棋盘敲得叭叭响，便走过去看，棋子有茶杯盖那么大，我偷偷摸了一只，上面锲着“马”，繁体字，刀笔相当雄健，我一辈子也写不出那么好的字来。两位大人没有撵我，还教我基本走法。于是我粗通一二，迷恋多年。后来，能够注视以往了，才知道我那时生命力受到很大损伤，怕呻吟，怕死亡，亟须在精神上找一个依托，因为恐惧才投靠棋。继而又读到茨威格《象棋的故事》，动情极了，他对人类优美的畸形描述得多么深刻啊，仿佛透过泪水注视世界，物象晃动并发亮！他再明确不过地（也是顺带地）剥出了人与棋的隐秘关系。那棋呀，成了根刺深扎在人心上。及至年龄渐长，渐渐淡漠了象棋，原因不明。一日，见两熟人对弈围棋，神情瞬息万变，一忽儿痛苦一忽儿喜极，乍死乍生，像有头妖怪要从脸皮下撞出来，当时我全不懂围棋，但弈者的神情触动了我，我暗自羡慕不已，这么好的东西我竟不会，非但不会下，而且不会欣赏，那黑白子的组合方式显然玄妙，仅从色彩图案来看就够美的。唉，这不怨棋只怨自己质量不高。于是开始学下围棋，被它的幻觉所迷所误。很像在聊斋故事中被一头黑白相间的妖狐给诱走了。

围棋真是一种大幅度的宣泄，无论我有多少忧郁、愤慨、嫉妒、贪婪、压抑……都可以在棋盘上排遣掉，直到心胸被倒空为止。围棋像精神体操，使人身心透彻，忘乎所以。弈棋甚至比读书写作更有意义，读书与写作都要接触与思索人生，都因其严肃而逼近痛苦。而棋枰却如同伊甸园，让你精赤条条地、如小兽般如花朵般匿入其中，得到片刻羽化成仙的感觉。那时，我正是为了围棋这毒品似的效用而爱上它的。在人的社会里，你越是郁闷欲死、悲愤欲狂时，围棋便用那感觉把你托浮把你浸泡，使你确信：宇宙间有一种意志与你同存！大自然在用它暗藏着的精神吻抱你！仿佛重新归回母胎，恢复那清泉也似的宁静。是的，失败了的你，将重新诞生一次！

在人的社会里，你如想做另外一种人，必将付出代价。有时，代价之大使得成功没有意义。而在棋枰上，你可能有万千化身。你可以当小偷，既窃钩又窃国，偷袭对方营盘，妙不可言；你可以当巨盗，全不顾天理公德，打入对方营盘，乱中取胜；你可以当翩翩君子，流水不争先，行云不蔽日，落子飘曳，棋风柔软似柳枝；你还可以当帝王，君临天下，威镇八方，置万众于股掌，生死垂于呼吸间；……总之，我可以当一当在实际生活中当不上的任何人，而且无人谴责，无法律约束，只可能有人大赞一声：下得好！

不是说“在真理面前人人平等”么，此话本身就是真理性认识。但是，达不到一定真理性程度的人，怎会认真的和你平等呢。可在棋枰面前，各类人倒真的可以平等一下，或者基本平等一下。少年聂卫平在棋枰上战胜过陈毅元帅；区区在下，不止一次地被友人小儿逼得投子认负，不止一次地输给了人品、才气远逊于我的人，甚至惨败于我十分蔑视的酸腐之徒。这时，就不仅是失败的痛楚了，还有这种平等本身带来的痛楚。围棋（以及一切竞技项目）是天然平等的：弈者双方各据一方，各持一子。先猜先，再各行一手棋。两人极尽变幻，但有一点绝对不变，即永远是各行一手棋。这时，你的权位帮不了你，你袋中金钱帮不了你，你的名片、小车、组织、知名度……统统帮不了你。在军事上，这就是真正的单兵肉搏。说句大实话吧，一切竞技项目的前提正是平等，激情与乐趣、荣誉与耻辱统统建立在平等之上，奥运会在向全人类呼唤“更高、更快、更强”的同时，不出声地推进着更博大的平等精神。再说句大实话吧，平等不仅带来幸福也带来痛苦，平等带来的痛苦和维护平等所耗用的痛苦，差不多和它带来的幸福一样多。并非恶人才惧怕平等，大多数的人体内都隐藏着对平等的抗体，“平等”较起真来是吓人的。不过这是棋枰之外的话，棋枰牵涉到这些，也证明棋枰之大嘛。

闲时想：何物最忠诚？无心之物最忠诚。围棋便是无心之物，因你有心才有它。情感与念头是无罪的，隐私是人类精神财富的一部分。你可以在方格网里将雄心与欲念掷来掷去，棋枰默默承受，像偎在你怀里一样可靠。只有你背叛它，它从来不会背叛你，而且从不泄密。

闲时想：将来老了，有盘棋陪着，心里便舒服多了，不甚怕老了。爱人、孩子、朋友、组织……一切都是人组成的，因此都会变，都有生死离异，都有善恶恩仇。唯独围棋，它在属于一切人的同时又仿佛单独属于你，仿佛是你体内的一个器官。

闲时想：围棋是一种物质形态，由于人在它上面投放的智慧可达无穷，于是，它几乎象征着智慧了。实际上，它只是召唤智慧，承受智慧。你给它多少，它回报多少，跟一块庄稼地那样，丰硕与贫瘠，全在于弈者。它因你巨大而巨大,它因你渺小而渺小,所以,你得和它同享一个尊严。一局终了，棋枰又被抹净，总有些抹不去的东西在上头。抹不去的东西才是真正的你。

闲时想：我爱某物，就不必因为爱得拙劣而中止，也不必因为爱得偏颇而自责，还不必因为旁人叽叽喳喳便心慌意乱起来。我爱它，同时也爱它带来的苦恼，耗去的时光，衍生的耻辱与败绩等等。爱就是爱，没有什么道理好讲。爱只接受欣赏，但拒绝讨论。

四

我早过了学棋的年龄，此生也许连初段的棋力也达不到了，而且，进入棋境越深越发现自己决非下棋之人。围棋要求童真、灵动、纯净、自然心。因此最好是少年时学它,棋理便和生理心理一块滋长。古今中外一切大棋手，无不是少年时代便入棋境。同理，大画家大科学家大思想家哪个不是少年时代便入境呢。天之骄子在少年，此语不差。少年时代，人格鲜嫩，灵魂透明，不当心碰一下，指纹便落在少年人灵魂上了。但是，过了学棋的年龄，对棋的愉悦，会糅进人生意义上的品尝，你占有棋比棋占有你更多。棋可以成为心爱的业余伴侣，甚至比我那严肃的专业更合我意。有时便悔：干吗我小时候没学棋呢，也许今日早已我非我了。人都有些模糊不清的地方，更要命的是还要把该模糊不清的地方拾掇清楚。比方说，专业带来的欢乐不如业余带来的欢乐多，该怎么办呢？工作，原本应该充满欢乐制造欢乐，这是工作最重要的属性之一，也是我们丢失最多的属性之一，还是被人误解最甚的属性之一。每每见人刻苦地艰苦地痛苦地工作时，每每当这种刻苦的艰苦的痛苦的工作精神被宣扬至绝对程度时，我都不免迷惑：欢乐到哪去了？尤其是工作过程中的欢乐与快感到哪去了？工作原不是追求艰苦刻苦痛苦，恰恰是追求欢乐，或者是向社会贡献欢乐（丰衣足食市场繁荣民族进步增加工资等等都是欢乐），也许欢乐被埋得太深我们没看到，也许强调工作的艰苦属性比强调欢乐属性更本质些？哦，欢乐的工作着——这该多么好哇。别好像工作是不得不干才去干的被动行为，是违背内心意愿服从社会指令。遗憾，目前社会条件下确有些工作使工作者苦恼大于欢乐，更遗憾的是，工作者还以为正常。业余爱好则不会了，业余爱好甚至比专业工作更体现一个人的本性，它是自然而然形成的，情人般的，棒打不回头的，承受社会指令最少的项目。所以，下棋下到得意处忽然暗叹：假如我的每项工作都跟下棋这么快活就好了，我将没日没夜地找工作干因为我也是没日没夜地找欢乐！我将偷偷地取笑那些把我的欢乐精神误认作艰苦刻苦精神的人，并保护好包装好贡献好我的欢乐。

五

当把第一枚棋子啪地敲上棋枰星位时，你的一个念头也搁上去了。棋的优美也随之激溅开来。武宫正树说，“三·三之子像要从棋盘上滑掉似的。”真不愧是宇宙流，棋盘在他感觉中已成了弯曲的大地，他意在中腹意在天穹。出于对他这句话的喜爱，我也从不下三·三。这并不是谁要模拟谁的问题，而是不忍破坏那优美的感觉。

棋手生命中有两种基本能力：感觉的能力与计算的能力，卓越的棋手便是这两种能力的卓越融合。计算是一种思考，感觉则是一种智慧；计算是科学，感觉则是艺术。而棋局中最有生命价值最有欣赏价值的，是那些奇妙的感觉。有人问赵治勋：“你在对局中可计算多少手？”赵治勋答：“大约可计算 12–15 手，但这只是一种变化图，各种变化图我要考虑十几个，这样，总共需要计算 300 手左右。但这还不是最难的，最难的是把十几个变化图相互比较，选出最佳变化。”计算出 300 手棋已是超一流棋手的极限（有时间限制），然而最难的还是不可计算的部分——比较十几个变化图，选出最佳变化。即，全凭你的感觉。感觉的玄妙，感觉的不可思议，感觉的难以描叙……已尽在无言中了。和爱一样，感觉也只接受欣赏，却无法讨论。

随手拽过一本棋谱，让我们看看围棋艺术家是怎样泛滥着各自的艺术感觉，每幅图谱上的小标题，都是意境，都是大手笔！

“凄绝的格斗。”黑白双方为脱出险境，都在大块大块弃子，你弃我也弃！简直能听见棋被迫肢解自己的声音。棋在喘息，棋在吟叹。为获取一丝希望而不惜自戕！

“流水不争先。”正是开局时，黑白双方都下得相当从容，像两位翩翩君子踱步似的。这种从容，令人屏息！宛如一柄宝剑极慢、极慢地从匣中抽出……仿佛有千万斤重。我不由地想起另一种境界，“宁失一城不失一先”，可见先手在弈者是性命也似的东西。而这里，“不争先”当中，弈者双方挟着自信、克制、力度，恐怖地相互逼近。

“争夺天王山。”黑白双方都在奋力朝中腹出头，那棋已伸长了颈子。棋的身躯还卧在棋盘上，但棋的头颅已从棋盘上高高昂立起来，它们在争抢制空权！

“黑得意。”白棋痛苦地以单官连通回家，而黑棋在宽松地攻着，每一子都能收获实空，极像远远地甩动鞭梢，将一群白羊驱赶回巢。棋势之志得意满，叫人看了瞠目。

“公费游览。”双方棋势已成，疆域粗定。白方朝公空地带投放一子：试应手。此手无论黑方怎样，白都不损，犹如愉快的公费旅游。

“盘面温度高达三千。”弈至中盘，黑白双方都作殊死争斗，战端从一角起而漫及天下，彼此都有孤棋、连环劫、大龙奔走、死活未卜，着着都是胜负手。满盘炽热，竟使得弈者手持子悬在空中，半晌放不下去。如同不敢探入炉中，连旁观者也被炙痛了……

“失误也是棋艺的一部分。”这盘棋是争夺进入名人循环赛圈的决胜局，白棋苦战出头，打穿了黑棋锅底，只要白大龙不死，棋便胜定。黑方已进入读秒，白方时间仍宽裕。这时，白方只须走出一个连初级棋手也识的次序，白大龙便就地成活。白方早在十数手之前就已瞄定这个次序，现在该走了。谁料，叭地将子敲在了不相干之处，造成天大的疯着！不可思议的恶手！连弈者自己也呆若木鸡，不信是自己下的。此一手，送去百余目实地。对方侥幸拣回一盘，但面孔并无喜色，也呆呆坐着。裁判、记时员、对弈双方都不说话，赛场难堪地沉默着……数年之后，一位睿智的专业棋手沉痛地说：“失误也是棋艺的一部分。”多么深刻，多么哀婉，多么平静，仿佛独自面对苍天。

“宁死不走。”做人有宁死不降，弈棋也有宁死不走之处。黑白双方正在缠斗，白方稍占上风，极力压迫黑棋补活一手。黑棋如补一手，等于将头颅缩回腹腔里来，棋形萎缩，既丑陋不堪又惨不忍睹。这手棋背叛棋的精神，玷污棋的美感，坠落棋的境界，仅求苛活而已。因此，这样的棋，棋手宁死不走。于是，慨然认输。

此外，还有“气合”，“盲点”，“结构模糊”，“富有弹性”，“暗藏野心”，“冷静”，“奢侈了”，“想过头了”，“掏心摘胆”……每个小标题下，仅数字至数十字解析，附一幅局部棋谱，组成一个美妙作品。无数个美妙作品聚集起来，才是一局棋，仅仅是一局棋！

我惊叹了，围棋家本以精深的算计为长，但他们在议论棋局时，广泛地大密度地使用种种感觉性语言，若吟若叹，亦歌亦泣，忽厉言长啸，或傲如君主或一闪至天边……这些表达方式（思维性质）已接近于文学家了。何况，那一幅幅黑白相间的美妙图谱，本身已是版画，其造型中哪个不意境荡漾？其蕴意中哪个不是人生境界？他们虽然行走着与旁人不同的独特蹊径，但仍与我们亲密融会了。哦，人在大境界上是决然一致的，是一种自然之美生命之美一把掳走了我们！

就棋力而言，十个我摞到一块儿也挨不着他们的盘面，但是精神上，我应与他们等高，我必须与他们等高。这样，我才有资格有能力欣赏他们的卓越创造。而且，人的精神，并不能和身体那样自行长高，它必须在另种精神召唤下才能升高！精神要求并立于世。

围棋艺术家（他们无愧于此称呼）在围棋生涯中也放射着魅力，他们个个都和舞台艺术家一样有大串绰号或流派。

吴清源——“昭和围棋界的伟大巨人。”武宫正树说，他创造的新定式数不胜数，对于所有棋手来说，他犹如苍天在上。今天当一个专业棋手很光彩，大半是托吴先生的福……所以，武宫初次与吴清源对弈时，心境似在做梦一样。吴清源名后已经无需什么艺术评价了，因为各种艺术评价几乎都适于他，或者逊于他。他开创了围棋新时代。

坂田荣男——“善于治孤的坂田。”“神奇攻击者坂田。”“钝刀坂田。”“厉刀坂田。”……他赢得的诨名是日本棋界最多的，有些评价甚至彼此矛盾，但都可以很合适地放到他身上。因为他在日本各大赛中获得过60多个冠军，这纪录至今无人能破。“棋子相互争斗时，坂田之强乃当代第一。坂田先生的棋谱，可称为妙手的宝库。”

藤泽秀行——对于他的评价很像是评价一部交响乐。“光彩夺目的秀行流。”“精妙的感觉。”“明亮的节奏感。”“创造性思维。”……他大器晚成，

40 岁夺得“名人”头衔，50 岁以后棋才真正卓越起来（好似齐白石 50 岁以后变法）。最辉煌的是连续六次夺得“棋圣”桂冠。第七次，他与如日中天的青年棋手赵治勋争冠，他已连胜三局，只须再胜一局，就可卫冕。关键性的第四局当中，藤泽已稳操胜券，长考型的赵治勋耗时将尽，藤泽时间却富有两小时，棋已进入官子阶段，本不该出错了，他却走出误着，送掉一盘赢棋。观战者无不为他失常而惊讶。后来他又连输两局。决胜局中，藤泽始终驾驭局面，眼看即可以微小优势击败对手，激战中又出现疏忽，终于以三比四失去“棋圣”。赛后，藤泽即被送入医院，胃部大出血，确诊是胃癌。原来，他在第三局时就已不适，强忍痛苦弈棋，不向外界透露。藤泽终被授予“名誉棋圣”的终生称号。在棋界，对于他人品的赞誉，不少于对他棋境的赞誉。他身后不但有一个流派，还有一个“秀行兵团”。

还有木谷实，他年轻时便与吴清源一起开创“新布局”时代。中年以后，退出棋战，闭门授徒。木谷门下，一代人中就出现五位超一流棋手：石田芳夫、大竹英雄、加藤正夫、武宫正树、小林光一。木谷门真乃天才之门。木谷本人，真乃超级天才。

六

所以，我固执地以为，真正热爱围棋的人都是好人。围棋大师必有出类拔萃的人生境界，天才身上必有美德！是的，才与德，如一对眼睛嵌在人头上。围棋精神，天然地排斥各种病态人格，排斥偏狭、贪婪、妒忌、仇恨、谎言……只要你靠近围棋，围棋精神就要杀灭你身上的污浊之气，而且你还不觉得痛苦，还把这种杀灭过程视为精神沐浴，视为享受。围棋并不拒绝各档次的人享用它，但是它尤其召唤高尚的人、谐调的人、与自然精神一致的人。这种人，一般都是有质量的好人。

丑恶的人下不好围棋，肯定！他那口蛀牙咬不开棋筋，他那功利者的肠胃消化不了棋境，他那狭隘的精神将被棋势烫伤。围棋不语，我替围棋申言：走开些，走到适合你们的圈里去。我不是怕你们受伤，仅仅是为尊重围棋。

让我们看看别人是如何珍惜围棋美感的。昭和十三年（1938 年），日本举办了当时最大的赛事：名人告别赛。一方是日本棋界最后一位名人：本因坊秀哉（秀哉死后，名人称号随之废除，直到 60 年代才重新恢复），另一方是通过一年的预赛才从全日本棋界中选拔出的最高手：大竹七段（当时日本无九段，名人也只八段）。还有一位重要人物，川端康成。东京的《每日新闻》竟把国内最伟大的作家请来做观战记者，这里已透出对围棋的理解与尊重了。因此，赛事具备了名人、高水平、大手笔三要素，轰动一时，棋赛6月26日起手，12月4日终局，持续近半年。名人因年高多病不得不常常暂停，尽管如此，他总共耗时20小时差3分钟，而年轻的大竹七段耗时34小时19分钟。名人输5目。这是他生前最后一局赛棋，不久就死去。双方在这场漫长而艰难的弈斗中，风波迭起，心已用烂！种种令人惊愕的情状，川端在纪实小说《名人》中已写足，此不叙，只讲持黑的大竹121手。此之前，名人弈罢120手后便封盘，由大竹写下121手的落点封入纸袋。12月1日拆封续弈，当裁判八幡当众取出封袋中的谱着，一时竟找不到落点。好不容易找着了，苦笑一声："我以为会走中原呢……"原来，大竹七段莫名其妙地远离酣战的中原，将黑子下在边上了。在场所有人都明白：这是在走劫材。这是偏离主旋律的噪音。

前120手，双方都走出了精妙着法，胜负虽不明，但一盘罕有的名局眼看要诞生了。多病的名人，也知是毕生最后一盘棋，竟在63岁时染黑了头发，强支病体投入棋境，渴望双方极尽才力共塑优美名局的心情一望而知。但大竹七段破坏了棋的节奏，利用封盘做战术，弈出了丑陋的黑121！不知名人当时是否痛苦，他一言不发，应了白122。就在当天上午，名人续弈了强劲的、渴望搏杀的、充满愤怒的白130……观战室轰动，记者们惊道："所谓战争，大概就是这样吧……"当时，中日战争正在大陆燃烧！白130是名人毕生最后也许是最猛烈的迸发，但它又是败着。中午封盘后，川端跟进名人房间，名人叹道："棋已经算完了。大竹君下了那手封子（黑121），我就不行了。这好比难得的画上涂了墨斑一样……"三天后，黑237终局，名人平静地认负。这三天里下的手数，几乎等于前5个多月里下的手数，可见节奏当时快到何种程度。

黑121破坏了棋的美感，引来名人精神上的猛烈震荡。这种弈法与战术，在现代围棋中是合理合法的，甚至是必须掌握的，但在毕生孜孜追求棋境的本因坊秀哉那里，几乎是谋杀了他。川端康成欲哭无泪，哀然作中篇小说《名人》以记之。

无限浩叹……

七

我经常碰到这样的人：棋比我下得好，授二三子照样赢我，但是他并不热爱围棋，只是熟练地操作围棋而已。聊起来，他讲不出棋的优美处。他可以把白子黑子一古脑儿塞进一只棋盒里，他可弈至中盘撂下从容地干别的活，他可以忽然从沙发垫下找出一枚黑子从墙角拾回一枚白子，他可以踱过一盘火热的棋局无动于衷，感觉不到盘面呐喊，他可以成天下棋又从不读谱，他可以在棋盘下压上 50 元钱以赌胜负……

还有一个微妙现象：一个人面对一盘棋时，他往往是个洁净的弈者。可当棋盘对面再坐上一位对手时，棋还是原先的棋，但人——两个人，都变质了。

某次，南京市举办围棋入段赛，参加者众。我自知与段位无缘，不敢侧身，但总想去瞧瞧。便去了。赛场烟雾腾腾，几如工程兵部队刚炸开的坑道。各种各样杯子摆在各种各样的桌上，各种各样的烟卷夹在各种各样的指间，各种各样的人生写上各种各样的脸庞。我各桌浏览，棋力与我相似者居多，想来我也可以入垒的。忽然看见进门左手处有一位小姑娘，便走去专看她弈棋。天哪！她正对着棋枰流泪，满面惶惑的样儿。她大约 12 岁，很丑，面容枯黄，头发稀疏，显然长期劳心又营养不良。边上站着她的父亲，个很矮，职工穿着，正低声呵斥她。再远些，站着她母亲，也是职工穿着，也许不忍看，退避过道处，怀里抱个我都陌生了的军用帆布挎包。一家三口都来了，都穿了也许是最齐整的衣服。我看棋局，小姑娘必输无疑，父亲不懂，还在轻声但严厉地斥她努力。我忍不住瞪她父亲，这时，他抬头向我尴尬地笑一下，又笑一下，眼内是苦痛之色……那片刻，我简直感到恐怖。究竟为什么呀？！小姑娘又丑又弱，家中无权势无门路，她必须靠可怜的智慧来赢取一生，还要抵挡身后的痴心父母。他们也许指望她成才，成为世人瞩目的卓越棋手，他们逼她赢下这盘重要的棋。

我永远忘不了那个片刻！

那父亲是优美的丑陋，伟大的渺小。

那棋已变质，粒粒皆苦果。

我才发现：我们拥有我们正拥有着的愤懑、郁闷、愁苦……在人家那里，竟还是一种奢侈！他们正喘息着要拱出地面！我们在我们的境界中悲怆着、深刻着、思考着，他们只忙于生存，间或朝我们茫然一笑……

一日子夜，从友人家中出来，骑车返军区大院。和往常一样，我又连输两局，输得既痛且快，日间压抑尽去，身心如洗，鼓楼一带竟无人，街灯直铺路尽头。我为自己一人独占这条宽阔大道而欣喜。忽然再度想起丑陋的小姑娘。

哦，天圆地方，人居其间。

天圆地方，孰人能居其间？

棋人小品

一

下棋的人都知道，围棋是一项至情至性的运动。大抵你有什么样的性格，便有什么样的棋路。嗜好斗杀者朝棋枰前头一坐，绝对大砍大杀，满盘龙吟虎啸，即使你是一个温文尔雅之士，与之对弈，也不能不被他带起杀性来，双双死斗成一团；而性情飘逸者弈棋，弈得好坏且不论，棋势可真是行云流水，沾地便走，兀自赏心悦目。当然，下到后来，棋枰越来越小，双方终归要有搏杀。但是那种搏杀，已是兴之所至情之所至，于死生之地而不能不拼，这和为过过杀戮的瘾而下棋截然不同。总之，棋枰只是一个承载物，一盘棋便是一幅双方性情营造的作品，甚至，下棋的人因被棋所迷所误，也不免作品化了。这些年来因下棋而阅人，深感棋艺可叹赏，棋人更可叹赏。

二

凡好弈者，不免自视甚高，四处索战，弄得外界都知道你会下棋。那一年在福州，因某事到一个报社社长舍间，他是军中前辈，素有善弈之名，约我晚间去雅舍下棋。我兴致勃勃去了，意欲好生向他“讨教几着”，其实杀性已起，要将素有盛名的他扳倒。晚间按时到他书房，他是一人独居，房子阔大，且已将棋枰、茶水等物准备齐全，见我便问：“怎么就你一个人？”我十分诧异，这话问得奇怪，我一个人才好跟他下啊，难道还要弄一大堆观众围观不成？前辈这时才说，他不会下棋，但是极爱看人下棋。我不信，因这显然是善弈者的套话，硬催他摆上棋子对弈，才开局，就明白他确实不会下棋，我好扫兴，像是给他诓来的，走又不是留又不是，但是我棋瘾已动，难以扼制，当下就给另一个棋友挂电话，请他即刻赶来下棋。十数分钟后，棋友到，我俩对枰相坐，掷子有声，弈得十分快活。那位前辈，整个晚上就在边上坐着，心无旁骛地看，偶尔也赞叹一两声，大约是证明他的存在，直到半夜，我们兴尽而返，他仍然精神抖擞，挽留不止。我们坚持走了，前辈约我们明日再来。

于是，连续三四日，每晚我们都到前辈家去下棋，这位前辈每次都在边上坐着，眼不错失地观战，抽着劣质烟卷，茶水喝得卜卜响，始终兴致盎然……后来，我和那位棋友因为忙，不再去他家下棋了——实际上觉得在那儿下棋不是个事！活像表演。

我问过机关里的老人：某老究竟会不会下棋？他们均断然道：下得好！下得好！我们都下不过他，云云。此事我至今不解：1、前辈显然不会下棋，何以竟有这么大的善弈之名？ 2、既然不会下棋，何以又如此酷爱观棋？他于茫茫然中又能观出个甚来？ 3、既然又爱棋又爱观棋，为什么至今不会下？须知他已看了无数盘棋，早该看会了呀……不解不解，久之，我也不想索其解了，只隐隐觉得，前辈与棋的关系极有趣味，极有内容。

三

机关里人终日忙于事务，善弈者不多，但气昂昂自以为“五十步内平天下”者竟有不少。一日，张友拿着一份材料去找江友核实出处，恰巧两人都嗜棋。此人见了那人，指着材料中某段，笑道：“看你这臭棋，写的什么东西！……”他本意是说材料中某段文字不确，只因脑袋里正想着棋，一开口竟将棋枰上的笑骂语言说了出来。这位朋友当然不依，当下就要找回名誉来。两人关上门，蹑手蹑脚摆上棋，于办公时间下起棋来。因那棋盘是塑料布的，办公桌摆不开，一只角儿就垂在桌边上，每每下到此处，一人就用手掌托着它，小心翼翼朝上面落子。每落一子，双方都要确认一句：“看清楚，是这儿噢！”……虽然如此，两人仍乐此不疲，直下到深夜。其间，常有手掌不稳，致使棋子错动的事儿发生，两人就争执不下，彼此都认为对方棋臭无比，到最后，还得重开局再战。他们下得忘情，及至第二天天亮，家人到处寻找，他们才从办公室出来，跟人说是“赶材料”。临分手时，张友忽然想起某盘棋某子摆放有昏，立刻在自己巴掌上指指点点，说对方那盘棋是输定了的，叫：“你混赖了去，不算。”江友反击道：“在这子之前，你在左角打劫时已经输定……”双方只好说定，吃罢饭，再到办公室来“赶材料”。

这天下午，我到办公室去取那份材料，敲江友门，听里头道：“等等……”我等了几分钟，门才开。原来，他二人都用手掌托着那只棋盘儿，分不开身，待下完此局，才能给我开门。我说，你们干吗不到会议室下呢，在这窝着多难受！他们猛想到今天是星期天，不必避人眼目的。于是冲到会议室，在双人床那么大的桌上摆开棋盘，恨恨地下起棋来，两人都觉得自己很冤枉：早在这儿下的话，“你早完蛋了！”

附带说一句：将近十年过去了，张友和江友棋技仍未有丝毫长进，却仍然双双指责对方棋臭。而两人的写文件、抓工作、当领导诸项本领，却已远远领先于机关同仁。棋痴乎？人精乎？

四

几年前以聂卫平为首的围棋运动席卷全国，当时给人印象最深的有两样：1、擂台赛五连胜，大长国人志气；2、应氏杯奖金高达40万美元，世人为之瞠目。也就是说，围棋这东西不但能振国威，还能赚大钱！这种概括也许粗俗点，但在我等小民眼里，是也不是？

可惜，围棋就是围棋，今举一小例再证之。

市里举行棋赛，我兴冲冲跑去观看。到了赛场，被那气氛吓了一跳。一张张长条桌两边坐满了人，过道上几乎不能立足。赛场烟雾腾腾，窗子小，烟雾跑不出去，赛场像刚炸开的坑道。各种各样的茶杯摆在各种各样人手边或脚下，小心翼翼护着；各种各样烟卷夹在各种各样的指间，大多数烟都挺贵的；各种各样神情写在各种各样脸庞，那情感都挺浓的。我没有想到这里会有那么多孩子，最小的只有七八岁。我对孩子最动心，便盯住一个看起来。她约12岁吧，很丑，面孔枯黄，头发稀疏，显然长期劳心而又营养不良，身上也谈不上什么打扮了，但是干干净净的。

我看这个小女孩，是因为她父母正一左一右站在她两边。父亲个子很矮，瘦瘦小小，职工穿着，正低声斥责她。母亲站得稍远点，怀里抱了个连我都陌生的军用挎包，那包里大概有水壶什么的。为了支持女儿下棋，一家三口都来了，都穿上了也许是最齐整的衣服。这场棋赛，本周要连下五个晚上，他们很可能得天天来。我看女孩那盘棋，败势已定，女孩久久不落子。父亲可能不懂棋，正低声斥责女孩好好下。女孩满脸是泪，往手背上擦……

忽然，父亲抬头看了我一眼，尴尬地笑了一下，眼内却是痛苦之色。那片刻，我感到恐怖：为什么要下棋？为什么要逼迫小女孩赢下这盘棋？

我胡乱想着，这个小女孩又丑又弱，家中显然无权无势且又无什么门路，她必须依靠自己的可怜智慧来赢取一生。她面前有一个比她强大的对手（中年人，胜势已定），身后还有一对正使她透不过气来的痴心父母。这父母正和天下一切父母一样，渴望女儿成才，成为既能为国争光又能赚回钱来的卓越人物。他们正用灼热的爱心逼着她赢下这盘重要的棋，他们执着于自己已实现不了的理想，并且一点一滴注射到女儿身上去，渴望女儿替他们实现。他们的痴情使他们看不出女儿能否承受得了，他们已看不见满场有那么多的人都在为胜利为生存而拼搏，他们只盯着自己女儿……是不是这样，我不知道，但我害怕是这样。我只永远忘不了这个片刻。

唉，在于别人（如聂卫平氏），棋也许既是棋又是别的什么，而在更多的人来讲，棋就是棋！既是情之所钟，也是性之所误。可叹聂卫平不但创造了一个棋枰上的胜利，还替更多的人创造了一个美梦：在棋枰上赢得除棋以外更多更多的东西。一时间，围棋轰轰烈烈了。

当围棋变得轰轰烈烈的时候，它就丧失了棋的清寂与静灵。它就可怕了。

我不禁想：我们是不是老将一些原本可爱的东西，发展成可怕的东西呢？

有时竟是出于爱。

五

临睡前我喜欢翻翻棋书，可以说，我每日最后一件读物，常是棋谱。我拿它来消闲，或者消烦，洗心荡气。

棋谱这东西，是一种散文似的智慧小品，每份棋谱都是个有性灵的、活生生的小宠物。它们虽然属于围棋大师的作品，但并不因此而高不可及。假如你会看，它就变得大起来，无边无沿，美不胜收。假如你不会看，或者从最平庸的角度看它，它也能变得轻薄而平庸，像一道简单算术题。总之，它因人而异，总是恰对你的口味，总是恰恰站得和你的境界一般高，决不高出一点儿。仅此，它就够妙的了。

棋谱这东西，从造型上看，也像一幅版画。有的古朴，有的灵动，有的深奥，有的淡如云缕，有的浓做一团……而且，因篇幅所限，每个棋谱都是一局棋的局部，每一个都没有结束，因而要求你用自己的智性去发展去拼接。看着看着，你就不得不进入创造了，把自己搁进去，弈上几着再同大师的着法比较。所以，它又是有形有声有问有答的，同时没完没了深不可测。读一份残谱，如同一口老酒呷在口里，那滋味缠绵不尽，九曲回肠。

每份棋谱都有个小题目，干脆明朗，俱是大手笔。比如《过分》《不尽意》《崩溃》《奇妙的感觉》《宁死不走》；再比如：《失调》《贪婪》《弃子腾挪》《窥视两边》《要点一击》……凡此种种，几乎是在说丰富的人生。围棋的基本要素是算力，但是棋的生命却是感觉，几乎所有的棋谱题目都是感情性的、情绪性的。因此，黑白子们簇拥着一股诗意，都聚集着一种人生境界。我常想，自己作品的题目要都能像它那样精彩该多好。

读谱像看画，随手抓起一本就能看，不必找开头，也不必读到结尾。兴之所至就看，兴之所终便弃，十分的随意。它比看画更惬意的是：棋局并没有上下左右，也就是说你横着看行竖着看也行，彻底的自由！它像星空那样铺在你掌上，任你观赏，怎么看它都是天然自在的它。就这点来讲，棋谱仿佛非常原始，回归到了上下左右不分的混沌一团，那味儿就跟天地未开似的。但是，它时时在动，每份谱都是棋的一个瞬间。打个比方来讲：水在天上时是云，在地上时是江河，而从天上往地面掉落时就是水珠——也在此时它是棋谱。棋谱跟音乐那样抽象，看上去也像五线谱，读谱时，心儿得在上面滑动才行，滑得起来才能感觉到它美。棋谱又非常具体，一子是一子，呆拙至极，仿佛死在那里……欣赏零零碎碎的棋谱时，就像欣赏一个个念头。你可以全心全意地看它，也可以半心半意地看它，还可以似看非看，还可以拿自己的念头裹着它……总之，随你。接着，人就困了，身心化掉似地睡去。

所以书架上虽然放着许多大书，但翻弄得起角儿的书，总是那几本棋书。

我就是酒

假如没有酒，人类将大幅度萎缩；假如没有酒，激情与忧伤将难以消解；假如没有酒，你我将没有放浪的时候因而也谈不上什么严谨；假如没有酒，也许会减少一些犯罪但也会减少更多的创造；假如没有酒，人会停留在常态中就像凝冻在一团规范里，近乎非人；假如没有酒，艺术爱情冒险壮举等等都大大贬值，降为一种阉物；假如没有酒，历史将不堪卒读而不像现在这样每页都在颤抖……因此，假如没有酒，人类肯定将被迫创造出比酒更加奇妙的琼浆，用以燃烧自己。天上可以没有上帝（信仰），地下可以没有阎罗（归宿），人间却不可以没有酒！

酒把人释放出来，靠的是一种醉意，所以，酒本是一种意境，为了投奔那意境我们才投奔酒。为了那爆炸式的欢乐，为了在一瞬间超越自己，为了那奇妙的知觉和飘渺的仙意，我们痛醉一场。你看，清清亮亮一杯酒下肚，饮者自己却像一柄剑从剑鞘中拔了出来，整个人光芒四射。他脱去了包装，显露出赤裸裸的、可爱可憎可敬可笑可歌可泣的本性来。言语不再是字斟句酌，而是从腹中涨漫出来，或者干脆是一串串摔出来。连他也为自己能如此无羁无碍而感到莫大痛快。假如人能够选择死法，我想列入首选者应是醉死，其次才是笑死。因为，醉意的内涵比笑意的内涵要丰富得多。

醉之妙处在于微醺——那是人的理智终结与神的意境开始之处，饮者随心所欲地高谈阔论，仿佛全身每一个器官都张开来说话，仿佛天下只剩下他一个人，神游八境而意蹈四海，万众昏昏唯吾独醒（人在醉中竟有清醒如意的感觉？），他像条河自由自在地流淌，恣意鸣放情感四溅。彻底消除了人清醒时必有的压抑和循规蹈矩以及自卑自尊之心，还有那时时伴随的目的感、责任感等等。

微醺中的人看上去个个都挺好看，都有一种出自天然的骄傲，胸胆开张血性亢然，心境旷达无畏。一刹间他谁也不怕了自然也就谁都不防备了，他相信坐在身边的人个个是朋友，想说什么就说什么，想笑就笑想哭就哭。或者对酌者虽然不是朋友，但自己比他更有力量，想把他怎么样就怎么样，他却无奈己何……我觉得，处于微醺状态中的人都暂时借得了一颗健康的心灵，纯净自然，起码比平日里干净多了，敢于把自己藏着掖着的旮旯里的东西抖擞出来——即使是小小一番抖擞也能获得老大一堆快感，而且彼此号召着感染着。竞赛谁能把自己的舌头扔得更远。酒把人的精神稍稍浇灌一下，呼啦一家伙就冒出那么一片精神气儿。光这点就挺美！平时你精神上缺少什么，这时就猛给你增长什么！

还有啊，酒中的人善于遗忘，这点尤其妙极！不是伪装成遗忘，是真正的遗忘了。经常看见人就着酒儿亲切了半晌，彼此把心肝都互换过几回，一醒过酒来。啥都忘干净，光剩下曾经舒服过一次后留下的空白。咱们替他想想，要是他把一切都记得，那该多么沉重？醉中所言疯话大话隐私承诺……样样都将追上心来报复他，将他骇傻掉！那样一来，饮酒就成了一种幸福预支，过后要加以重税偿还的。只有谁也不把酒中的话当回事，说过以后就忘掉，饮酒才有快活，饮了一次还有下次。也就是说，就着酒儿说的话都是因幸福而生的效果，大家听过就忘，概不追究，顶多笑上几回，这样就只剩下酒本身的奇妙，就没有弄脏对酒的享受。生活中的烦恼事足够多了，不少人得成天揪着自己的心儿过日子，不善于遗忘是活不下去的。假如有酒帮我们而我们还不肯遗忘的话，那就不但背叛了酒也显得太不可救药了。在酒境中区别君子和小人，我的看法很简单：第一看他是不是斤斤计较，以至于计较到了一盅一滴的程度，每碰一盅都充满技巧感，宁死别被人骗进酒去（尽管他也很好酒，却仿佛多喝一滴就是吃了大亏）；另外就是看他肯不肯和众人拉平喽，比如为官者降低点身份，为民者敢于与天子共饮，大家因酒而化作一堆，而万万不要众星捧月，像正常人间那样倾倒于权贵者一方。酒场中的酒奴也似乎不少，更有高贵者离了酒奴似乎也喝不痛快，非要人捧着劝着求着刺激着才喝得下去。更有些聪明的酒奴类似大观园里的鸳鸯，虽是奴，但能把主子们吆来喝去，让他们熨帖得不行，各种分寸捏得妙至毫尖，使被吆者也过一下被吆喝的瘾（在心理上近乎于一种享受）。酒场上最活跃者往往就是酒奴，尽管他口舌动作都显得大气磅礴，仿佛君临天下，这只是证明了酒奴的质量而并没有改变他的性质。犹如高贵者虽然谦谦地和众人坐在一张酒台上了，也只证明了高贵者的质量而没有改变他的性质。更何况他们中好些人不是为酒才坐到酒台上，倘若真想饮，就猫在家中安全处独酌了。

酒既可以聚集万人，喝得轰轰烈烈；也可以一己独酌，喝得悠长而神秘。酒入愁肠，愁上添愁；酒入情怀，如火如荼。酒取于水之精物之髓，是至情至性之物，饮酒也就成了至情至性的情感运动。如果你心中欢乐，酒使你的欢乐弥漫出来，欢乐到了不可收拾的程度；如果你心中悲苦，酒使你的悲苦愈发浓郁，仿佛天下苍生，唯己为最；如果你渴望创造，酒便遣万物于笔端，并提供那妙不可言的灵机一刻；如果你对谁恨之入骨，酒便在你胆中燃烧，要么使你掷盅而起，手刃仇敌，要么使你稳如泰山，心里却已嚼碎了对方，暗中狠过了一通嗜血复仇的瘾……总之，酒使你内心情感翻倍，大幅度地扩张了自我！酒是阴柔的、绵软的、物质的、形而下的、无形无色的……一旦和人结合，它又变成阳刚的、火辣的、精神的、形而上的、有形有质的……因此，一个“醉”字，差不多就是一个缩写的世界！一个浓浓的诗意！古希腊弥漫着酒神精神，从而写下一大篇令后世沉醉的历史，我们至今仍可以嗅到千年前的醉意，依稀望见那伟大的创造力，只嗟叹无由进入那种境界。我想，一个酒神精神，恐怕已占去整个人类精神的一半，而且是无愧于“一半”的一半！

由于自己体弱不善饮，且十分钦佩各位豪客的海量，每在酒场上，便畏畏缩缩的。有人劝饮，就百般推脱，常自以为耻，可是又不喜欢被他人斥为耻，只好每每陷入无奈中，为此已不在乎什么自尊自信一类外在包装了。但是，我却十分喜欢看人家饮酒，特别是大气磅礴的豪饮，私下里喜欢对着他坐，像对着一轮太阳，浑身都舒服，常为之沉醉，常替他痛快！我无缘入醉，但我再不能丧失对酒境的欣赏，甚至用对酒境的欣赏来补充对酒境的体味。

有时，被人劝饮劝得恼火，心中便愤愤地想：

我就是酒！

是啊，人就是酒。生命就是一盅美酒，创造就是一盅美酒，身心就是一尊有形有质的酒器。到了何时，人们才可以不醉而常醉，不醒而常醒？可以不借助酒的魔力随时进入奇妙境界？可以看见一片落叶飘摇，看见一滴露水闪烁，甚至一缕阳光落身，一缕音乐入耳……都霎时进入如醉状态？

酒是一种美的呼唤，能够感受到这种呼唤的人其实不多。大多数人视酒为人生的补充，也就是说他的人生是有缺损人生。到了何时，人们可以像酒那样散发美妙的气息，如斯如是：我就是酒！

了不起的自行车

毫无疑问，咱们是一个自行车大国，每天都有上亿辆自行车在国土国道上滚动。自行车是很有意思的交通工具，最早发明出来时是种玩具，后来才发展出健身和交通代步的功能。它提供一种比汽车慢、但比步行快的速度，提供一种比较原始的驾驭感。此外，它比较便宜，不及轿车一只车轮的价格。尽管两者都叫车，但我们和人说“借你车用用”，肯定是指自行车而不是私人轿车。自行车在咱们这儿多得已形成某种社会默契，并代表咱们的生活节奏。在南京市，市内电话号码是 5 位数时，自行车牌照早已是 6 位数了，当电话号码成为 6 位数时，自行车牌照便是 7 位数了。咱们市镇乡各级公路，最适合于自行车行驶，而汽车绝不敢开快喽。咱们生活区与工作区的距离，由家到单位的距离，两个朋友所处的距离，上街采购办事游玩的距离……统统受自行车制约，没有它咱们将跟毁了似的，哪儿都甭去或甭想去。我觉得咱们几乎半个国家就载在自行车上，自行车具有跟咱们国徽那么了不起的象征意义。此外，自行车的安全保险便宜实用等等小康者的优良品质，也太适合于咱们的心理了，并不仅是适合咱们的经济。或者说，咱们的心理就搁在自行车后座上。

所以啊，咱们好些习惯、意念、思想都是在自行车上形成的。一旦我们之间有谁骑不动车了，那才真正是无可挽回地老了。有天晚上在某剧院看上海芭蕾舞团的《天鹅湖》，停车场排满了自行车，且一直排到距剧院几百米外的公路上。自行车们车把压着车把，前轮统统歪向一侧，纠缠得那么紧，简直不可能从中抽出一辆。后来，头里的一辆车倒了，它们就多米诺骨牌似的一个挨一个倒下去，一直倒至百米以外。那一瞬间也挺惊心动魄，众人“啊啊”地叫着，为自行车群的倾倒所倾倒。倒下的自行车群几乎不可能扶起来，除非从头一辆开始一辆辆地拽，它们跟铁丝网似的纠缠在一起。众人叹息着，无奈离去。到散场，宽阔的公路上塞满自行车洪流，每辆车只有比车本身大不多点的空间，人们就这么骑在车上，摇晃着上身，眼紧盯着前面人的后轮，手捏着闸把，聚精会神地骑着。车群们危险地保持平衡，假如摔倒一个，必然撞倒一片。这时候，便显示出骑车人应付危机的能力了。车们很慢，浩浩荡荡又颤颤巍巍，像一个巨大的默契，在险境中运行。没有一个碰撞没有一人摔倒，大约骑出两站地，车群才缓缓散开。这种状态和这种功夫，不令人惊叹么？在某种意义上它甚至显示出咱们民族的稳定。

最适合骑自行车的城市，首推杭州。在西湖岸边，道路宽展，缓缓起伏，水清风柔，花木摇曳，景致绵延不断又时时变幻，骑车绝对不寂寞。自行车一到那里，多数人都放慢速度，不按铃，浸在那韵味中。不止是用眼看景，而是用全身心渗入景中。坡儿极富人情味，其坡度是骑车人胜任愉快的坡度。空间大极了，好像湖山草木都交给你似的。骑车完全是不知不觉的，你就到了地方。

骑车最枯燥的城市该是北京了，尽管它拥有全国各城市中最好的道路，但那是为机动车设置的。道路宽阔笔直无起伏，骑到哪儿两旁的模样都差不多，无变化便觉得累觉得烦。访友办事上班，一骑出去就得十几里，北京太大了，太板板正正了。北京的骑车居民真值得同情，外加点敬佩。

在骑车的时候，思维格外兴奋，零零碎碎的念头不时冒出来，怪有节奏的。有时，冥思苦想不得其解的事，骑车半道忽然有了主意，顿时跃跃欲试，脚力倍长。是的，在骑车时我时常觉得自己挺聪明的，而一下车就变笨了。骑车的韵律、有节奏的力度，促使人大脑兴奋。就跟坐火车、跟在搓板上搓衣服、跟剥毛豆之类的事似的，脑内特别容易出意念。作为脑力劳动者来讲，自行车是个帮手。

年轻时，骑车时容不得前面还有一个骑车人，便超车。超过去之后，前面自然还有骑车人，便又超车，所以，一路都是在冲刺状态中骑过来的。那时骑车只认速度，让耳旁风呼呼叫。后来年纪大了，结婚了，自行车上加安小孩座、物品筐什么的，两眼开始承担搜寻瓜果菜蔬的责任，自然快不起来了，甚至开始为别的自行车让道。有时也顺带瞅一眼骑车女性的背影，判断她正面好不好看，但一般没有超前去回头再看她一眼的欲望了。顺带说一句：即使超前去看一眼也往往叫你失望，不如不看，背影和正面常常是两回事。

自行车有惊人的耐用性，人一辈子能骑烂几辆车呢？我想最多两三辆，远低于西方人更换轿车的频率。不错，一辆新车，很难保证它光洁如银，一个雨天下来它就旧了。可是，要骑到它不能骑了的程度却很不容易。我第一辆自行车是家里1975年给的，在此之前父亲已骑了它近10年，有自行车证为据。而我，骑它一直骑到去年冬天，算下来它已被骑了25年左右。我换掉它，是因为那天车上丢了个螺丝，而大院车铺那天又恰好不开门，便转身上街买了辆新车，否则，我还会骑下去。它是黑色飞鸽牌的，无数次进车铺修理，又从容复出。它常常不锁，撂在车棚、过道、路边和菜市场出口，但从没丢失过，只因为它太旧。它也常常被撂在雨水里烈日下，只因遮阴避雨的位置都被别的车占去了。它几乎所有零部件都被更换过，只剩三角架还是原装货。它太适合于我这个懒人了，忠实得有些过头，有时我也暗暗希望它丢失或报废，我可以坦然地买辆新车。但是一骑上它，我身体立刻和它吻合，坐垫车把刹车脚蹬……都完美地适应着我，就跟我肢体一样。就是这种感觉，使我不忍抛弃它。1986年夏天，我出差三个月归来，看见它倒在一堆树枝里，三角架断了，前轮被拧成麻花样。我当时顿觉轻松：啊，它终于完了！然后才生出一点惋惜。

我出差时，把它露天停在一株梧桐树下，整整放了三个月。前几日一场巨风侵袭南京，大梧桐树轰然倾倒，造成的唯一破坏就是压毁了我的车。它躺在那里，样子很凄惨，我觉得我得把它丢到一个远地方，否则老叫人看了心酸。垃圾洞里根本塞不进去，正好政治部一辆面包车在边上，我把它塞进车里，准备拉到院外扔掉。车开出院门，我忽然看见门口有个车铺，便请驾驶员开过去，扛着它下了车。修车的老头一见它便惊道："人哪？人怎么样？"他以为出了车祸。我说："人没事。您看它还能修吗？"老头说："没有不能修的车哇。不过这车还是别修啦，买新的吧。"

我坚持叫他修，老头换了前轮换了三角架，要了我60元钱。现在，它身上再无一点原先的部件了。那天我想了一下：为修理这车我先后花费的钱，足够买一辆半新车了。然而那天我骑上它时，心里特别高兴，它还是和以前一样与我吻合。后来我又骑了它四年。最后，只因为它掉了颗螺丝，而那天车铺又没开门，才最终抛弃它。我心里很明白，我只是想找个机会抛弃它而已。

我把它推到车棚最角落里，锁上，就去买车了。我当时以为不是抛弃，只是放一放，过两天再去修它。谁知此一放，我再没有碰过它。直到现在，它还在北极新村 53 号楼车棚里，浑身不断落满灰，又不断被雨水冲刷掉。车垫下面仍然塞着一团擦车布。每次进车棚我都看见它歪斜地立着，但是不倒。我偶尔也想：要是来个朋友向我借车，我就把新车借出去，把它修好再骑，它只是少一颗螺丝……

可惜没有这种机会，本单位有一部轿车，来宁朋友可以坐轿车。

哦，我曾经有一部了不起的自行车，它饱受磨难不屈不挠。它被热爱它的人抛弃了，抛弃之后此人还想出许多道理宽慰自己，包括写下这篇散文，目的是结束宽慰。

背影

记不得在什么地方遇见他的。只记得，当时我身边突然走过去一个穿老式军装的人，样子极为疲惫，他的面容和神情我肯定熟悉透了，但叫不出名来。他走路的味道很像正走向某个不祥之物，他极不想去又不得不去。完全是因为他从我身边掠过，那一瞬间我被碰伤了似的，脑中顿时轰轰然。我继续朝前走了几步，其实感觉仍然停留在刚才受惊的地方。几步之后我突然醒悟：是老连长张某某！

我掉头朝他追去，到他身后几步远的地方放慢脚步，仔细地看他背影，希望在不惊动他的情况下认出他来，同时酝酿着与他相认的情绪——因为从他的苍凉景象来看，那可能是一次十分压抑的相认。这种相认你虽然可以假想它永不出现，但是它一旦出现了你却不能逃避。这种相认犹如一个隐痛潜伏在身上，它可以不发作但又永不消失，甚至可以说，这种相认需要双方做人的某些勇敢……我仔细地看他背影和他的侧面，终于确定不是他。我松口气，几乎喜悦起来。放眼看满街路人，也觉得他们都亲切多了。

我和老连长相处了足足八年。此期间，他从一个新任连长堕为一个大错临头、被迫去衔免职的连长，而他所犯的错误又是为人所不齿的；而我从一个弱不禁风、少不更事的士兵成长为一个略经风霜的合格军人。这种位置互换，很大程度上又是因为我从老连长身上汲取了许多营养，是他帮助我生长成人的，所以我想，老连长不配做一个合格的军队指挥员，却恰恰是咱们这个大学堂中老谋深算的师兄。说干脆点，他不是个东西，他却使身边的我们这些东西大受教益！他丰富着我们，他举高了我们并且折断了自己！由此引伸开，是不是可以说：在某种意义上，我们不仅要感谢杰出的思想家、科学家、艺术家、探险家……也要感谢形形色色的但同时很有质量的罪犯、豪强、乱世奸雄（只是决不感谢蝇营狗苟者，他们的质量太低弱，他们既不懂破坏也不懂创造，却天然地随时准备歪向任何一边，就跟阳光按倒一片树叶那样泰然自若。他们的专长是擅于小心翼翼地腐蚀周围，就跟他们善于追随一样。这种追随已经变成对被追随者的腐蚀，他们永远只是一群庞大的数量上的存在）……这后一种人类，客观上不仅在伤害我们也在营养着我们（重复一遍：在某种特定意义上讲），教益着我们。他们与大多数人几无可比性，倒是和前一类人（思想家、科学家、艺术家、探险家……）在精神内核上不乏相通之处，从审美角度来看，几乎如同旗帜与旗杆那样相配。我想，社会学的任务绝不是将后一类人消除干净，而是将他们限制在一个合理的比例内，反倒更有益于整个社会，假如这个世界全部拥挤着前一类人，而没有后一类人均衡其中，岂不也跟光剩下后一类人一样恐怖么？

这大概也是一种对于“背影”的凝视吧。

那一天我作为一个新兵蛋子走进防区，山上到处在挖“两防工事”（防原子、防化学），老兵们的脊背从沟坎中露出来，然后跺足怪叫着，或用手拍击锹柄镐棒什么的，眼睫上沾着土屑看我们。后些年当我也以这种目光看别人时，才体会到这很像喝嗔一头小兽，比如贸然闯入的野猪、山獐之类，这种喝嗔饱含野蛮的亲切，其间很少要宰掉你的意思。假如老兵恨谁了，相反倒是对谁一言不发了。

在连部，我看见了老连长。他当时还是副连长，但已经知道自己要当连长了，所以，谁要是叫他一声“连长”，他高兴地吱吱笑，随后纠正别人不能那么叫。纠正别人时用的声态，就跟鼓励别人差不多。第一顿饭是在连部吃的，对于新兵是个荣誉。我们吃的是炒米粉。老连长一边吃，一边夸奖自己负责定制的铁饭筒定制得好！野营说用就用上了，其他连队没有，打饭打菜都不方便，这是连队建设问题等等。于是我注意到连长说的铁饭筒就是我们现在正用着的饭筒，难怪这饭菜里有股浓厚的铁腥气，呛人！饭筒们都还是新的。老连长问了我几句话，年久俱已忘怀，还能隐约记住的是：

“你什么成分啊？”

我说我不大清楚。

他大笑，“你读过书没有？”

我说读过。

“那你记住：本人成分一栏里，填学生。”又说，“你家里什么成分啊？”

我说，“革命军人。”

"你父亲呢？"

"贫农吧……"我不太自信。

他又大笑，纠正我，"富裕中农。"

原来他已经看过我的档案了。既然如此，他为什么还要问我呢？为什么非要把我搞得像要欺骗他似的？老连长吃完饭，交待通信员，吃剩的米粉都要留着，他下顿再吃。"上次那个谁谁，把米粉全倒了，被我在军人大会上点名！"然后目光看我，用商量的口吻说，"新兵么，下午休息休息？"

我好歹反应过来了："不不！下午干活。"

应该承认，无论以什么动机入伍，在最初都会对军队抱有某种程度上的幻想。特别是在一个到处是梦想的年代里，以一个容易入梦的年龄，进入一个充满梦幻的军队。不过，将军与元帅离你太远，沙场与骏马更加只是一种诗情画意。这时，便容易把充满诗情的目光投注到离你最近的军人身上，并且暗暗向他们提出一种过高的、充满诗意的要求，用以满足自己的心灵。在军队，基本的军事单位也就是基本的伙食单位——连，一个连便是一口锅，全连的人都在这一口锅内搅勺子。所以，连长就像家长，这种近似血亲的生存方式，在我们当今较落后的军事装备条件下反而宜于提高战斗力，易于管理、统一、驾驭。因此连长就是军人楷模，他代表着士兵们（包括他自己）几乎永远也见不到的统帅和沙场，从而使自己成为士兵们生活和梦想中的权威替代物，他就是那口锅，他得把生存、战斗、性欲、忧愁，以及吃喝行卧全考虑进去。他几乎是所有领导中对一个士兵影响最大的人，所谓"军委决议"，所谓"上级命令"，都只有在连长口里道出才有权威，否则只形同乌有。和平年月里的连长们普遍的、最大的毛病是：会带兵，却不会打仗。

我的连长也是这样一个人，在当家理财方面，他非常杰出，我们经常听到他在军人大会上扳着手指头絮叨：本月份粮油耗费多少，蔬菜收入多少，连队小金库尚存余多少钱粮……音容生动，滔滔不绝。每当他这么说时，我们都暗喜，这常常意味着今晚要改善生活了，吃个肉包子什么的。对于战士心态，他也了如指掌，知道他们每时每刻在想什么，怎样才能准确地掐住他们的命脉，让他们舒舒服服地俯首帖耳。他把全连团聚在自己周围而不是指导员周围，恰巧我们的指导员又太没用了，战士们不论任何问题都找连长而不是找指导员。连长很合适地把指导员搁到一个摆设位置上，至今我也不知道指导员觉察到没有，怎能那样安之若素？

连长谈连队当家理财方面种种细微之处，远比他谈军事教学有魅力。前者他充满感情也充满智慧，比如讲一勺菜油，他会细细地讲如何用这一勺油烧出满锅的油花来，让人以为用了二三斤油似的。讲连队的菜园子，哪一茬菜接哪一茬菜，长年保持“斤半加四两”（总部对连队生活的要求：每人每天一斤半蔬菜，四两肉）。讲连队的储蓄，前任留下多少，到他手里增长了多少。说话时，双手端个小本捧在胸前，如同捧住自己的心肝，他说每句话时也深深享受着那句话，他为自己说的那些个事儿陶醉。我们排列整齐地坐在小板凳上，间或也会入迷，像狗们被主人梳理鬃毛。连长毕竟是在说我们自己的细琐事，再啰嗦也属于言之有物，不是讲大道理。他说炒菜用油，不是说“倒一勺油下去”，而是说“我二斤油摔下去”！说连里的储蓄，也不是说几百几千，而是说“我五位数攥在手里”！说连里火炮，也是说“我四管炮一线排开”！总之连里的一切在于他都是“我的我的！”……这种语句及表达感情方式，征服着面前的我们。这时候他是一个超级连长。我们笑声不多，偶尔有两下，却无人会打瞌睡。

由于我们经常这么细微繁琐着，更由于我们对这种细微繁琐的偏爱，人的心灵与志气，也渐渐变得细巧了——如果不好意思承认渺小的话。我想，假如给我们这支连队定一个成分，那么肯定是：上中农。

连长的军事素质平庸，战术技术水平堪可守职，却无以教人。所幸营内还有个比他更差劲的连长在位，也就显不出他的无能来了。当时我所在位置就靠连长身边，回回作业都在一起，他的迟钝、木讷、拼命吸香烟，我都太熟悉了。但我根本想不到他是呆拙所致，他在身为连长的其他大部分时间里，都是灵灵动动的，浑身是主意。当时，我并没有能力将连长降低到我们同一水平上对等看待，他还是高踞于我精神之上的。

虽然他军事素质平庸，但是他却有一副很好的包装。首先，他队列动作好，几个正步走出来，一看就是个呱呱叫的连长；其次，他总在战士们看得到的地方踱步，几个来回踱过来，肯定有一个点子叫你去执行；再者，他拿起扫把能扫地，拿起锄把能整田，拿起刀把来还能切菜……而且，这一切做得都比该做这些的人还做得好！平心而论，如果永远不打仗的话，他可以成为连长的典范。他与其说是个军事指挥员，不如说是我们的父兄。

和平生活使许多军人丧失了作战功能，却衍生出许多其他细碎功能。究其源，也是为了生存啊。我们当然不至于为了证明军人的功能而盼望一场战争，只是想指出一点：和平对于军人是具有腐蚀性的，尤其对于不够强健的军人则更是如此。以至于战争一旦到来时,他已经只剩下一个军人躯壳，内里已经被淘干了,完全不能适应战场。苏联卫国战争初期,大批军人被俘，不是不敢打仗，而是不会打仗。原因之一，在于和平生活使军人异化成了一头披着狼皮的羊。在真正的羊面前，它是狼；在真正的狼面前，它仍然是羊。明白这一点，不妨碍我们热爱和平，倒更有利于我们体味和平的丰富性与和平的幽默感。

经过多年的时光淘汰，至今我仍然印象深刻的老连长的几件事，都不是关于军事战备的，统统是关于生产生活的。

一场台风将连队营房损坏了。不但宿舍漏雨，猪圈也漏雨。团部通知：凡因台风损坏的营房均由上级有关部门负责修理，凡不属于营房的设施各单位自理。我们的猪圈不属于营房范围，连长刚看见通告就叫了声:“妈的！我的猪圈谁管？”这天晚上看电影，他把全连人都赶去看电影了，独独留下我看家。天黑透时，他叫上我，拉了辆板车，我俩去拆卸本连宿舍的水泥瓦,然后补到“我的猪圈上”。我上了房顶,为这小小非法而感到莫大愉快。我在上头卸，连长在下头接，两人配合得很好，像以往非法为连队谋利益时一样，卸了十余块之后，我说，连长，咱们光卸不行。明天团里来检查时，看到房上瓦片少了这么多，而地上却没有什么碎片，肯定会疑心的。他说：那怎么办？我说，咱们得每卸两三块，就摔它一块，让房上少的和地上的碎片差不多才行。他犹豫了，黑暗中听他无力地道，“那你砸吧。”我咣咣地朝地面上摔水泥瓦，声音在寂静的夜里显得惊天动地，不少完整的水泥瓦被我摔碎了。连长再也忍不住，痛苦地叫，“算了算了，别干了！”我们又偷偷撤回去了。一大早，他就让人将碎片扫掉，而对我满脸不悦。

我喜欢看见他在操场赤着脚来回走——搞生产的时候，他也喜欢被士兵们看见自己来回走。他身材不高，全身上下没有一点多余的肉，因为当过架线兵，两条胳膊很有劲。每当他把衣袖、裤腿撸起来时，那白生生的皮肉总令我惊讶：完全不像农村出来的人嘛！但他确实是农村出来的人，他家乡有很好的山水，将人滋养得白白净净，用那水能酿出很醇很醇的酒。连长很少谈家乡，很少饮酒。偶尔饮上一回，能高兴几天。他最大的嗜好是吸烟，用土制的卷烟机卷毛烟抽。此外一个小小的嗜好是和我们几个他信得过的人谈谈女人，讲几个粗滥的下流故事过瘾。假如这种场合再配上几盅酒的话，那他就更开心了。是啊，也就在这些个场合里，我往往觉得连长更加亲密，口里虽然说着脏话，心里却十分纯净。第二天，他也许又会在全连大会上提醒大家注意“大耳朵思想”（即：猪八戒思想，也即：好色，和周围村庄民女关系不正常，夜里遗精，等等事件），说话时眼睛不看我们，似乎不是针对我们的。但我明白，是昨晚瞎聊的后果，他在消除影响了。

忽然有一天，我在外地听说：连长被抓起来了！

当时连队在野营拉练，连长经常自己一人背着炮队镜（一种观测器材）出去，到陌生的山野里熟悉地形地物。那样一个奇妙物件当然会引起农村少女的兴趣，她们千方百计地想在镜中看一看，为此而不惜纠缠他。这天他突然冲动，按住了个女的。那女的惊惶地大叫起来。声音引起连长加倍的惊惶，便使劲捂住她的口鼻，以至于把她憋昏过去。连长随即吓跑了……事情很快查核清楚，连长被召到团部看管隔离。

我始终认为，连长那一次事件仅仅是一种笨拙冲动，他根本不具备犯大错误的胆识，他只在小小违法上有乐趣，比如拆卸几块瓦、伐几棵树之类的事。就拿那天事来讲，他也是有始无终的，第一个被吓坏的，竟是他自己。此外，他那天离连队也太远了，离“我的牵引车，我的四管炮，我的猪圈”都太远了。假如他能远远地看见一个士兵，或是远远地听见一声炮车喇叭，再不就是能远远地望见一根电话线……那么他就能亢然恢复理智，根深蒂固的、拥有一个连的意识就会压倒动物性冲动，他就会十分严肃地站起来，注视面前的连队有什么问题，并且让战士们看见自己。

不管怎么讲吧，我们全连都没有犯“大耳朵思想”，只有他栽在自己的口头禅上。此事上级从没有正式宣布过，只在连队中默默窃语。我们为连长如此“栽了”而痛楚，要是他拍案而起和哪个领导大干一场因此被解职该多好啊，我们心目中的偶像垮了，连队死气沉沉。有很长一段时间，我竭力不想此事，它属于我消化不了徒增痛楚的块垒。我的一部分也随连长垮掉了，我不得不反省连长带给我的一切营养。最后竟然发现，它们不仅没有随连长而消失，而且还沉重了庞大了。我关于军队的许多活生生的知识仍然是连长赋予的仍然是正确的。我对于一切连长的看法，均由于我的连长栽了而更加充满同情和尊敬，心中由于隐痛——像埋着一根刺——而更加灵敏！只是，我不愿意再见到他。我完全可以想象出他见到我时的样子：

他将呵呵笑着走过来，几乎不带一丝窘痕地和人打招呼，仿佛没发生过任何事，他不这么做不行，他明白：愈胆怯就愈无法做人。而我不行，假如不幸碰见他了，那么窘迫的将是我而不会是他。

突然之间看见一个熟悉的背影，迫令人重回首张望自己的过去。由于背影的不确切，由于背影的相似性，它反而比一个确切的影像激起人更多的怅惘。同时，于无意中也将自己的后背暴露给人家。

连长是我在军中第一个师兄，他代表了一段长长的日子以及一段丰富的韵味。

想到便说

每次被迫回忆自己走过来的路，我都有点可怜自己。因为我的过去实在是太寡淡了，太平常了，简直挤不出点什么来！我望着路上的人流，望着各色各样的脚步，觉得他们每一个人的童年或少年肯定都比我充实。差别只在于：他们可能没有意识到自己的充实而我意识到了自己的寡淡。这就形成了某种残酷——你虽然有，但你不知道你有；我虽然没有，却拼命想从灵魂中挤点东西出来。正是这种不同使“生活”貌似协调，而协调又遮掩了“残酷”！

文学原本就是个既多情又残酷的事业。对于其“多情”，恐怕无人异议。而对于其“残酷”呢，恐怕有些人就不能坦然正视了。我虽然稍有领略但又无力道尽个中滋味。古今中外著名文学家的自杀率竟有那么高——大约总数的三分之一！枪击的、服毒的、离家出走的、发疯至死的、剖腹自尽的……当然还有许多遁入竹林或空门的（多少也是一种变相的精神自杀）。可见他们对人的灵魂洞悉越深，痛苦也就越多；他们所创造的精神产品越是超绝，便也意味着在人世中陷得越深；他们倾诉或宣泄得越多，肯定也越发感到“憋”和“胀”，最后免不了“憋”死或“胀”死！我很理解某位作家看到写字台就忍不住想逃开的心情。文学确实是对灵魂的折磨而不仅是什么“疗救”。且说在作品中摊开一颗颗心灵加以探索和审讯吧，那不就是一种灵魂的自我拷问么？那最为精彩的一笔，人们可称之为“神来之笔”，不就是洞穿了自己心灵之后淌出的鲜血或污血么？作家对“恶”有一种超乎寻常的洞察力，这使得作家在许多人眼里显得挺坏，然而没有这种洞察力又谈何作家呢？当然作家对善（或美）也有超乎寻常的洞察力。可惜洞察所得的“善”，不会抵消掉洞察所得的“恶”，不会在作家心里彼此中和而趋于协调和平静（不信请一试：在杯中调入适量的蜜和适量的胆汁，所得到的会不会是淡淡的水）。相反，倒会有一种类似万箭穿心的复杂感受，善强化着恶，恶强化着善，它们都要垄断你的心灵，最后只好把你的心撕开。何况世上除了善恶之外，还有充溢宇宙的无数其它情感，它们哪一种的力量都不比善或恶小一些。于是作家的洞察力所带来的肯定是自己灵魂的火灵魂的骚动灵魂的畸形膨胀。最后，作家本身已经消失了，只剩下叫人惊叹恐惧的魂！而人们不习惯于把这魂称之为作家，只习惯把盛着这魂的容器——某人，叫作家。其实不对！叫错了！把不该叫的叫了出来！而该叫的又恰恰叫不出来！这不又是一种残酷么？而这种残酷是作家自己造成的。我曾在一本书上读到过这种场面：铺天盖地的蚂蚁拥来——不是无声的，它们的每只细足都会嚓嚓作响——拥来噬尽了一匹巨大的骆驼。霎时间在骆驼身上堆起了一座黑压压的蚁山，震耳欲聋的咀嚼声，几十分钟后蚁山流淌开了，平平地宽展地流淌到天边去了。我可以听到它们饱满的肚子在沙粒上摩擦作响。剩下的只是一副洁白的骆驼骨架，干干净净。我向来钦佩蚂蚁的牙齿。任何一位精于刀斧的贩肉者都不会像蚂蚁那样能把一根骨头收拾得如此干净，干净到了让你认为这根骨头上从来没有粘连过皮肉与筋脉，于净到了你不认为它是骨头而认为是古老的化石。实际上那遗留在沙漠上的骨骸就是一幅杰作！蚁群那贪婪的咀嚼过程就是一种充满激情的创作！目睹全过程，你不感到残酷吗？同时你不感到生命的惊心动魄吗？那夕阳下的骆驼骸骨其实没有死去，它在呼唤它的血液它的内脏。它在呼唤它的生命！这比它活着的时候呼唤牧草呼唤清泉呼唤配偶要猛烈一万倍！所以说，一根骸骨能放射出比整匹活骆驼更多的生命光辉。我还要问：骆驼到哪里去了？遗留在沙漠上吗？不是。在那无数远去的蚂蚁肚子里吗？也不是。两者融合起来就成了真正意义上的骆驼吗？还不是！真正意义上的骆驼并没有消失，它只是分别去了它该去的地方。与这个问题完全相似的问题是：作家到哪里去了？其实，真正意义上的作家就在那犹如蚁群一般的人群的肚子里。人群啃不动的部分就遗弃在沙漠上！一个作家，如果能这样被噬咬得干干净净，那他一定是非常痛苦非常幸福的——如果他还能感觉到痛苦与幸福的话。

因此对于作家来说，残酷——有着无限深邃的意义，最起码它体现了巨大的生命力和巨大的创造力，然后还有无可言说的痛楚。眼睛里流出的痛楚准比舌头说出的多，而心内的丝丝缕缕又总是在“欲说还休”的阶段！

最理想的创作状态是意识不到自己在创作。而最残酷的状态又是身心居于残酷之中又感觉不到的残酷。亲爱的朋友们，作家决不是快乐王子的职业，那种如汤煮火炙如抽筋剥皮般的审视决非合乎所有人的秉性。我甚至感觉到这过程是非人道的，而人们（包括我）都把这过程称之为“创作”，仿佛抽筋剥皮的功夫越好此公便越有才华。可叹“人道”本身也有万千种形态，甚至它的底蕴中也摆脱不了非人道的东西的支持。可叹人们都渴望才华，但是才华对生命的吞噬力一点都不小于它所创造出的生命。说不清楚，也万难说清楚！一种被说出的东西已不再是原样的东西了，同时它还意味着，这样的东西下面联系着更多的东西。创作——永远不可能教也不可能被学。创作，只依赖各人的“悟”。

作品——是一朵殷红的花，是作家心灵充分裂开而形成的血与肉之花。左心室、右心室、二尖瓣膜、主动脉……都如同花瓣那样统统充分地裂开，越充分才越美丽。人之心若不裂开便永远不会有真正的作品。对作家来说，这不残酷不痛苦么？何况我们还要求作家把自己唯一的那颗心一次又一次地裂开，直到它衰竭或碎落为止。所以，对美的欣赏本身就包含了对心灵的蹂躏(从最善良的意义上说)。如果我能重新选择,那我决不做作家。不过，唉！不当作家，终生遗憾；当了作家，遗憾终生！……

还是回到命题上来，谈谈所谓的“文学之路”吧。其实，就“文学”而谈“之路”实在无聊，而就自己生活或生命的某些个片断品味一番，倒可能汲出些“文学”的浆汁。所以我宁肯揪住自己的尾巴，把自己倒提起来。让我看与人看。

我总觉得：一个青年人，如果具备些老人的素质，那他一定是个挺了不起的青年；同样，一个老人如果具备些青年人或少年人的素质，甚至被讥为“老来少”，那他一定是个了不起的老人。前者，意味着生命的早熟，而后者又意味着生命的晚衰。

我还觉得，人生最重要的阶段是少年往青年过渡的那个阶段。大致上也就是十二－十五岁那个阶段。在此之前，人只用一只眼看世界，在此之后，另一只眼才睁开。世界才变得活生生，变得立体化了。他或她才真正从生命的长眠中苏醒，从而带有最大程度的可塑性。任何人如果在这时候伸手按一下他（她）的灵魂，那么你的指纹便会印在他（她）的灵魂上，终生丝丝清晰，不会褪去。即便有时被他（她）遗忘，但决不会褪去。这时候，他（她）若被人扔进沼泽，就会长成棵水系植物样的人；如果被扔进沙漠，就会长成骆驼草或仙人掌那样的人。他（她）的一生就在这时被不可更改地决定了，后来的一切变化一切选择，都是已被决定了的发展，都是已被套上缰绳的飞驰！是的，人生就是在人尚不会思考人生的时候被决定的。正如今天的人早已被古老的猿所决定了一样。

那个关键时刻，我失落到了哪里呢？

我在医院。最洁白又聚集着最多病菌病毒的医院。一个充满人道主义的牢狱！

父亲是军医。他的书架对我来说真是挤满了魔鬼。我很小时就经常偷偷摸摸翻他的书，就丝丝入扣地看清了人体构造，特别是男人和女人的生理特征。每当看到这些时，我觉得自己好卑下啊，用少年时的话说就是“没救了”！我也确实认为自己没救了。最诱惑最恐惧的是书架底层那部又厚又重的精装书。每次我把它拖出来，压在腿上，都觉得自己站不起来了。我一页一页地看。那里全是各种病症和创伤的彩色照片：酱紫色的硬化了的肝，麻风病人满身是肉突的狮子样的面孔，各种各样狼疮、癣块、蜂窝状脓胆、布满霉斑的四肢，还有奇异的病理性组织切片，断了的萎缩的手指，畸形的躯体，有一个男人的头颅上竟然长出株肉树来……唉，只要照片上是人的面部，那么最让我心悸的就是患者的眼睛。它们通常没有了睫毛，半睁不睁地、毫无痛苦地望着我，一动不动……道林纸很结实，翻起来咔啦咔啦响，真像头恶鬼蜷伏在我腿上咬牙切齿。每次看完它，我都没劲把它塞回去了。但是我看了还想看，只要父亲不在家，我总忍不住去找那些魔鬼做伴，陪我打发寂寞的时光。

有一天我去找父亲。医学院的建筑物每一幢都很相似，从里面溢出的气味也都一样。我跟往常那样穿过木栏，进入甬道，向左拐再向右拐，看见了那幢熟悉的红砖二层楼，走近了那熟悉的房门。我推门一看，吓呆了。那原本应该是父亲所在的角落里，站立着一具骷髅，灰白的完整的人的骷髅。眼鼻嘴黑洞洞的，两只臂骨朝我伸来，纹丝不动。我恍惚感到四周还有些模型、挂图、骸骨之类的东西。我不敢扭头看四周，就退出来，连门也没关……我说不出当时的感觉，心内空洞洞，好像把躯体内的一切都留在那屋里，只剩个皮囊走了回来。我丢失了回家的路，怎样走也走不出那怕人的大院。后来一位叔叔惊异地盯住我，问我是不是来看病？我说我要回家。他把我带出了大院。啊！我乍一看到公路上拥挤的汽车,嘈杂的人群,窒息的尘土和汽油味，我感到多么亲切啊，我又活过来了。这件事我不曾告诉父亲，就连我无数次偷看他的藏书也从不让他知道。那一天我见到父亲时，好怕他啊！特别是他朝我伸过双臂的时候……

后来，几年以后，我问一位大人:“那骷髅架是怎么制成的？”他很炫耀地告诉我:“把死人放锅里煮呗。一直煮一直煮，煮干了再加水，把皮呀肉呀全煮烂，烂了就全掉下来了。然后再把骨头捞出来洗一洗，用黏合剂、铁丝什么的固定好，就成功啦！”

这件事如同一根刺扎入我灵魂里，永远也拔不出来。人哪！医生的孩子总是爱生病。读罢小学五年级，我就没完没了的病，从十岁一直到十三岁。我所在的病区后面有一幢平房，很安静，常有鸟儿停在那屋顶上，久久不动。护士不准我们少年病员下楼，这是规定！但我们多么渴望到草坪上去翻筋斗啊。我们每天用揩屁股用的马粪纸折飞机，折好一只就从窗口上掷出去，所有人都抓住窗户上的铁栏杆，看它飞呀飞。后来我们越折越有技巧，那小小的纸飞机便越飞越远，而且会迎风滑翔……每月的手纸都不够用，每天楼下都有打扫卫生的老头在叽里咕噜地抱怨，他永远扫不干净。后来便有一架纸飞机飞到后面的平房上去了。我问护士:“那是什么地方？”护士说是太平间，说人死了就送到那里去。我想:为什么医院里有那么多楼，偏偏我们这个病区距太平间最近呢？肯定是我们这楼死人最多，往那里送起来方便。我们都吓坏了，提心吊胆地过了几天，总等待着我们之间谁死去，总在猜谁先死谁后死。然而我们都没死。于是我再也按捺不住渴望：我要去看看它！

在一个酷热而安详的中午，我和一个朋友从楼里溜出来了。我们约好：去的时候我走前头，回来时他走后头。无论遇见什么，谁也不许先跑。我们用手拉钩立誓，然后便去了。哦，通往太平间的小路是全院最美丽的一条路，两旁全是花木，草叶也特别宽阔茂盛。这里没有药水味，草木的清香我至今还闻得着！小路刚好能容一辆担架车行走。我记得我们走到一半时，一条狗蹲在路当中瞅我们，不动，也不躲。它的两只耳朵垂耷着，像是病了。医院里有不少小狗，挺可爱的，它们经常跑来偷吃我们的剩饭剩菜，也许因此它们也病了。护士告诉我：养它们，是给你们治病用的。要给它们注射、解剖……所以我每发现一条熟悉的狗不见了，我都抢着告诉别人：知道吧，它上手术台了！然后我绘声绘色告诉朋友们怎样取下它的肝它的心它的胃……仿佛是我干的！而且很觉得快活！

因为我偷读过父亲的藏书嘛。当时我竟一点不为那死去的狗悲哀，而是沉浸在屠杀的快感中，还把周围的小听众迷住，所有的眼睛都亮晶晶的。人哪！……这又是一根刺入灵魂的刺。

那条狗等我们走到很近时才起身离开，它的尾巴少了一截。我们继续朝前走。看见太平间了，它的每扇玻璃都贴着“米”字形纸条，窗户后面有沉重的窗帘。我先上前，贴着窗缝往里看，什么也看不见，窗帘把里面死死遮住。然后他贴着窗缝往里看。这时，我在他身后，我亲眼看到窗内的窗帘掀开了一角——我以生命起誓，它确实掀开了一角！也许是风吹的。可是里面怎么会有风呢？他面色苍白地跌落下来，告诉我：床上（尸榻）有个人！我说是死人！他说不是，那人盖着白布单还翻身了！我俩同时望望太平间的门，门上挂着把大锁，是锁死的……我们不谈这事了，我们壮着胆子朝毗连的房子走去。看到一间屋里靠墙摆着六七副未上漆的棺材，整整齐齐，像队列。我们再往前走，是一幢很大的屋子，靠墙摆着许多高大的木架，木架上密密放置着无数个玻璃罐，罐中有透明的药水，药水里浸泡着畸形胎儿。有的一个，有的两个，细看又不是两个，而是连在一起的一个。还有各色各样的怪胎。那种丑陋，那种恐怖，那样吓人的手、足、眼，微微飘起的头发……我根本无法描写出来，至今也无法把它们从心中挥去。人哪！它们是人么？不是人又是什么？世上怎么会有这样的人？

望不到头的大大小小的玻璃罐子……

我们回来了，那几天我不想见他，他也躲着我。也许彼此并不是有意相避，只是没从恐惧中醒来罢了。后来我问一位我所喜爱的漂亮护士：太平间怎么会有活人呢？她说决不可能！我坚持说有，并把所见详细告诉她。她呆了好久。我看不到她脸——她戴着口罩，但从她眼中看出她也怕了。后来她说，也许是陪伴死者的人吧，有时死者的亲人不肯离开。

可是那把铜锁呢？她没有解释！这对我至今还是个谜。

意识到死，我害怕了。那一年我怕死怕得要命。那一年我十二岁，夜夜睡觉蒙头，夜夜尿床，还不敢让人知道。否则，比我小的伙伴会把我羞死。我说不出我那时对死亡恐惧到了何等地步！总之，我希望天永远不要黑，希望立刻出院，希望包子里不要有肉……后来我找到了书。正是对死亡的恐惧迫使我没命地看书！除了伙伴们的破烂小人书以外，整个病区能找到的书我都想法找来看。楼下是传染病区，每人入院时都会带几本书来消遣。而出院时，那些叔叔们都不会把书带走，因为它“脏”了，沾满病毒。他们把医院里用过的东西差不多全遗弃掉，恨不得把自己皮也剥下扔掉。于是病区把那些书收集起来，粗粗消毒一遍，成立了个所谓的“图书馆”。我常去“图书馆”，那是放拖把的地方，靠墙有个脸盆架，架上有五六个脸盆，脸盆里堆满了书。哦，那些脸盆也是人遗弃的，便再合适不过地派上了这种用途。好像没有大人到那里借书，因为他们知道那里太“脏”，而我不知道。我常常去，把每个脸盆里的书都翻出来看。书都比较旧，内容也各色各样。我不管看得懂看不懂，都拿来看。有的书令我着迷，有的书我纯粹是瞎看！我记得所看的最后一本书是“毛选”第四卷。这让叔叔们惊讶：“这么小就学‘毛选’啦！要是你学到六十岁，真是不得了的人！”我本来看不下去，他们这一说，我就非看下去不可。于是我从中学到了一些话，常挂在嘴上让人小吃一惊。比如：“蠢猪似的战法！”“打过长江去，解放全中国！”比如：“甚至年龄也可以成为骄傲的资本，老年人以为自己经验丰富……”叔叔们把我当小怪物看！

就在那一年，我把眼睛看坏了。视力急剧退至 0.2。我不知道那些书中的各种病毒会给我造成怎样的伤害，为什么我的病反复无常？后来我盼出院简直快盼疯了！

母亲骑一辆自行车把我接出医院，要骑很远的路。我坐在自行车前杠上。这一生中，我无数次坐在母亲自行车的前杠上。然而这一次，她那扑在我后脖颈上的吃力的呼吸让我分外难受。在我住院时，她每个星期天下午都要来看我。上午呢，她要洗姐姐妹妹弟弟一周堆积下来的衣服，还要买菜做饭收拾屋子。星期天是她最苦的日子。她恰恰不是被“工作”而是被无数个星期天折磨垮的！……当时我心里发誓：再也不得病了。

可是压抑许久的心灵要求驰骋呵。对死亡的恐惧需放纵一下生命才能稍做补偿呵。我还没有彻底地快活过哩。那年夏天我拼命游泳，每天必横渡一次闽江。一个月内蜕了两次皮。到了秋天我不得不再次入院治疗。那位漂亮护士看见我，拍掌欢迎“二进宫”。一位可爱的小姐姐也率领一帮小病号拍手唱道：“小燕子，穿花衣，年年秋天到这里……”

那时正是秋天，那年我十三岁。

这次入院更加痛苦，我离开小病区，进入大病区，和成年人住在一个病房。房里有团政委，有教授，有被淘汰的飞行员，有刚结婚的丈夫，还有一位区委书记。我忽然进入了另一个大世界，我得更换自己的头脑自己的心灵自己的舌头，以便像他们那样想事与说话。连“斑马服”（病员服）也必须穿成人的。我还得参加他们的每日学习与讨论，还得正经万分地发言和“批评与自我批评”。更多的时候是听他们聊天，他们什么都聊，我总处在似懂非懂的混沌状态，于是循着他们话题瞎想，常常被那似我非我的想象载走，这极大地丰富了我的精神世界。我变得既非少年也非成年，和他们对话常使他们哄堂大笑。我不能再打瞌睡了，他们总让我读报，因为我的声音还是“嫩”。我想他们听我读报只不过是想听一只鸟叫罢了。这里没鸟，那么我的“嫩”声可聊以替代。报上的好多字我并不认识（虽然知道那字的意思却叫不出来），这时区委书记就伸出手指告诉那个字怎么念。他躺在靠窗的那张惹人羡慕的床上，根本看不见我手中的报纸。但是，随便我被哪个字卡住，他都能立刻读出那个字来。他对我党的报纸就熟悉到了如此程度！

他们有时会唧唧喳喳议论某个不在房里的人，但是他们不避讳我；而另外一些人又会聚在外面唧唧喳喳议论某个在房里的人，同样不避讳我。哦，这说明他们并不把我当个“人”！然而我是人。他们不把我当“人”，恰恰使我听到了比他们任何人都多得多的东西。

这一切都使我不情愿地、被迫地早熟。

但我毕竟还是个少年。独处于成年人——即使是最好的成年人中，也免不了孤独。十三岁那一年，我几乎没和任何一个同龄人说过话，因为身边没有。硬要说的话，也只好和自己心灵说话。我们被“关”在五层楼上，顶层是个大凉台，我经常到上面去望。下面是个十字路口，从早到晚行人如流。我默默望着他们，其中有些人每天都几次经过这里，因此我早就认识他们了。不论他们穿什么衣服，提什么样的包裹或篮子，只要一拐弯，我就能认出他们。我时时猜想：他们现在到哪儿去？去干什么？他们的脚步或动作稍有不同，我也能察觉出异样。但是他们从来不认识我，甚至不知道在楼顶上有个孩子在贪婪地望他们……最诱惑我的是七八个少年，他们每天中午都在十字路口踢小足球，笑啊嚷啊。我好羡慕也好痛恨他们！有一回一辆太卡车开来，我亲眼看到那车撞着了其中一个孩子。过了一会那孩子又从另一面出来了。原来并没有轧着他。我竟有些遗憾：为什么没轧着他呢？

要是轧死他多好！

我经常久久地站在那里，看啊想啊。要是没有那块凉台，我真不知道我怎能熬过那牢狱般的医院生活。

“六一”节到了。全屋的叔叔一致要求让我到街上去走一走。值班医生拒绝了他们的要求。我痛苦地哭了，是躲在厕所里，装作拉屎的样儿哭的。然后我独自走上凉台，想看看下面的孩子踢球。偏偏那一天他们不出来踢球。他们一定是到更好玩的地方去了。

那天中午，全屋人都睡着的时候，我偷偷写了一首挺长的诗，通篇是自己的悲哀。那是我有生以来第一篇作品。写完后觉得心里好受多了。胡想一阵这诗该在某报某刊登出来，把这儿的人全吓一跳！然后我又上厕所，把那诗揩屁股扔掉了。

多么寡淡呵！但我深深眷恋我的寡淡的少年。说不完道不尽的少年——每人都是这样。

还有我和一位精神病患者的交往，他教会了我无数知识。我俩最后却是一场悲剧。不，我不愿意让这颗血珠现在就滴落到纸上！

还有，我差点被医院“治”成半个女性。关于这件事，也还是不碰它为好。

还有……还有……

等我再次出院，回到昔日的朋友中间。我忽然觉得与他们合不来了。他们爱玩的我不爱，我喜欢的他们不喜欢。我再次尝到孤独的酸楚，怎么也回不到同龄人的群体中去了。我再没有上学，直到“文化大革命”开始，由此也断送了我上学的机会。

当兵（走后门当的兵）对我是一种拯救，或者是一种灵与肉的“整形”。到了部队，我最渴望学医，先当卫生员，然后一步步爬上去。我太痛恨疾病了，因此我想用医术来报复。可惜，领导认为我们这类人应当“锻炼”，所以分到炮班当了炮手。世上荒诞的事真是太多了，多到了不荒诞则不合理的程度。我视力只有 0.2（还不敢和人说），却偏偏当上了“火炮的眼睛”——瞄准手！这是炮班最重要的炮手，需要锐利的目光和机敏的头脑。我内心虽然空虚，但是不能露怯，必须做出双目如电气势汹汹的姿态。不管看见没看见瞄准点或目标点，都要响亮地回答：清楚！明白！然后迅速在瞄准镜内寻找，在大脑里判断、确认。我干得不错，直瞄打坦克时发发中的！并且使火炮打到了最高发射速度，惊得参谋长下令停止射击。直到从拖靶上一个不少的找着了弹迹才让我们恢复射击。紧接着又调我任计算员——道地的智力运动。然后是侦察班副班长、班长、指挥排长……这大部分行当，都是和各色各样的观测器材打交道：瞄准镜，望远镜，方向盘，炮队镜，都需要良好的视力。而我，二十米以外绝对敌我不分，五十米以外更是男女莫辨了。怎么办？我必须发挥其他方面的“感觉”和“伎俩”来弥补视力上的缺陷。比如：详尽地理解口令与指示词，偷看指挥员眼睛瞟向何处，用假糊涂迫使别人把说过的话再说一遍，观察他人的镜头方位……唉，只要你愿意，生活中就有取之不尽的阴谋诡计！

正如一个瞎子，他丧失了视觉，那么他的听觉嗅觉触觉味觉一定特别好，他的记忆力反应力感受力一定特别强。否则他怎么活？

因此，生理上的视力缺陷迫使我发展精神上的某些长处，这长处又会形成做人的优势。如果当兵允许戴眼镜，那我绝对不是今天的我了。那时我酷爱望远镜，它展示无数隐秘。我常用高倍望远镜看山看水看月亮，看旷野人拉屎时的白屁股，看两条狗搭在一块交配，看树枝上那小鸟的心脏在羽毛下搏动，看连长喊口令时那粪桶般的大嘴，看慰问演出的女演员脂粉下的青春疱，看战友蹲在草丛里读信，我在镜中偷偷地和他一块读。闲时再咕噜一句他信中的肉麻的话，吓得他半天不敢动……

这不就是艺术么？

对于我，正是在生活中残酷地被迫地挣扎才导致了艺术萌生。

再后来我又被调到团里的新闻报道组。又是一种痛苦的折磨。一年多时间里，我写了不少新闻，但是没有任何一篇新闻稿被任何一家报刊电台采用（人物通讯倒是登过一些，因为通讯与消息相比更接近文学）。我仔细琢磨自己的无能，发现重要的一条是我不会“编”，也就是不会说假话。那时的新闻报道，离开了讲假话的本领是不成的。唉，既然非说假话不可，那么我就彻底地说“假话”吧。于是我写起小说来。

父亲经常晃着雪白的头颅叹息：“我这一套啊，要断根喽……”是的，在我兄弟姐妹中，没有一人学医，就连她们的丈夫或他们的妻子，也无一人学医。父亲的那些藏书，一年年失散，现在几乎无存。

在结束这篇小传时，我还要说：

不当作家，终生遗憾；当了作家，遗憾终生！

山是站起来的大海

其实，山不是主动变成山的，它们全部都是被迫生长为山的。正像一个天才被迫成为天才，正像一个人被迫迸发因而不朽。

在山的足下，在地壳深处，涌动着我们星球中最伟大的力量，山就是迸发出的力量造型。它之所以成为巨峰，恰是无限痛苦累积而成，也可以说是无限的痛快累积而成，万丈峰刃的表面，寸寸缕缕无不记述着挤压成型的历程。是的，它被迫往高处伸长，几乎一头撞破星辰！其实，山的精神已经抵达星辰了，它只是为了自尊，而不再向前一步。在山看来，自己已经有足够的伟大，它无需向更伟大的东西靠拢。再险峻的山，也不失一派从容。

任何一座山，都无法看尽。它身上的曲折、锋利、裂痕、脉络……统统裸露着，丝毫不遮掩，放上一万年也还是那么新鲜，它如同婴儿那样彻底裸露。所以，山总有一种人类非常熟悉的血亲味道，这味道着重体现在你朝山一步步走去时感受着的。你走进了山的体温，谛听到深深的寂静，一股无端的风撞歪了你的心，你不由地站住，山使你生惧使人惶然，刹那间山与人在相互辨认了：山曾经是人？人曾经是山？抑或山里有人？人潜伏于山中？

山们曾被误解，并且因为误解而生出许多美来。误解不是科学，但误解常常是艺术，对山的优美误解常常轻蹈于山之上，成为跨越几个世纪的彩虹。我们欣赏山，我们频频为其壮绝而惊叹，我们忘了它本是固定的苦痛，我们只从它雄劲的身躯上品味它的力度，像品味一头公牛不仅从斗兽场品味，还从菜盘子里品味（比如假山盆景）。我们暗中把自己搁上山去，仿佛成了山的一部分。

山自豪地不作声，甚至连自豪也没有。因为自豪乃是人类心态，自豪者需要一个对象欣赏其自豪促成其自豪。山们没有，山只看见四周都是和自己一样的山，它肯定以为世上一切都跟自己一样普通，所以它才那么平静。只有山，才配有那山似的平静。轻薄小溪才整日鸣叫不已，叫出一片才华来，而山们从不作声。山不屑于坠入才华中。山是站在那儿的大海。山与海的关系，是朝阳与落日的关系，生于此而逝于彼。

每每想到：那么巨大的山居然还在生长，每日每时每刻都在不可抑制地生长，心内便颤悸。一个渺小的生命在一个太巨大的生命面前会感到害怕，精神会不由自主地下跪，就像阳光按倒一片树叶。所以，我很佩服一个孤独的人能够久久地与一座山对视，能够承受山的压力而不碎裂。这个人也许一生中无它作为，但只要与山对视一次——目光撞动山巅，此生也大致不虚度，这是山与人相互肯定。坦率说，这甚至是人与山的相互抵抗。站着不倒，就是作为。

孤独时并不可怕，可怕的是你孤独时又偏偏面对着强于你千万倍的巨型生命像山……

面对大江大河（它们总纠缠于山脚），人的感情来得比较快，比较容易涌生一片噼噼噗噗的念头，茫然呵悠远呵亘古不息呵……大致是些比较柔软的情绪。而面对着山则截然不同，你往往轰然耸生平生最大的叛逆念头，你想和它并立于世就必须判逆它！犹如山叛逆了大地。

大江大河是山扔在脚边的情女，即使如此这些情女们已经很了不起哪。比如说江河们总想把山环绕起来据为已有，比如说它们终于弃山而去归于大海，才算一条完整的江河。

看看山是怎样背叛大地的，哦，确实是世上最大的背叛，也是最美的背叛。

山在大地的挤压中站起来了，它没有碎裂，没有瘫软，没有倒栽葱。相反，挤压愈盛屹立愈坚，它知道自己是这个星球上裸露在地壳外的代表，它不在乎是否锋利，逐渐扩长出自己雄伟身躯，骄傲地垄断一片蓝天。山的最卓越处就是对于地心吸力的卓越抵抗，为此它不停地朝高处生长——像是对地心吸力的嘲弄。它大胆地背叛了大地，逆地面而去，它甚至想抓起大地随自己一同冲天而起。它只有一个欲望：向上，向上！它因兴奋而抖擞身躯，无需知道终点在哪里，无需知道目的是什么，它执拗地实现自己一个念头：向上！

当它停止生长时，它就死了。

它把死亡隐蔽起来，仍然保持它的巅峰状态。和其他生命的死不同，山都是在最巅峰时死的，它的死像稍稍停留喘息一下，后来它永远不动身躯也不动声色，永远从容着。

山的死不可摹拟。它以一种拒绝死的方式去死！

但是，我总想辨认出哪座山峰死去了，哪座山峰还活着……

鸟与鸟们

这个故事也许你们听说过了，但我觉得我复叙出来和你们不一样。我还觉得，我下一次复叙出来也会和这次不一样。

那是镇上的一个鸟市，各色各样玲珑精巧的鸟笼悬挂在树阴下。画眉、百灵、鹦鹉、黄莺……争先恐后地发出婉丽的鸣叫，都想以自己的歌喉震古铄今，独领风骚。鸟们都存在这等心思都不肯寂寞片刻，所以，汇集起来的万千鸣响，恰恰愉悦了卖鸟和买鸟的人们，鸟们因为自己的歌声大噪而更快地被买来或卖掉。

一个老头托个蒙着布罩的鸟笼缓步走来，他摸索着把笼子挂上树杈，再除去布罩，微风拂来，霎时，笼中发出异常奇异的鸟鸣，一只鸟儿站在笼子当中，不飞不跳，竟如雕像一般。只那头颅，微微向天昂起，小嘴一张一合，仿佛抽搐地鸣叫不已。鸟们全部闭住嘴，不敢在这奇异的鸣叫前弄舌放声。人们惊讶了，这只普通的鸟儿怎能发出如此奇异的鸣叫呢？走近一看：它的双眼已被针刺瞎了！它死之将至，它蓄满痛苦，它一无所见，它全部生命都从口中倾泻出来，于是才有了如此辉煌的鸣叫。在它面前，已无鸟笼、绳索和其他障碍，也无谷米与净水，它无所见也便无所有，它绝对自由也便绝对痛苦，它是鸟也已非鸟，它求生不能求死不得，因此被迫逾越了生与死，因此天赋之体才被迫发出天赋之声，乍听是悲音，再听又如狂喜……它使得四周价抵千金的鸟们黯然失色，然而它却卖不出去，它分文不值。

……那是在鲁迅文学院一个夜晚里，赵本夫把这个故事告诉我，我被骇住了，和鸟们一样钳口不言。倘若不知道它，我想生活会轻松得多。

我以为这个故事已经完结，臻于极境的东西绝然难以为续。不曾想，半年后，我在七十九次特快列车上，又听到了这故事的下半部。

我对面铺位是个老头，操沪音，齿间漏风。上海至昆明两天两夜里，他大部分时间都在凭窗眺望。后来我们渐熟，才知他此生大半在西南度过，此行赴滇乃平生最后一次，去与旧境与故人做别，尔后则各守天命不复谋面了。断断续续的旧事从漏风的齿间洒落，老人言语极简练，也颇惊人。如，抗战期间，蒋氏重庆政府之所以能苦战不降，赖有一条中缅公路，美援循此路源源而来，中缅公路上奔驰的数千辆美制道奇大卡车，竟有一多半是他的。昆明市第一条柏油马路，也是他出资铺设的。车入云贵之后，老人不时朝窗外指点，告我某厂、某矿五十年前旧事。凡指点处，当年也是他名下资产。随后，他信口谈及些轶闻奇物，其中便有这只鸟儿。

在一个土司家里，他见到一只硕大的八哥。他问土司，西南珍禽无限，何必专饲一只八哥，且置于大厅之侧。土司笑道："你朝它鞠一躬。"他便依言朝八哥深深一拜。未及直腰，那八哥就在笼中朝他一纵身，扬头说话："余致力国民革命凡四十年，其目的在于求中国之自由平等……"竟将一大篇孙中山的《总理遗嘱》背诵出来，洋洋洒洒，毫无错乱，当有标点符号处，也知停歇换气。这本事，怕连当时一大批总理信徒也不能够。他大惊之余，连连称奇，便要购下此鸟，带回家中赏玩。一问价，黄金四十两。他身只有二十余两，怅然而归。

老人笑道："这是我平生所见第一奇鸟。还有第二奇鸟哩。"孤自说去。

我已心神迷乱，胡想：原来国人对待主义一类，是历来痴迷的。自己痴迷不算，还要珍禽异兽也随之痴迷。这鸟儿虽是奇鸟，但发出的却不是自己的声音。偏偏又因它发出的不是自己声音，才值得四十两黄金。倘若它果然发出自己的声音，唧啾不已，自以为千娇百媚，却又不值什么了。

前后两只奇鸟，究竟是鸟非鸟？

假如还有一次人生

青春无悔

40岁已经逼近我的面前了，我为它来得这么快而感到惊讶。这个心理很奇怪，大概是出于对青春的眷念以及对衰老的恐惧吧。苏东坡不足40岁就已经以“老夫”自居了，长呼“老夫聊发少年狂……”他是以高歌来迎接40岁到来的。他之所以那么狂歌大笑，也正是由于他有强烈的生命意识。而对我们大多数人来说，这个年龄却不再有什么梦想，只有切切实实的计划。这个年龄的人生应该是很广阔的，但它已经容不下几次后悔了，因为你余日无多，你一旦做错什么大事，简直就没有弥补它的时间和精力。就是说，你的生命不允许你再随便后悔，事实上已经被剥夺了后悔的权利。这个年龄也太忙，并且精神上也涨得厉害，要不是写这篇文章，恐怕我就不会从容地咀嚼以往、眺望人生。我想过——尽可能栩栩如生地想：假如还有一次生命，我将怎样度过呢？……最后仍然决定，还是像此生一样度过。尽管别的生存方式可能更好，但它不属于我。当然我也不会重复此生，而将比此生过得更有质量，包括错误，也要犯得更有质量些。只是决不发生这样的事：在学会生活时，生命已经基本上过去。在生命快要过去时，还不懂得珍惜使用它，尤其是珍惜生命的内在表现之一：感情。

基督教中的天国，佛教中的来生，都给人以“还有一次人生”的信念，它真是人生最伟大的假话。假如剥去了这个假话，反而是一件残酷愚蠢的事情。因为，那正违背了人的感情，取消了人的梦想。

青春无悔，因为生命只有一次。

生命的最苛刻之处，正在于它只有一次。

记得诗人艾青有过两句短诗：“梦中行出千万里，醒来仍然在床上。”多么精巧的无奈？！能够将这种无奈感体味得很足的人，实在是太熟悉生命了。

虽然平淡，却完全属于我

从审美上来说，一片树叶与一座山峰，它们的价值并没有高低轻重之别。

这个道理完全可以适用于人生。一个短小的人生和一个巨大的人生，在生命美感上也并无高低轻重之别。一个普通人可以羡慕另一个伟人，但普通人决不至于因为伟人的存在就使得自己相形丑陋了。在读各种名著时，我经常羡慕著名人物的经历，叹息自己为何没有那样一种遭遇与环境，假如我也有过的话，我将如何如何……即：为别人的事而做自己的梦，又由于自己的梦不能实现而空自嗟叹。直到写这篇文章时我才确信，没有一种人生是真正平淡的，假如你将自己的人生细细品味深究，准可以找出和任何人相比都毫不逊色的味道来！

少年时我是一个敏感的孩子，内心十分怯懦，为了掩饰怯懦又常常突然间勇敢起来。父亲是一个军人，我从出生那一天起，一直到现在，都生活在各种各样的军营里。对于军营内的各种各样事物，甚至一声号音、一条狗、一颗遗失在垃圾堆中的纽扣……都非常熟悉。每次外出归来，走进长江入海口那样宽阔的营门，都有一种归依感。营门对于我有双重意义：军队和家。营门外的卫兵，有时让人讨厌有时令你亲切，实际上他们只是某种权威的象征物，在于我则是一股温馨情感站在那儿，看见卫兵，就意味着离家不远了。除了入学，我还没有长时间在军营以外的场合生活过，这也造成了我生活的极大局限，最显著的后果是：我作品中的人物都是军人，或者是和军事活动有关的非军人。对这种局限，我是这样想的，它虽然减少了我生活的宽度，但一点也不影响生活的深度和生活的质量。军队同样是人类生活中一种极具特点的生存境界，吃透了它，完全可以延伸进入广阔的人类生活，完全可以成为你理解各种人生的依托。任何人都不可能将世上千万种生活都过上一遍，但有质量的人只要将其中一种生活过上一遍，就能够看懂千万种其他生活的内含。为什么？就因为他的质量，和他生活的质量。局限不等于狭隘，绝境要算一种最大的局限了吧，但是身处绝境的人常常迸发出毕生最大的创造！而狭隘的人即使经历过一万种生活，也不会有任何创造，所以，可怕的不是局限而是狭隘，可怕的不是平淡而是平庸。

我是一个早熟的少年，包括生理上和心理上。

父亲在军队中的职业是医生，家中最多的书，就是各种各样的医书。父亲上班的时候，我很喜欢从书架上将那些又厚又重的书拖出来，架在腿上翻看。文字看不甚懂，就看图片。书中有大量的人体器官和生理病理图片，都是印制精美的彩色图片。人体内的五脏六腑、骨骼、血脉、穴位、毛发、神经纤维……统统展示出来，有的还放大了成千上万倍！特别是那些病理图片，肿瘤、癌变、创口、病灶等等，也都恶狠狠的扩放着。至今我还记着一幅患者图片给我留下的奇异感觉：一个人的脑骨上长出了恶性脑瘤，竟如树根似的竖在他头上，好像两根鹿角，死白死白的。我感到恐怖，连忙翻过去，心下竟又不舍，又翻回来再看。这么翻来翻去的，接连看了好几遍。后来透过纸背，我也能看见它。我越是害怕就越想看，像犯了瘾！还有男女性的生殖系统，各处部位的外观及功能，孩子是如何生下来的，性爱是怎么回事……这些连成人也缄口不言的东西，我在尚未成年时就已经十分熟悉了。我肚里装满了这些消化不了的东西，但是一言不发。既不告诉父母，也不告诉朋友同学，都在心里憋着。经常莫名其妙地感到害怕，就连白日里也忧心忡忡，时刻提防从墙角钻出个鬼来。那鬼的模样，就是从图片上走出来的。

等我察觉到父母要下班时，就把那些又厚又重的书推回书架上，站起身来，几乎走不动路，两条腿早已被压麻木了。硬撑着走出几步去，下肢也全无知觉。成年后，我的腿有些走形，也许就是那时候压坏的。父母亲至今不知道我常看那些不该看的书，那些书直到我当兵前一直堆放在墙角旧书橱上，父母亲既不说可以看，也不说不可以看，而是根本没想到过孩子中间会有人偷看。

我觉得，人的觉醒有两次。一次是他生下来刚刚睁开眼的时候，看见了外面的世界，这时他成为了人，但不完整。他是人，但更多的是在模仿人。就像一只眼的视觉，看什么都是平面的，只识色彩与形状，不识相互之间的关系与性质。第二次则是他性成熟的时候，这时他第二只眼也睁开了，开始认识男女，认识他们之间的关系，认识到世上许多事物的性质，更重要的是许多事物的微妙。这时，他从对他人的模仿进入个性的发挥与创造。两只眼看世界才有立体感，才能看见世界的纵深。所以，人生最重要时期是他第二次觉醒，即从人进化为个人也即从少年成长为青年。在那几年，他生吞活剥般的读书，理想与幻想多于思想，可塑性极强，不当心碰一下他的灵魂，就会在他灵魂上留下痕迹，甚至是触碰者的指纹。人一生中最主要的素质，几乎都在那几年里初步形成，甚至可以说，他的一生就在那几年里决定了，剩下的只是发展，只是实现。

那些年里，我读过好多“不该读的书”，父亲的医书只是其中一部分。须知，在60年代，孩子们读的书都是成人们安排好的，不像今天这样丰富。今天许多杂书那时是“禁书”。我读的多了，消化不良。父亲的医书其实就是人类的种种病态，我溺于其中，竟也变得像患病那样过敏了。看见任何女性，我都感到害羞，马上想起书上的图片……便竭力锁住自己，躲得远远的。直到我成年，直到我谈恋爱之前，都没有认真接触过除家中姐妹外的任何一个女性。当然，这一方面是由于军营内天然的缺少女性。另一方面，则是由于我对女性有少年时代遗留下来的恐惧心理。现在我知道，正是由于读过那些书，才将我和其他孩子区别开来，我才形成今天的我。我曾经费了很长时间，竭力消除少年时代遗留下来的病态恐惧阴影。唉，直到青春已逝，才获得那遗失很久的从容。所以我对这种人与人、尤其是男人与女人相处的从容，有着诸多感慨。在很多陌生场合中，在陌生人面前，为什么人不免做态呢？因为他内心不从容。他内心在害病。

另一件事也给我留下深刻印象：

父亲在读军医大学时，我们家住在大学外面的招待所里。我经常在雨天给父亲送伞，或者将一些日用品拿来送去。我很熟悉那条甬道，静谧、幽暗、总有浓郁的药水味，甬道七拐八绕的，却少有人行走。经常是我一个人独占这一条甬道，和那种阴郁的气氛。最叫人害怕的不是夜晚，而是下午四五点钟的时候。夜晚时，一切都消失在黑暗里，而近黄昏时，一切都是半隐半现的，影影绰绰的光从建筑物后头透出来，使得阴郁中又增加许多莫测，空气都跟死去似的，一天的药水味此时也浓聚到最高潮，走在那条甬道里就像走在一只大药缸里。那次黄昏，我像往常一样拐进甬道，走啊走啊，迷路了，心里怕得要死，就乱窜，竟然连退出来的路也弄丢了。终于，我看见了父亲所在那幢楼，心里欢呼着朝它奔去。那是一幢紫红色教学楼，整日里跟个酱缸似的散发各种难闻的气味。我看见那扇熟悉的房门，就推开进去，刚要叫“爸爸”猛见父亲常坐的位置上，伫立着一副完整的人体骨架，白生生的，黑洞洞的眼睛，黑洞洞的嘴，两只煞白的手骨半举起，正朝我伸来……那一刻我全身麻木，喊不出声也动不了腿，被骇傻了！我慢慢地转身，慢慢地退出去，离开那幢楼，只有一个意念：它会不会跟我出来啊？……我几乎失去理智，一个人在院子里到处瞎闯，直到遇见一个认识父亲也认识我的叔叔……这件事对我是一个精神巨创！它太突然太可怕了，又跟父亲的形象连在一起，它站在我最亲爱的人的位置上，被剥尽皮肉内脏，只剩骨头……

自然，我没跟任何人说过此事，它跟许多其他事一起，压抑在我心里，成为一种久久难愈的隐痛，成为一种不可言说的恐惧，成为可怕的幻觉。这些事，都强烈刺激着我心灵，那些日子里，我整日受着某种惊吓。即：用自己的心来吓自己。

那件事造成一种隐秘而复杂的情感：我有些躲避自己的父亲了，每看到他，就想起那具骷髅。我知道，父亲皮肉下面也有同样的骨头架子，他胳膊大腿在动时，实际上也就是那副骨头架子在动。这个念头真可怕，我爱父亲，同时也有些怕他了。

患病的岁月

很早就体味过死亡的滋味，现在想起来，也许那滋味比死亡本身更难熬。死亡是一个瞬间，但它的威力却笼罩整个人生。特别是在对死亡不甚了了的少年时代，它的威力对少年人的灵魂压迫更大些。谁都有过这样的少年之梦吧，就是相信人是不死的，或者死了还能活过来。尤其是自己，永远不会死去……呵，那是多么美好的童话境界！

真正开始对死亡发生恐惧，肯定是在认识到人必然要死的那一天，也就是在少年时代的某一天。比如说某一个亲人死去了，比如说病痛侵身时。而认识到人必死，却是人的觉悟，是人类进步的表现，这个进步竟以人的精神上的痛楚为代价，世上的事就是如此幽默。

上小学五年级时，有一天，老师把我叫到一边，叹道："你搬到隔离室去住吧……"就从这一天起，我被剥离少年群体了。当时我还挺高兴，因为我能够不上学了，天天玩，真他妈的惬意。那一年我十岁，我五岁就开始上学了，说实话，没玩够。

在学校隔离室住了一阵，同住的，还有比我小一年级的七八个同学。我发现，他们都不肯和我玩，离我远远的。有一次，老师拿来一大摞连环画，他们都围着老师争啊夺的，我也上去争夺。老师竟不给我，说："你有病，会传染他们的。"这一句话，使得他们立刻静下来，警惕甚至仇恨地望着我。

从此后，没有人再敢靠近我了。当时，我一下子感到孤独，感到屈辱，自尊心受到极大伤害。为了保持自己的自尊，也主动远离他们，好像是我不屑于和他们在一起似的。不久，他们陆续离去，空空荡荡的隔离室就剩下我一人。每天，远处教室上课或者下课的铃声叮叮响着，同学们在操场戏耍，那都是我熟悉的朋友在玩我熟悉的游戏，他们一举一动我都看得烂熟，看得心醉，但是我不能走下这座山坡。山坡上虽然没有什么界线，学校管理人员却曾一再告诫我：你不能下那座阶梯。

那种身在乐园，却又失去乐园的生活使我度日如年。我真是太羡慕太妒忌他们了，怀念以前的课堂，想家，经常独自落泪。

还有，我头一次感觉到：世界上没有我竟然一样可以呢。你瞧他们不是过得和以前一样快活吗？我是多余的人，我是给人家添烦的人……这念头虽然简单至极，但最初认识到它时实在痛楚。以前，我总以为：世界上怎么可能没有我呢？没有我还叫什么世界呢？

我患的是传染性肝炎。我并不知道此病有多么厉害，自我感觉既不痛也不痒，和以前一样嘛。我只是从人们，尤其是大人们的眼光中、态度中，察觉到我“完了！快死了，人只有一个肝哪”。我栩栩如生地回想起父亲医书上关于肝的图片，现在我和那图片上的东西完全一样了。

秋天，父母把我送进福州军区总院，和一群与我年龄相仿、患同样病的少年住在一块。这下，我反而觉得幸福，回到了群体当中。母亲每个星期日来看我，带一些我平日在家里根本吃不到的东西：水果、蜜饯、点心。这些食品是全家人省吃俭用攒下来的钱买的，母亲每次拿给我时，那样的慎重，那样的满足，她根本舍不得吃一口。她骑着男式的、永久牌的深蓝色大自行车（那辆车后来移交到我手里，我们两代人统共骑了 20 余年），从长满冬青树的医院水泥甬道上过来，她骑车时那专注的样子，我永远忘不了。看见我，母亲面容舒展开，仔细地看我气色，问吃问睡问病况问感觉……接着，我们在医院允许坐的地方坐下来，再无什么话说。母亲默默地坐上一小时左右，想起什么似的，小声说：“家里还有事，我下星期再来。水果一天吃一个，不要一下都吃了。”

家里还有姐妹弟三人，都在等候她。星期日是母亲一周里最忙碌的一天，她要把全家一个星期积累下来的衣服都洗了，要打扫卫生，要缝补被褥，要买菜做饭，要收拾家务，要督促孩子们作业，要催促他们洗澡换衣，要想方设法为他们做一点好吃的……母亲就在一个又一个星期日中苍老下去。唉，星期日是母亲的受难日！

后来我才知道，每当母亲拿上那一小包食品，跨上自行车时，姐妹弟三人是多么羡慕啊，他们最多一人只能分食一只桔子或是苹果，其余则全部归我了。家里的钱几乎全部花在我身上。我们家的生活，已经紧张得实在不能再承受一个病人了。这段时间，父亲在外地工作，家里全靠母亲。而孩子们又正是长身体长胃口的年龄，正是最需要营养和关怀的年龄，所以也正是父母最愁苦最疲惫的时候，是他们的中年。

有天夜里，我们从梦中惊醒，只听病房楼下一片狗叫声，灯光透过窗口映射到我们屋里的天花板上，间或有凄厉的哭叫。孩子们吓坏了，我们几个胆大的，趴到窗口上朝外望：一辆手推担架车正被医护人员推出楼房，担架车上躺着一个人，他全身都已被白布蒙住，裹得跟个雪人似的，头和脚都包在里面。几个人围着他哭……

第二天，我们问护士长，她很平淡、同时也是很和蔼地告诉我们：他死了。

这可把我们吓坏了。那个叔叔，我们都见过，面容音色十分亲切，只是眼球黄黄的——由于患黄疸的缘故，竟然死了。他的病其实和我们差不多，也就是说，我们不久也会因此死去。病员中还传说，那些狗是有灵性的，哪个病房要死人了，狗们会提前知道，夜里就会吠叫不止。

我们还知道，太平间就在我们这幢楼后面，我只要站在厕所后窗边上朝外望，夹竹桃树丛后面就是停放死人的太平间。医院里有那么多病房科，为什么太平间偏要靠我们这么近？当然是由于我们这里经常死人，靠近了，朝那里送着方便。

我们竟然还知道了，那些狗，统统是养来做医学试验的。别看它们现在灵灵动动怪可爱的，只要需要，随时都会送到手术台上被肢解掉。一位很可爱的护士阿姨这样宽慰我们："这是为了给你们治病，才拿它们做研究啊……"我恐怕永远忘不了她这句又温存又残酷的话。那些狗们，常跑到我们楼上来偷吃木桶里的剩菜。我们实在太喜爱这些油光闪闪的狗们了，常逗它们，它们给我们带来少年人特有的欢乐，而它们竟然终要给肢解掉！而且是"为了我们"。

所有这些事，全不该我们知道，但我们全部知道。所以，我们几个大些的孩子，已名副其实的是"老病号"了。

终于，我按捺不住对死亡的恐惧和对死亡的好奇，与同房间的另一个朋友约好，去看看太平间。在一个极静的夏日中午，我们偷偷溜出了楼房。

通往太平间的小道其实很美丽，两旁是花圃。一品红、美人蕉把艳丽的枝头几乎伸到路当中来。几株毛桃不规则地散立着，叶片很大而果实很小。由于少有人行走，小道极静，宽可恰容一辆救护车。我和那少年朋友说好，去时我走前面他走后面，但回来时他要走在后面，让我走在前面，谁也不许半途跑掉。

一条胖乎乎的狗趴在地上，我们走到很近时它才懒洋洋地让开。我们走过去后，它又回到原先位置上躺下了。太平间门窗都是白色的，都锁着，窗后垂着厚厚的窗帘。朋友趴到窗上朝里望，呼啦一下就摔下来了，他脸变得煞白，说：里头有两张木榻，睡着两个死人，一个不动，另一个刚才动了一下！翻了个身！

他的脸色说明他讲的完全是真话，我至今仍然相信他。

我们再看太平间的门，确确实实是给锁死的。也就是说，那两个死人跑不出来。

我想回病房了，朋友却不甘心，要到更偏僻的地方去看看。我们就走到旁边一幢平房，钻进去，吓呆了，里面竟是一排排木架，架子上摆着一只只木桶那么大的玻璃瓶，瓶中是畸形胎儿，泡在药水里。每只瓶中一个，有的长着两个脑袋，有的拖着条尾巴，有的身体只如同巴掌那么一点，却生出老长的头发……我们提心吊胆地从木架下走过，离开那座平房。那天夜里，我和朋友都发烧了。当时，我们只有十一岁。

我问过那位待我们最亲切的护士阿姨，为什么太平间里会有活人？她初时坚决否认，并对我们竟敢跑到那里大惊（这是她的责任事故），但是后来，她含含糊糊地说：有时，死者的亲属不肯远离死者，在埋葬以前，要跟死者呆在一起，院方就同意他暂时守在太平间里。他爱那个死去的人啊，永远舍不得离开他……我们目瞪口呆，原以为死人是最可怕的东西，但太平间里的那个活人竟是为了爱才睡死人边上的！那么，这种“爱”也太可怕啦。这是我第一次认识到，世上真的存在令人可怕的爱，我们毛骨悚然。直到今天，那种冰冷的“爱”的感觉仍然浸塞身心缝隙里，它和我读父亲医书时的感觉太相似了，它们摞在一块，形成难以忍受的、沉重的深刻感。这都是一个少年人不应有的情感。但是今天，我充满温馨地回忆这一切，正是那些不应有的情感使我长大了许多,使人的心理年龄超越生理年龄。所以,我愿当时护士阿姨说的是实话,而不仅仅是童话。

后来的日子,堵塞我们心头的都是恐惧、恐惧、恐惧。为了驱除恐惧,我拼命地看书,什么书都看,逃进书中的境界里去。夜里,值班护士离开后,我就打开病房电灯看书。好在同房孩子们都感到害怕,只有打开灯来睡觉才敢睡得着。我们不敢在夜里起来小便,所以每天都有人尿床。我尿床一直尿到十三岁。

我们自己所拥有的图书实在太少了,而且已被我们看烂了。怎么办?传染科竟然有一个图书室,那里的图书全是出院病人遗留下的。附带说一句:几乎所有出院的人,把能丢的东西都丢掉,因为害怕把医院里的病毒带出去,再度传染自己。他们所丢掉的,当然最多的就是书了。这些书曾使他们自己打发过最无聊的时光,甚至在精神上拯救过自己,但是疾病一旦痊愈,他们弃之唯恐不及,他们憎恶自己身上曾有过的那些病毒。也就是憎恶过去自己的一部分。书们经过粗劣消毒,供本科病员借阅。发黄的书(因为被福尔马林药水蒸过)随便堆放在一只旧脸盆里,谁想看,连登记都不需要就可以拿走。

一个中年护士负责看管那些书,以及破旧的隔离衣、卫生纸、便盆、棉球等物。你要一小盒棉签,则需陈述许多理由。要书,她连眼皮都不眨,想拿几本就拿几本。那些书,连她自己都嫌脏,碰都不碰。我就在那堆集着无限病毒的旧脸盆里,拿回来一摞摞的书,它们几乎可以说是救过我的命。进入书的境界,就忘了害怕,忘了身在何方,不知不觉中睡去。所以,我养成了一旦害怕就看书的习惯。这可决不是为了学习,或者为了追求美好事物,或者出于求知欲等等,纯粹是恐惧使然。

当我把旧脸盆里的"脏书"都看完后,只好看剩下的最后一本了。那是《毛泽东选集》第四卷,封面上有浮雕一般的毛泽东头像。我印象中,那样一本厚厚的书拿在手里怪神气怪舒服的。大人们瞧我捧着那部经典,就跟瞧个猴儿要毛笔,忍着笑夸赞,大抵是"小儿好生了得"的意思,而我果真以为自己好生了得,使虚荣心得到了极大的满足。"毛选"在当年正是如日初生,继之如火如荼遍布全国。我那个年龄根本看不懂,但里面有大量的注释,每段注释差不多就是一段小故事,看起来也颇有意思。我全然不看正文,只看故事。"毛选"在于我,就是一本零散碎落的故事书。它当然不能像其他连环画那样予我以巨大满足，但它能使我得到别人异样的目光，这是我读其它书时得不到的。

医院里来了一位英俊的患者，单独住一间病房，年约三十出头。从他的级别来讲，根本不够住单间。和他同职级的患者都是四五人住一间房的。不知从哪天开始，他忽然注意到我了，把我叫到一边认认真真谈话，大意是：小孩不学习可不行啊，从今天起我教你学习，因为我不学习也不行啊。我说：没有课本啊。他拍拍自己的肚子说：我有我有。你每天上午来就行啦，绝对不能迟到。

于是，从第二天起，我每天上午 9 时到达他病房，听他讲故事，讲物理、天文、历史……他经常一边说，一边吞吃各种各样的药片，弄得嘴上老是沾满紫红色，或者淡黑色汁水。我听得津津有味，圆周率是在 3.1415926 至 3.1415927 之间，就是他告诉我的。这个数率以其玄妙无穷，令我至今不忘，总觉得，圆周率真像一个世界，一辈子走不到头的。很快，我俩谁也离不开谁了。

忽有一日，一位患者偷偷告诉我：再不要到他那儿去了，他是精神病人，染上了传染病没处去，才送到咱们这来的。

我吓坏了。原来，我天天是和一个疯子呆在一间屋里，他把我杀了怎办？

患者说：科里头干吗要叫你去听他讲课呢？因为，他以前是教师，上课时上着上着就疯了。现在好多喽，只要有人听他讲课，他就和正常人一样。一不让他讲，他立刻就疯！所以，科里头才让你天天去听。

我觉得自己受了欺骗，又伤心又害怕，从此，再不敢去他房间了。果然，他犯病了，时常在走廊头叫我的名字，声音已经不正常了。我非常难受，又想他又怕他。终究没敢再靠近他一步。

呵，要是我永远不知道他是精神病患者，那该多么美好啊。说实话，听他讲课的那几天里，我过得无比愉快。从事情的因果关系来看：我如果不知道他是精神病，他也就不会犯病。我一旦知道他是精神病，而不敢去了，他也随之犯病了。也就是说：如果大家都以为没有鬼，也就真的没有鬼了。如果大家都以为有鬼，鬼就翩翩而至！多么令人悲伤的因果关系啊。后来我想，要是我知道他是精神病而又敢去找他，该多好？

这是我一生当中的一段隐痛。

由于心上有一段隐痛，我也敏感了许多。就像伤口对外物特别敏感那样。

梦如花朵开放

十六岁那年，有一天，军务科长踱到我家，对正在烧饭的母亲说：“老王啊，你儿子要不要当兵？”军务科长脸上的神情，是胸有成竹的、施恩与人的自信。母亲连忙说：“当，当。”军务科长说，“那么，明天早上 8 点，到大门口乘车。”然后，他站在那儿，勉强听了几句母亲的感谢话，匆匆走了。母亲看着我说：“拖到现在才告诉我们。你还没有外裤呢……”接着是淡若游丝的叹息。

第二天，我穿上父亲的旧军装，提着一只崭新的脸盆，和同伴们一起，登上一辆大卡车，就去当兵了。那辆车在山里颠了一整天，我以为跑出去几千里地了，其实才三百公里。每路过一个营地，便抛下几个伙伴，最后剩下十余人到达深山，这里隐藏着一个炮团，我们被分到各个连队。第二天一起来都呆了：这儿的山真大！丢原子弹都不怕。后来知道，当时也就是为了防备苏联打原子战争，部队才拉进深山的。

我当上了火炮的眼睛——瞄准手。而我在医院时，看书已经把眼睛看坏了，视力只有 0.2，十米开外，则分不清敌我，更不要说在瞄准镜中标定数千米外的目标了。所以，叫我当瞄准手也太荒唐了，但我们是走后门当兵的，我不能让人知道我是个近视眼，更不能戴眼镜。怎么办？用智力弥补视力。比如：操炮时，班长指示了一个瞄准点，某某方位独立树杆，我根本看不见。但不管看见看不见，我都高声回答：“明确！”然后再到瞄准镜内寻找，迅速捕捉到它。须知，班长的指示词已经提供线索了，剩下的全靠你自己的胆子与判断。你大声回答：“明确！”这声量就叫人信赖你，当然更不会怀疑你连那么简单的物体都会看不见。几次后，我尝到了其中的幽默与微妙，胆子益发大起来。人啊，有时什么都丢掉了，只剩下自信，甚至是盲目的自信，我认为，光剩这股子自信也足够使你昂然挺立，要是连这点点自信也没有了，那他可真就完了。为这双近视眼，我吃的苦头可真不少。当值星排长时，率全连人跑操，抵达营集结地，需向在场的最高首长报告，而我连营长教导员在哪儿也看不见。操场太大，他们往往站在中心位置。有一次，我想当然地朝中心位置跑去，到跟前了，立正敬礼，才发现站在我面前的只是个营部书记，而营长在另一边。这使我大窘，全营人都看见了我的丑态。之后，我每次率部进场，都带领全连绕场跑上两圈，看上去很像调整位置和步伐，其实我是借机察看营长站在哪儿，看准了，一声“立定！”

跑去向他报告。……这些小小不言的聪明，当然不值得自我欣赏，更不值得卖弄，但它们确实使我对生活的感受细腻起来了，我经常就在这些小小不然的地方感到自豪，渐渐养成“先于人发现对方”的习惯，而这种习惯，对于人生的帮助可就太大了。所以我常觉得：我是个坏得很不到家的坏蛋，聪明但远远够不到智慧程度的聪明。

这难道还不够悲凉么？

这难道不足以引人发笑么？

这难道不是世上许许多多人的常态么？

这难道不是世上许许多多人被取笑以及取笑他人的理由么？

后来，我跟领导说“我眼睛不行，给我换个活干吧”，他们竟然不信，因为我把瞄准手当得挺棒，说不干，肯定是思想问题。

写小说差不多也是在这时候开始的。团里每年都要挑些看上去挺聪明的新兵，集中起来办新闻培训班，希望从中冒出几个笔杆子，使团里每年能在报上多登些稿件。唉，军队在不打仗的情况下，最关心的事有两件：一是新闻。它可以使一支部队名声大震，使首长们感到面上有光，甚至可以让军委、让中央领导人从报上看见你这支部队；二是生产。它可以使干部战士饭碗里增添点油水，给连队小金库（其实少得可怜，我当兵时，连队全部积蓄仅千余元）里增添几个补贴。而生活好了，战士们思想就基本安定，当年的老兵们比今天军人朴实多了。

我们到了团里，学几篇当做范文的文件，听老笔杆子介绍经验，然后憋它十天半月，一个人拿出一篇文章，新闻干事把它们统统贴到墙上，公开展阅给所有人看。最后从中选出文字较顺畅者，组成团新闻报道组。我就是那时候被拽进文字堆里来的。当时觉得好幸福啊，从此不用每天站岗跑操了，不用开会坐小板凳了，能和机关干部一样，每天拎个小本走来走去，瞧别人操炮、挖工事、出队列、养猪种菜……俨然已是岸上人的目光。

整整大半年，我一篇稿子也没被任何报刊采用。而别人，我也没看见他怎么动笔熬夜的，一篇篇文章就发出来了，头版头条也不乏见。而这些频频见稿的人，我也瞧不出他们有什么才华嘛，但和他们一比，我竟是个笨伯！这使我羞愧难当。那时，团师军各级都规定有任务，每年每单位必须见报多少篇稿，所以我们团领导甚感压力。这种压力又通过各级的增值落到我们头上，“哦，团里每年做那么多工作，你们竟反映不出去，你们是干什么吃的？！……”有一段时间，我都不敢到食堂去吃饭了，怕见人，怕见报纸，整日缩着，人活得很小很小。我迄今为止的一生当中，最感自身无能的，就是那段时间。

后来，我跟随全师最出色的新闻干事外出采访，看着他如何抓问题，如何调查研究，如何撰写稿件，最后又通过什么手段发表出来的。就是说：一篇新闻稿产生的全过程我都闹清楚了，才若有所悟。原来，他最大的本事是：编造。

这种编造很有学问，它决不是无中生有、胡编乱造，而是真真假假、真假难分；它能够把一件伤亡事故描述成英雄壮举，也能从寡淡乏味事物中提炼出惊世骇俗的主题来；它能把同一件事物拦腰截成两半，用前一半去赞成它，用后一半去反对它；或者，上半年将此事作为工作教训，用严以律己的口吻登上一堆稿子。下半年又将此事作为工作经验再提出来，用反思的方式再登一堆稿子；它可以把竹子说成是笋，也可以把笋说成是竹子，而其中确实也有部分真理存在；它还可以在事情没发生前就把稿写好了，然后再去诱导此事发生，到时填上时间与人名就可以发表了，自诩为“提前量”。令人悲哀的是，事情发展还恰恰印证了他的“提前量”，可见我们的生活多么重复多么程序化；是的，当时的新闻极像一只蝙蝠。闹不清它是鸟还是兽，是哺乳动物还是卵生动物。总之，他不是没有才华，而是拥有一种完全变质的才华。新闻不是没有真实了，而是把所谓的“真实”拿来为我所用。大家都明白内中的荒唐，又都觉得不这么干不行！渐渐地，干出味道来了，干出兴趣来了，干出劲头来了，入党提干步步高升了，最后欲罢而不能了，整个人也随之变质。

我发觉自己为什么那么窝囊了，就是因为我不会那么编！我羡慕他们，妒忌他们，但我一点也没有看不起他们，我甚至偷偷摸摸学他们。因为，当时我的素质还在他们之下呢，我内心对他们的“批判”，实际上是狐狸吃不到葡萄偏说葡萄酸。

我想呵，不是编造么？干脆别那么半遮半掩、羞羞答答，要编造咱们就彻底编造吧。于是，我就开始写小说了。

所以，我开始搞创作时动机并不健康。只是因为，艺术本身有着改造人、包括改造艺术家自身的力量。你在创造中浸染得越深，你的境界也就越是美好。犹如你爱上了一样东西，就会发现你从这种爱中得到了升华。

今天，我在回顾以往时，对旧日的光荣与丑陋都充满眷念之情。说实在的，我爱我的过去。

毕加索的轰炸

毕加索作为本世纪最伟大的艺术家创造了两项纪录：1. 创造了八万多件艺术品。2. 活到了九十三岁。

这两项纪录中的任何一项，都足以令世人钦佩。而把这两项纪录加起来搁在一个人名下，就更令人瞠目结舌了。这意味着，作为艺术家的毕加索已达到艺术巅峰——他平均每天要创造两至三件作品，八万多件中许多已成为传世珍品，没有毕加索，美术史就不会是现在这模样。这还意味着，作为生物学意义上的毕加索也接近生命巅峰，高龄九十三岁还几乎没白活一天，他在去世前夜仍然工作到凌晨3时，然后毫不拖延地死去。他这把岁数等于两个半凡高或者三个莫扎特，虽然凡高和莫扎特在艺术上与毕加索同属于天才级别，但在生物年龄上却悲惨地低于常人水平。假如让我们在他们三人命运中任选一个来作自己的命运，我想大家都会争抢毕加索，凡高与莫扎特将会被弃置一旁。这很有意思。

毕加索还有两个纪录更有意思。它给后世带来的误解和启示一样多。

一个：毕加索有过多少情人？这些情人和他的艺术产生怎样的关系？我们所知道的是，生命力极其旺盛的毕加索，每当一个新情人出现，他也就步入一个新的艺术天地，并促使他改变自己的画风。在早年“蓝色时期”他只拥有天才与贫困，是唯一没有具体情人的时期。少女奥利维叶出现，他的调色板由冷峻的蓝色转向温柔的“粉红色时期”。继之美国女作家斯坦因成为他的密友，不久他就创造出了划时代的《阿维尼翁少女》，宣告“立体主义”诞生。接着埃娃进入他生活，毕加索解放了色彩，肢解了画面，创造出大量梦幻般超现实主义作品，《穿衬衣的女人》是这时期的代表作。几年后，他与芭蕾舞明星柯克洛娃结婚，生活绚丽而奢华，创作上却进入了“新古典时期”。再往后，是玛丽·泰雷丝与毕加索的“曲线体风格”；多拉·玛尔与毕加索的“视觉革命——表现主义”；弗朗索娃·吉洛与他的“白色时期”；拉波特与他的一系列“变奏曲”式对古今名家仿作；雅克琳与他的“艳情画和讽谕画”等等……此时毕加索已85岁了，仍然情如少年。上述这些女人的名字都跟随毕加索留在美术史籍中，未见姓名的可能更多。假如没有这些女性，毕加索也决不会是现在的毕加索。我们无意考察他的风流韵事，也不想做什么道德评判，只深深感到人的艺术创造力真跟宇宙黑洞一样神秘难解，寻常艺术理论在天才面前如同蛛网般轻薄无力，有时非但无助于我们理解他们反而让我们误解。历史不乏先例，被误解程度越高的，往往越是那些卓越的人物。

我们再看一个有趣的误解：毕加索的名作《格尔尼卡》，它是1937年毕加索为巴黎国际博览会创作的27平方米的巨幅油画。毕加索以象征手法表现了被轰炸的西班牙小镇格尔尼卡，画面上没有飞机坦克之类战争场景，却充斥着种种变形的牛、马、女人等等物体：仰天呼号的人脸，濒死的马，断裂的肢体，发呆的公牛……这一切沉浸在铁青的暗色调中，将痛苦与死亡、残暴与绝望、疯狂与恐怖等意义表现得淋漓尽致，那正是世人心目中梦魇般的战争意义。作品展出后立刻轰动于世，其原因来自两方面，一是人们对佛朗哥轰炸和平小镇格尔尼卡震惊；二是人们对毕加索艺术创造震惊。这两方面因素综合起来，使《格尔尼卡》获得罕见的成功。即使在今天，一般的人提到毕加索，首先谈到的仍然是《格尔尼卡》与《和平鸽》，后者曾被印制在许多国家邮票上流传世间。然而，《格尔尼卡》却是一个误解，事实是，格尔尼卡基本没有遭到轰炸，近年问世的有关西班牙内战文件证明，德国纳粹飞机轰炸的只是格尔尼卡近郊工厂与兵营。当时，各种报纸把此事描绘得耸人听闻，世人们惊恐不已，毕加索闻之也肝胆欲碎并激发出巨大创造热情，于是世上便有了格尔尼卡大轰炸，有了巨作《格尔尼卡》。

格尔尼卡轰炸被误传了半个世纪。有趣的是，人们不愿意此事得到纠正，执拗地相信确有那次人间悲剧，因为他们亲眼看见《格尔尼卡》上那震撼人心的画面——它不可能凭空捏造。现在明确了：一则讹传引发了毕加索的创造，毕加索的创造又加固了这则讹传。辉煌源于一个误会，误会又由于那辉煌而进入历史，真是可惊可叹并且稍许可笑。一幅作品在其本身魅力之外，竟然还潜藏着这么多魅力！毕加索被一则讹传激发出巨大创造热情，我们可以说那讹传是假的，但我们能说毕加索的热情是假的吗？能说他的创造力是假的吗？能说他的创造物是假的吗？如果上述三项是真实的，那你怎么还好意思说格尔尼卡轰炸是假的？

……毕加索以《格尔尼卡》经典性地宣告了什么是艺术真实。让我们微笑着沉默下来吧，世上并无格尔尼卡轰炸，只有毕加索轰炸。

嫩寒

在古典诗词中，有许多精妙的诗眼或者字眼，读到那里，心头便卜地一动，意境就在那里化开，万千想象扑入怀中……就是那处诗眼或者字眼，一个字或者一两个字，将横亘万古的时空洞穿，将古人与今人的情怀沟通。读当代文字时偶想：今人在某些情状下强硬地做几首古诗词也许可以，韵律也会同样准确，吟诵起来也大致古意盎然。但是今人诗篇里万难出现古人诗篇中唯一的那处炼金琢玉般的诗眼。正是它，将古人与今人联系在一起；也正是它，将今人与古人劈开。据说古代诗人们为了那一处诗眼冥思苦想，蓦然得之。我不大相信，我更倾向于认为大部分精妙的诗眼是诗人们如鲠在喉、一吐为快，是他们如呼吸与心跳般自然地迸发出来的，不是——我乞望不是他们僵在某地苦出来的或者冥出来的。真的创造应该不是苦恋与受罪，不是长相思与力气活，甚至看不见什么过程，来不及做任何呼唤与推敲，便于一个瞬间闪现并完成。事后连诗人们自己也惊喜于那处笔墨，以为是天赐。这“天赐”二字不过是个形容词，它意味着诗人曾经跃出了常态与常规，进入超常与非凡，在一个瞬间掳获了天意。一个艺术家，即使是一个平庸的艺术家，一生当中肯定也有若干次思维曾经跃出常规——只是他犹疑了，或者胆怯了，终于放弃那危险的想象，回归到寻常意境中来，回到踏惯了的大地上来，最终仍是一个寻常的人。而非凡艺术家总在那非凡而危险的边缘徘徊，唱着鸟儿想唱也唱不出的歌，一次又一次跃出常规，终于彻底超越庸常领域。他们之间的差别如同史前那些猿，其中一只总想离开攀援物独自站起来，其它的却忠实地挂在树上。后来，那只猿因背叛而发展成了人，其他的猿也因忠实而发展成了猴。在这里极为重要的是：所有的猿曾经都具备站起来的能力，但后来背离猿类而去的却只有一只或者一支。猿们不缺能力，缺的只是欲望。没有欲望，那能力也就衰蜕最后永远地消失。

伟大的……惊人的……辉煌的……空前绝后的……任何东西，一层层剥开，看到的总是非常普通的内核。它普通到了这种程度：常让我们所有人都误以为它没什么了不起，任谁练一练也能练成功。我惊叹这伟大所暗藏的浓郁人情味。

那天与友人在林中漫步，脚下细响着梧桐叶片碎裂声，忽想起深秋已尽，立冬悄至，暗夜里的寒意令人感到身心盎然如洗，鼻端一吸，天边那宁静尽入胸臆。前些时候，林中的夜空还被枝叶密裹着，现在如一盆水洒落下来，若明若暗地附着在小径苔衣上……这是嫩寒，古诗词里描述过这意境。

古人如何想出“嫩寒”这等动人的词？它远比其他关于寒冷的词汇美丽。冬天欲至未至时，就被诗人用一缕灵感捕入诗篇。天下谁人不知“嫩”字？谁人不识“寒”字？但是将这两字联系到一起的，只有一人。他甚至比夏虫还要早地感觉到冬意。他将冬天裹在襁褓里送来，此时的冬天嫩得犹如一个婴儿。他用一种感觉、一种视觉、一种触觉、甚至是一种味觉吟叹出轻薄浩渺的冬意。他大概是一个孤寂的人并且正处于失意或失恋中，如此才会对柔弱的刚诞生的生命有超常敏感。他内心那美丽无常的情结总是不灭，秋愁未了，隆冬将至。他轻轻地仿佛触摸一个伤口似地抽动一下口角，说：“嫩寒……”多想将冬天锁定在这个意境里以躲避日后那强大的凛冽，多想将苦寒的人生锁定在童稚状态以长久地保持审美上的天真。他像初霜那样几乎融化在一片金红色枫叶上，露珠在荷伞上滴溜溜流淌，很像是一个念头滑来滑去。他自己弱小因此赞美弱小，感觉细腻所以深深体察到冬天每一节脉每一骨骼的生长。他内心里还有一个深藏不露的他，“嫩寒”等等，只是无声自语……

这意境饱含古代审美理想，与：轻柔、浅淡、微醺；与：含蓄、淡妆、薄嗔；与：沉默、守势、虚幻；与：空灵、冥想、内醒……等等同出一境。它和一切强烈的刚猛的亢奋的恰成反比。它甚至以它独具的优美反对后者，尽管后者在美感上一点不比它差。

在适度的寒意中，人可以更感觉到自己热血，凛冽常常刺激我们思维，使我们肢体收缩，神思更为警醒灵动，我自己的许多作品就是在冬天写的，特别是冬天的夜里。但是，对于“嫩寒”意境，我在深深喜爱的同时又有莫名的惧怕，它太中庸太成熟了，它被古人陶冶数千年已经炼为一种民族品格，一整套文化与修养的标志，一片铺天盖地生存趣味与人世原则。它以它强大的优美性丰富性，排斥一切与它不谐的品格，方法是在它深不可测的文化内涵面前，使别的品格相形丑陋。

我想：今天的我们，还能够在这种密不透风、美不胜收、无穷无尽的蕴藏中，像史前猿那样站起来吗？

独自散步

如果将散步称做运动，它对于身体无疑是最轻松的运动了，但它对于人的心灵与精神来讲，却经常是一种重大运动。读过些诗书的人都会知道，历史上无数杰出的思想、诗行、乐思、意境，甚至包括一些怪诞的恶念与幽绿的心火，都曾经静悄悄地缥缈在某处野郊、残隅、河畔、小径，而被某人某时某次散步拾进心胸，再在纸页或者琴弦上展示出来，当然也可能用刀锋与枪口展示出来。

我觉得散步者行走时的那种从容与孤独，那种远离尘嚣，那种随心所欲，本身就很接近人的精神运行姿态，精神如果有形状，大概就是这个形状吧：水似的，风似的，透明透亮，无拘无束。此外，我还觉得散步者行走时那种无所思而漫思，有所行而忘行，踱荒野如踱家中，身心俱交与山风的天然之感，不但是一种人生立场，而且也是一种很优美很纯净的文风。凡此种种，令我不但对历史上那些伟人们杰出的散步充满敬意，也对当下如我般常人们的凡俗散步暗感亲切。每次在紫金山小径上，在衰草残照中遇到一两个散步者，便有意避开，互不惊扰才是彼此间最好的尊敬。至于那散步者，此刻心中漫动着美好意念还是深藏阴暗的情绪，此刻他是杰出的散步还是平庸的徜徉，实际上并不重要。重要的是，他和我一样在散步，而且和我一样：在一个人散步。是啊，完美的散步应该独自开始并且独自完成，甚至不知怎地就开始了，也不知怎地就结束了，它是彻头彻尾的个人行为，就如你的梦那样不请自来。尽管你我都做过和别人一样的梦，但别人决不可以代替你我做梦。西方风起的"步行者协会"，虽也有归真返璞的意味，可令人担心的是，个人的散步行为一旦也协起会来，恐怕异变成新型公众运动了。如同足球运动自从有了现代传媒、无数观众和资金老板之后，其意义已不在于足球。步行者协起会来，"协会"的意义也将吞噬掉"步行"

的意义。别的不用说，仅仅是太多的注视也足以使一位独行者手足失措。

我喜爱散步最少也有二十年了，随着年龄增大，对于各种剧烈运动渐渐叹为观止，唯独保存下来散步的习惯。无论居住在什么地方，时间一长，总能寻找到几处被人们忽略掉的地段或者角落。不想读书又不愿写作时，我就投奔到那里，貌似闲淡的漂泊着，周围没有任何熟悉的面孔，没有任何令人紧张或内疚的情境，我与泥土石砾共同组成大地，与乔木杂草共同拥有天空。也许衣袋里揣着一本书,却根本不会看它。也许从书房带来的一些念头，本想在散步中发展，却统统遗失在野地。此刻，心儿近乎幸福地空空如也，阳光直接照在体内器官上，随便抬起一只手看看，每一片指甲都充溢红润的生命浆汁。我闻着太阳气息,倾听那一阵阵的寂静,在行走中昏然欲睡……过去，我喜欢营造深刻而优美的东西，此时才知道自然的东西往往也就是深刻的东西，而优美其实是不可营造的，只有当你的精神生长并渴望到一定程度，蓦然，优美就在心境里自动开放。

晚秋时节出外散步，每一条小径都铺满色泽丰富的落叶，使得原先格外单纯的小径变得轰轰烈烈了。空中，叶片们继续如悬念般飘落，临终时与大地最后一吻。它们一生就沉睡这么一次，而这一次就足以将毕生的喧嚣浓缩成宁静，将回归变成了追求回归。从小径走过时，叶片们在脚下窸窣作响，散步者的每一步都因之沾染些意韵。过些天，落叶们会被人骤成堆，点火焚烧，那气息厚重苦涩又微带芬芳，曾经燃动无数人的哲思与诗情。我知道，先贤们的许多思想，就是在秋殇时节成熟的。

细雨中的散步最适宜怀旧，四周景致半似朦胧半入梦，细雨的意境本身如同岁月的意境，千丝万缕，剪不断理还乱。许多往事在雨雾中影影绰绰地浮现，此起彼伏，心神缥缈，直到辨不清此身何处此境何如？死去的亲人与隔世的敌友，含蓄地与我伴行着呢喃着。亲情与愤怒，浸化成一团混沌……其实，适当的感伤近似淡淡的甜蜜，如同适当的疼痛近似持久的兴奋。你在雨中走过几个世纪，一次次地结识自己并蜕去生命表壳，每分钟都益发鲜活了。鱼儿生活在水中，但它自己并不知道眷恋水。人把鱼儿的意境引用到自身的生存中，替鱼儿眷恋水，甚至比鱼儿更加优游。

深夜的散步仿佛潜行，自以为万众昏昏唯我独醒。我不大喜欢过于明亮的月亮，因它高高在上地窥视着。足下的小径，寸寸缕缕我都烂熟于心，走在这小径上就像黑暗中走在自家卧室，何处驻足何处拐弯自有潜意识引导着，撞不到任何东西，更撞不到任何人，你独自占有这条路。四周景物在白天十分简单，夜里却变得神秘。同样，我们白天压抑着的念头夜里会苏醒，匍匐而出，警醒地奔突、跳跃、诡变、升华，仿佛涸涩的灵感始终潜伏在黑暗中，夜行散步无非是寻找某种相遇。

一个作家在他最重要的时刻，必定是自己与自己呆在一起。散步就是自己与自己相处的最好的方式之一，未必要依赖孤灯斗室四壁名著，而一个出色的作家肯定也是一个善于自己与自己呆在一起的作家。每次散步归来，或有所得或有所失，都是收益，它使我懂得如何回收自己。想一想：我所走过每条小径先人都曾经走过，每一寸土地都浸润他们的精神痕迹，我们在他们沉思过的地方再次沉思，借助一个契机，打穿漫漫时空，与他们沟通。深刻地沟通之后才可能将自己与他们大幅度区别开来，才可能拥有自己的生活与创作。何况，当今之世，能够让你独自散步的地方与时光，已经不多了。

致电视一封情书

多年前，我在某首长的客厅里第一次遭遇电视机。我进门时发现那客厅格局有很大变化：首长与夫人的两只专用大沙发，从原先坐东朝西的首要位置挪开了，让位给一台21英寸索尼彩色电视机，首长降为观众而索尼成为首长，子女与亲友们密匝匝环坐后方，最后面还有许多与这个家庭无关的人员引颈踮足。我坐在电视机侧面，为保持自尊而甘愿沦落边缘，直到关灯后才重获平等心情。虽然角度将电视荧屏挤成细长状，仍然让我惊骇不已。我第一次看见荧屏上的小甲虫不再是甲虫而是甲虫意境，它们变得碟子那么大，吱吱地灿烂地爬着。它们从我的心理爬到我的生理并且老也爬不到头。它们以帝王般的气派缩小了每一个目击者，我因为那骇人的辉煌而生出恐怖奇想。也就是那个夜晚，我第一次看见那个白种绅士走下飞机舷梯，走进我所在的客厅，走进这种中国家庭氛围。首长女儿炫耀地道“尼克松”！当时我相当可笑地热泪盈眶——这位拥有地球上最大权力的人竟然站得离我这么近，竟然如此平常地走着笑着，而这一切今天上午刚刚发生，电视使我几小时后就抵达现场。当时，尼克松不仅是世界人民的公敌，而且还是具有相当级别的人士才有幸目睹的公敌。因此，与这样的公敌相遇已是我等平民的荣幸。他使我如此贴近地看见了他，他竟然笑着我们的笑，走着我们的步子，出现在我们的周总理才应该出现的屏幕上。这一切，震撼之余都使我产生复杂的感动……当我扭动酸硬的脖子时，看见满满的客厅里，在电视荧光泛照中里簇拥着大片头颅和惊愕的眼睛，很多年后我才明白这场景暗藏的危险：我们不是在观看电视，而是在瞻仰电视。

当年，绝大多数中国家庭连9英寸黑白电视机也没有，我却突然遭遇了当时在日本也属先进的大型彩电，它让我的视觉省略掉许多过渡直接目击巅峰。而没过多久，无数中国城镇家庭几乎是一夜之间拥有各式各样的索尼日立松下菲立浦，其速度之快与密度之高仿佛梦境，让好些中外学者也感到眩晕。可是许多家庭遇到过小小尴尬：他们把电视机抱回家来后，不但看不懂说明，甚至无法将电视机的电源插销插进自家的电源插座上，索尼们的国际标准插销与咱家墙角处的电源插座不匹配，类似的尴尬后来也在冰箱空调音响电脑等方面一再重演。我们虽然拥有价值千万元的高档电器，却没有价值几角的插座。非但如此，我们在心理机制方面，在社会机制与文化机制方面准备好相应的插座了吗？大概也没有。实际上，在我们开怀拥抱电视的同时，我们的各种机制们也正像插座那样抵御着插销。因此在同一个夜晚，洋人们可以手把香槟慵懒地观看电视，而我只能在中国首长家中隆重地瞻仰电视。尽管我面前也有一台不小于他们的电视机，屏幕上也有与他们相同的图像，但我却没有与他们相应的观看能力，我眼前的荧屏只能是也只配是一个细长条。因此在同一个夜晚，相当平常的场景却惹动我相当异常的眼泪，那情境中不要说走出尼克松，就是爬出的甲虫也将是一部史诗。我的心理插座由于某种错位，主动地夸张地迫不及待地替尼克松甚至是甲虫们涂裹上灿烂。要是两位贵人知道我等心境，也许又要感叹东方的神秘……1840 年鸦片战争那次错位，我们最杰出的精英倨傲地将当时的尼克松们视做“膝骨僵直不可弯曲”的毛猴（林则徐语），其代价是，我们今天可能将甲虫也视做天使，或者把天使视做甲虫。就像当初清兵们逃避他们不明白的妖孽那样，如今我们逆向而进，激动地投奔我们不大明白的诗意。尽管我们的方向与清兵不同，速度却一样地快。扭曲向前是历史进步的必然方式，要进步必须接受扭曲，甚至能从扭曲的质量判断出进步的幅度。如今我们毕竟进步了，起码我没等魇足就略微清醒了，发现被瞻仰物不仅仅是诗意。

我们没有与电视预约，就突然遭遇电视。预约意味着从容不迫，循序渐进，约者双方在履约前就已经部分地属于对方了。而遭遇则意味着毫无准备，猝不及防，更来不及打扮头面，遭遇是刺来的意外，在遭遇面前，我们会由于一个闪失暴露出潜藏的本真——插座。

在遭遇电视之前，我们旷怨已久，身心孤寡，情怀枯索。蓦然，索尼们如同闪电打下来，在猛烈光明中人们能够看见的往往更少，甚至除了光什么也看不见，然而就在那什么也看不见的片刻，人们恰恰容易强烈地感觉到自己看见了某种辉煌。是的，当时我们来不及与索尼为代表的现代化调逗煽情轻推佯拒，甚至来不及宽衣解带，就被电视强暴了。就算索尼们是我们翘首敬慕，苦久暗恋的对象，也并不因此改变强暴意境。快感与不适均由此产生，甜蜜与耻辱试图插入一个插座，那当然插不进去。作为一个自尊而害羞的君子之邦，百余年来许多痛苦并不是因为流血，更多是因为羞辱。仕子们往往不怕死但怕丢脸，宁肯将羞辱升华成仇恨，以保持天经地义般的王者精神与上古贞操，如此便仿佛取消了羞辱。

所以，当我们承认热爱索尼们代表的现代化时，这种爱就是个橡皮口袋，它装满了我们百年来对索尼前辈的耻与恨，我们在相当程度上是爱着一个强暴者。这种爱注定具有艰难、苦痛和羞羞答答的性质，这种爱让外人难以理喻而我们自己又窘于张扬，这种爱不问自知而一问就可能让我们失语或失态，有时甚至溢出过分的正义或者凹进过分的自卑。特别是，我们无权在各种各样的“爱”当中择优而取，只能在尴尬处境中被迫接受那唯一的“爱”，而且首先得爱上那个“爱”，然后再去“爱”。为了让自己能够爱和继续爱下去，我们宁愿把历史上的强暴淡化（或深化）到几乎看不见的深处，快快换掉前辈们的插座，默默在南京屠杀场升起太阳旗……这些，都是为了不再瞻仰电视而能够从容地观看电视。即：既拥有电视又拥有观看。

到目前为止，一个普通中国家庭最精心布置的，仍然是客厅。一个客厅里占据最显要位置的，仍然是电视。电视虽然年轻，但它进入家庭那天起就成为尊长，它温馨地垄断着所有的家人与家具。它使家庭这个社会基本细胞发生不可思议的变化。电视获得如此卓越的成功不完全是它的功能决定的，更因为人们对电视功能的崇拜与依赖，是潜藏在人们身心的种种孤独种种欲望将它生造出来的。但是电视一旦进入家门，它就用妩媚可人的奉献拿走了我们，如同婴儿用啼声拿走母亲。虽然那只遥控器握在我们手里，但究竟是谁控制谁呢？最妙的控制方式往往乖巧得像是你控制它。现代人与电视机相互嫁接并不久，但它已经迅速生成为我们身体的一个器官（遥控器），如同手掌上再伸出一只手，我们与它冷暖与共，须臾难分。在电视机以及水银泻地般的种种电视延伸物面前，我们的视野畸形增大，视觉却一天天重叠、肢解、迷失，我们心儿也被牵拽得摇摇晃晃。许多宾馆里电视机整日不灭，客人从容地做其他事情，可一旦关掉它就觉得恍如缺失。自家的电视机之所以不肯整日开着，那是为了省电与延长它使用寿命。因此，看与不看这两种形态之间的界限已经日渐模糊。看电视日渐成为广义的看：

进餐时看，出恭时看，聊天时看，嗑瓜子时看，夫妻口角间隙中看，孤寡们用于解闷的看，看与不看两结合的似看非看……总之，这些对电视的多种看法，就像心理润滑剂，它使我们每个日子都过得更滑溜更愉悦。

有趣的是，电视之旨，在“看”；而电视之趣，恰恰在于非“看”；在于“看”的诸种放肆滑动与美妙稀释；在于把看变质成对于“看”的消费。朴素而传统地看，专心致志地看，反而与电视不匹配，反而愧对电视。这里，旨与趣的怪诞变异，闪射出电视的真正奥秘，而电视作为时代骄子，它的奥秘往往破译出我们时代的奥秘。另外，电视也早就不是一只被观看的电视机了，它首先是一片腌透了这个时代的电视意境。

电视让全体人类在同一时刻抵达同一现场,进入同一情节并且同时心跳，这功能伟大到了足以嘲讽自然的程度。大自然把时间表达成昼与夜，把人类相对均匀地放牧在地球各处，而电视把时间缩成一个焦点，又将人类集合到这焦点上。对具体个人来讲，为了摆脱时间对自己的压迫，最简便的方法是逃进一个公众时间，而为了消除空间方面的孤寂，最简便的方法将自己与公众打成一片。如此,个人在时空两方面的焦虑都可以用享受电视（也即享受现代化）的方式消解掉。这儿,特有意思的是现代化的种种暧昧功能：它将焦虑转换成享受了吗？它把物理变成了心理了吗？是否意味着现代化的最终指向，竟要打通心与物之间的万古屏障？果然如此的话，将来一块不会思想的金属就不配叫金属了，假如它内部发生一道裂隙，我们的神经中枢可能比它更疼。一般地讲，电视不仅是人类想象力的后果而且也提供了更多的想象。不幸的是，它也可以拿走你仅有的想象，一如拿走你的焦虑。

很多人把电视机抱回家来时就抱回了一个误会，以为自己不光买回一只电器，而且还把未来夜晚里的所有频道所有节目都买回来了。换句话说，电视机要花钱买的但电视节目就不该要钱。以至于，政府后来为所收看的某些频道收费时，我心里就有些别扭：电视信号跟阳光那样飘浮空间，取之随意，用之不竭，干吗收钱？难道晒太阳会把阳光用少掉了因而晒太阳也要付钱？由此也反衬出，电视在现代生活中已有近似太阳的地位，以及人们多么习惯于让不要钱的电视太阳白白地照耀着。其实，不花钱白看，意味着人们得付出比钱更值钱的东西。因为任何一秒钟的电视图像都比咱家的电视机贵得多，是政府企业广告商……花了大钱请咱们看的。至于他们干吗请咱们看？咱们所看到的会不会正是他们希望并准许咱们看到的？看了以后，他们期望着甚至料定了咱们将怎样报答？……这些问题对多数人来说远不如电视机降价重要。恰恰是认为这些问题不重要的人们，才更加热诚地报答了电视图像：去购买时兴商品；去像电视里的人那样穿戴那样做爱；不甘愿自己仅仅是个自己，期望一头拱进荧屏成为剧情中的别人，等等。

当领袖与百姓，富翁与贫民，智者与愚夫，老人与孩子……总之，性情与肤色万千悬殊的人统统被缝合到一起，同时观看一幅画面——这是电视的胜利，不是人性的成功。就算当时出现的画面极为尖端——比如太空生物降临地球，更骇人的仍然不是此刻的画面，而是此刻亿万人在电视前重叠成为一人，人类此刻只是个数量词，个体意义减退到最低点，全球进入共振，心灵们规矩成集约化跳动。电视给人们带来最大程度的沟通：纽约股票市场打个喷嚏，涕泣却从深圳股民的鼻腔里流出来。东京某条街头刚出车祸，我们可能比那街尾的日本交警更早看见鲜血与残肢……电视的即时性能够让万里之外的观众成为当事者，同时还让他保留隔岸观火的安全与欣慰。电视把千山万岭抹掉，让戈壁沙漠透明，只要你抬一下眼，目光就可沿着地平线弯曲下去，绕过全球直到看见自己后脊背。这时的人，将自己仿制成神灵，他洞悉环宇一切褶皱，他不仅生活于世界也君临世界。

以前，一个事件的传递要经过漫长过程，当人们将它汲入心怀时，它或者已长满苍苔，或者已磨损殆尽，或者已经膨胀出许多其它事件了。比如，大洋彼岸扔下一块石头，这事件通过无数美丽的涟漪一波一波越洋传递过来，此岸的我们不仅接收到石头的意境，还汲取了弥漫整个大洋的美丽涟漪。经常有这种情况，涟漪比传递的石头价值更高，也就是说过程比目的更珍贵。此外，传递过程中的种种扭曲与误解也将大大丰富那石头，再加上我们每人接收事件的方式各不相同，因此彼岸扔下的石头虽然只有一个，但此岸有多少个接收者就会收到多少个石头意境。电视既拿掉传递过程——瞬间即至，又把被传递的事件尽情放大——特写镜头，这就等于省略了大洋和涟漪，直截了当地扔给我们一个无限扩张的石头。我们不再是各自不同地汲取了它，而是在一个共同瞬间里被它共同击中。事物的过程被省略掉了，后果必定会强化了事物的两端。电视的两端就是“大面积省略与焦点逼近”，我们浸泡在这氛围里，每时每刻，上空都覆盖千百公里厚的电磁波，我们每个人都有点鼠标味道，在天大的荧屏上窜来闪去，纷纷到位。

电视极大地开辟了人们视野，鼓励并诱惑着人们向它交割更多目光与心灵，但它拿去的是不同的目光与心灵，奉献给人们的却是共同的视野与视角。当我在南京家中观看荧屏上这棵树时，可以确信：世界所有处于该频道的电视荧屏上，都站着同一棵树，都在同一股风里摇啊摇，叶片们连一丝一毫都不敢偏差。任何一个电视观众都不会有自己的树，他只是经常地情不自禁地将它误看成自己的树。视野与视角的雷同，引伸出视觉的雷同，久之则诱惑目光与心灵雷同。正如我们持之不懈地吃草，终有一天会成为羊。电视屏幕上所有画面都是复制品，数亿台电视机将它复制成数亿份，数十亿复制的观众进入同一牧场享用复制的草——电视意境的极端化就是人的意义终结。虽然这结局不会发生，但它毕竟是电视的愿望。人如果尽早地想象灾难，既能把灾难消弭于未来，又能让想象益发甜蜜。

由于媒介信息铺天盖地喂养，致使我们轻松地呼吸着各种知识。一个人只要打开电视机，他不想目击天下竟也不行。古往今来宇宙洪荒，战争和平衣食住行，足球口红唐明皇艾滋病……摞在一块撞入眼仁儿。电视催生大批短平快性质的时代骄子：他们做什么都喜欢百米冲刺而讨厌马拉松；他们什么都知道一点，又什么都知之不深，个个是广而博的通才，却勇敢地教导精深专才；他们聪明绝顶但远离智慧，爱恋着许多事物品种，但在事物本身面前仍是个薄情郎；他们本意要占有那事物，当然不屑与它成为终此一生的性灵伴侣；他们用 10 个手指按定 12 个跳蚤，并且指出哪一只跳蚤跳得最深刻，哪一只仅仅是跳蚤而缺乏跨世纪的跳跃……这些当然不是电视的过错，不过电视的轻松喂养确实有助于人的轻薄。

这时候，突然怀念起知识稀少而权威如焚的时代了。当时人们潜伏着大海般读书欲望，却只允许舔恋一只贝壳大的小书。然而，那种浓缩至极的阅读竟使人读出多少不属于这贝壳的人生呵？就像牢狱中人在仅存的光线下积年读一部仅有的少儿字典，结果每一粒平凡汉字都浓缩成千年老橄榄含蓄无尽滋味，囚者用全部生命涨裂每一粒种子（铅字），替它长泣替它发芽，与它一起沦入苦久冬眠。茨威格《象棋的故事》，就裸露着这种杰出到了可怕程度的阅读。至今，不少成名学子仍然怀念着青少年时读过的某本童话、《辞海》或者某本粗劣的《农村医学常识》。那些书不足贵，他们怀念的是当年那种神圣的初尝禁果般的阅读。在那种阅读光辉的照耀下，一片枯叶经常胜过整座森林。而如今经典成山文集似海，却遗失了当年的阅读至境。而如今知识如潮信息爆炸，惹得我们欲火焚身心如脱兔，却将精神寄放在电视机左近，与诸画面耳鬓厮磨缱绻不已，希求沾染索尼式的念头与娇艳。其实任何时候，书本都不过是个载体，重要的是阅读，不同的阅读才决定了书本的不同价值——尤其是自己那唯一的阅读。同样，任何时候，我们的观看都是它电视机的幸运，那荧屏由于沾染了我们的目光才如此灿烂——尤其是我的唯一目光。

然而，书本与阅读，电视与观众之间，总会发生奇怪的分离，就像关节脱臼那样使得上下两边的骨头都酸痛不已。那么，书本与阅读脱臼了，电视与观众脱臼了，它们就不酸痛么？当年我们有着大海般的阅读欲望，面前却只搁着一只贝壳大小的书，使得每次阅读都像把大海强捺进贝壳。如今，珍贵的知识与信息之花触目皆是，人们摘取它时所付出的气力与它的珍贵太不对等，于是一些小生们取之不义弃之无情，甚至始乱终弃，取弃皆不费功夫，这就容易在精神世界造成丰富的贫贱，使人每一次摘取都得到一个干枯。我觉得前后两种状况，后者更悲凉。前者虽然鞭笞着生命，却也常能够将生命压抑成一只紧紧的弹簧，从而蕴育着未来猛烈反弹。后者则奢侈地满足生命，将生命熨帖成一片松软的皮毛，凡是搁上去的知识都搞得昏昏欲睡。前者是力量性的剧痛，发作时一如狂歌。后者更像绵延不绝的隐痛，并且老是潜藏在痒的下面，巧妙地躲在人们抗拒与认同两难的部位，还在那部位撒娇。它用它独特的雅俗俱备，折磨得你麻痒难当。

我喜爱任何事物的本真，包括电视的本真。但是，为了保持对它的喜爱，有时就必须对它保持一段距离。站在这距离的两端，双方除能得到喜爱之外，彼此还会馈赠给对方一点尊严。“朋友的限度，往往也是你对他的缺陷所能忍受的最大限度。”（周国平语）为了保证友情的可靠，我们不妨先苛刻地凝望对方的缺陷。意外的是，正由于久久地凝望，竟可能对别人的缺陷也产生智性的亲切。

电视的本真是收视率，大众性是它唯一的真性情，其余皆是技术与技巧。大众通过收视其实是在回收自己，而收回来的自己，又由于浸透了电视特有的营养成分因而变成一种新鲜的自己，新鲜的仿佛是刚刚分娩出的别人。至于收视率，它不仅代表着收看者的百分比，更是一个聚集大众基因的超级温室，它每日每时都繁殖出新的大众。对于一家电视台来讲，它所拥有的收视率才是它真正的生命，万贯器材不过是簇拥在收视率上的肉身而已。观众在挑选各电视台与各频道时，无论他能收视到多少套节目，都只能在同一个大众意境中挑选一个具有最多“别人”的自己（也即最新鲜的自己）。因此，他所谓的挑选，已在“大众性”的制约下贬值，挑选已经是仿佛挑选。最极端的时候，他甚至为家中那台大屏幕“三超”电视机伤感，因为此刻它所承载的剧情实在有辱“三超”的功能与价格。最极端的时候，他宁肯承受卑鄙也不愿受此轻薄，看那些媚眼儿哗啦啦在浓妆重裹的眼眶里乱蹦，看那些男女们满心想着取悦大众，可惜无力把握“媚”的精义与尺度，反而跌落为对大众甚至对于“媚”境的猥亵。

于是,以大众性为中心,电视的上限与下限,左界与右界也就相应确定了,宽与高之比大致是黄金分割率的近似值5∶3。这比例能够使人得到最佳视效。在这块矩形竞技场上,电视能够做出许多感动,许多柔情,许多一波三折。它也试图接近磅礴、优美与深刻。然而，荧屏上的滔滔意象退潮之前，一些智者就窥出它本意就为煽动起我的感动、柔情与一波三折，它之所以要摹拟磅礴、优美与深刻，恰恰是为了更好地对接大众情怀，并非真要磅礴之类的境界。当“感动”少于大众标准时,它就圆满地敲进些感动楔子。当“深刻”即将刺破大众胃口时，则断然剁去深刻的芒刺。总之，电视工艺已经能够做许多事，它唯一不能做的事只有一件，即：伤害电视的事，与收视率相悖的事。

当然，一切视听媒介都有该特征，只是由于电视最为大众化因而也不得不最可人。剩下的问题，可能是如何更高明地可人。这方面电视确实具有广阔前途，也是严肃的前途。因为，仅仅是“可人”一项，也有其不灭的人性价值，也足可跻身于煌煌美感之中。何况电视尤其是未来电视，将会繁衍成人类生活中的千手观音或百足大虫，“可人”只是它的一手一足罢了。

起码在目前，人们在这块矩形竞技场上所视听到的一切，无论其形还是其质，都已经被电视功能所切割，包装，归并；都已经被广告以及广告者的欲望，教诲以及教诲者的精明渗透得浑然一体。我们所看到的足球啦，庆典啦，海湾战争啦……从某种意义上说都是电视流水线制作完毕的足球牌庆典牌海湾战争牌罐头，都已经过选料加工与杀菌处理，都已巧妙地添加了各种配料，压缩到某个公理尺度内，并选择一个最佳时刻配备最佳背景推上荧屏。此外，电视技术也就是电视的语言，它经常把一个事物表达成另一个事物，或者将另外几个事物糅成一个事物。就拿一个令人喜爱的镜头来说：一只足球凌空刺过直奔网窝，但半道上它突然变慢，极慢极慢地飞翔，仿佛一个致命的念头朝你逼近……慢镜头就这样让人惊心动魄，但要是在现场，你则来不及呼完一个吸那球就已经进网，而你也就来不及为此惊心动魄了。同样一只球，通过不同表达成为不同事物，这类成功的表达经常超越了表达而成为表现。遗憾的是，电视的本来用意并不是为了表达那球的卓越，而是借助那球的卓越将大众拽到荧屏前来，即收视率。电视的杰出之处往往也是人的无奈之处。

很多时候，坐在电视机前不能太认真，你一旦认真了就等于陷入两难处境中。因为你刚刚看罢一段精彩片断，你精神抖擞地被它煽动起更大的收视渴望，它却放肆地涌出滔滔平庸。你拿不准自己关机好还是继续期待下去好，因为一段平庸之后也可能出现新的精彩，当然你为此也得冒点风险，也许这个夜晚已被平庸们先期占领。虽然有一张《电视节目报》，但它并不标出意境高低，它主要报告时刻与品种。因此，你最好只拿小半个你临场窥测着屏幕，大半个你处于退场状态；要么，你得控制自己别看破剧情导致自己败兴；要么，你对那煽情画面视若无睹却死死盯着一件渺小孤独的道具——只为它正散发真实的历史气息，你看得已不是剧情而是被它无意中带进来的东西；要么，你比屏幕上的旷男怨女们更焦急地期待他们快成眷属,以便给《动物世界》让开屏幕。你终于等到了那较为真实的荒蛮野地，看见了那较为真实的鱼鸟虎狼，并且欣喜地将自己放牧进去，从中感悟到更多人生……仅仅为此一个节目，你也得感激中央电视台。

这个时代并不是水火不容。恰恰相反，时代越是伟大就越是能够兼容水火。如今许多奥秘之所以是奥秘,就因为将水火们成功地装进了一只瓶子里，这才散射出诱惑的光。电视给予我们的享受包括忍受，有时候，你享受的也许正是你的忍受，而你忍受的恰恰是电视试图让你享受的东西……我不愿折磨无辜词藻，但谁造成我的别扭呢？再仿制一句，比如“享受比忍受更加是忍受，而忍受比享受更充满享受”之类的现代语法，浑身不是充满了电视味道么？一只电器居然向人类贡献出如此伟大的尴尬，难道不能超越尴尬进入伟大？难道我作为大众之一，无权向它发出恳求甚至指令：快将电视所执着的大众性再提高一个品级，快快昂起电视的头颅以便领先于大众半头？

电视机前的观看必须包含抵御,如果没有抵御也就不能赢得自己的观看。一种文化深重到一定程度后，文化上的杰出继承者往往同时是它的杰出抵抗者，比如鲁迅与中国文化。任何一种新鲜造物出世，都会在人的心灵击打出新的苦恼，这造物愈是伟大，其击打出的苦恼也就愈具人性的根本意义。直接的例子当是原子物理的创造了，原子弹曾经怎样蹂躏并改变过人的心灵？电视作为一种伟大的创造，可以毫无愧色地高踞于蘑菇云之上，它不仅撕开一个崭新时代，而且它的冲击波，光辐射，核沾染可能覆盖今后许多时代。即使在当前，它已经从人们原有的心灵下面掘出另一个喧闹心灵，从而拽来另一片喧闹的欢喜，但是欢喜之余稍静一静，这两颗心灵会不会发生一场酷烈争斗？

也许需要保护一下自己：前面所说的平庸（包括电视的平庸）不尽是大众性，真正的大众性也决非平庸二字所能笼罩。大众性活像个最大公约数，它能被各种各样的大众、政体、思想、艺术等等所除尽。任何时期的人类社会主体都是大众，因此任何时代都不得不尊重大众性。即使在当前最激进观念里，恐怕也不得不给大众性保留一方暧昧之地。但是，如将大众性简单归纳（或展示）为平庸，那么这种归纳的动机，恐怕也跟归纳本身一样可疑。就算大众性是一个民族总人口精神质量的平均值，可这个平均值往往很难包括人口之外某些既莫测又讳言的因素。比如：社会体制，政治尺度，国土的贫瘠与富广，历史的悠深或短暂……以至包括空气污染在内的人口所处的总体生存环境。而这些，有些能够溶解到大众性中去并得到适宜表达，有些则一开始就遮蔽着大众性，或使大众性失真，或使大众性的内涵走失，甚至由它们决定什么是大众性，什么不是大众性而仅仅是性。

其次，在大众性这块深不可测的混沌中，往往富含人性方面的原生质。智者或精英，将自己从那片混沌中提炼出来，他们不会在切断脐带之后否认母胎，也不会中止对那片混沌的眷念与关注，他甚至暗暗地从那片混沌中汲取营养，以阻止自己再掉回去。一块钢铁不会在矿井面前骄傲，而对于一片泥土来讲，你最多只能说它是贫瘠的泥土，却不能说它是平庸的泥土。与其将混沌而丰富的大众性归纳为某种平庸，我宁愿将它视做紧贴平庸而立的人之根本。泥土就是泥土，大众就是大众，将其举为旗帜与将其弃如敝履，两者都是歪曲与可悲，两者在表达自己时也都比泥土庄严得多，两者也常常不惜杀伤泥土以完成自己的庄严。但是，一个有质量的人，应该幸福地让自己从泥土中飞翔出去，越过大众的广阔命运赢得一己命运。他创造性地飞出那么远，远得令人看去更像背叛。他就在那儿，在连泥土也斥他为背叛的地方，默默地，孤独地，同时也更具优美地坚守着对泥土的遥远忠诚。

我们的时代溢满了丰富的图像，使我们做一个观众越来越快乐，做一个读者却越来越艰难（个人意义上的读者）。这个时代不仅催生观众，并且诱惑现有的读者也转化成观众。人们渐渐习惯于以观赏与倾听代替阅读。即使在阅读的时候,也常常是在浏览——这可是观看意义上的词语。直率地说，这是一个观众的时代，不再是读者的时代。诉诸于视像与音响的响亮表达，远比诉诸于文字的曲折表现占据天然优势。在电视的骄傲面前，文学当然不可能再踱着宋版书那样的方步，吟叹平仄起伏的愁肠，甚至不适于产生普鲁斯特式的让读者毕生走不出去的文学迷宫。即便是如此境遇，对文学来讲仍然不重要，重要的只有一个：文学被迫更加是文学。就算在艰难的此刻,文学仍足以在喧闹而骄傲的影视宠儿们面前,保持母亲的微笑与光辉。

文学与大众传媒之间，横亘着一条千古不易的鸿沟。在这鸿沟两侧，屹立着两种不同的价值。任何一部影视作品都是一群人生产出来的，它是一个阵容的产物（许多时候，演职员表漫长到了观众走完了它还没有淌完），它的产生过程也是一群意图的凝聚或磨损，它的果实（作品）也必然是群体质量的平均值。虽然它的个性可以跃居平均值之上——比如某个天才导演的独特意念，但这时我宁愿将其视做某种文学性意念，何况这情况也较少，能够突破职业牢狱的天才原本就少。一部影视作品完成后，由另外一个群体在一个共同时刻共同接收，而不是哪位个人在自己的时刻独自接收。电影院里数千座椅不是期待电影而期待观众，决不会有某座电影院仅供一位观众独自面对一部电影。电视更是如此，接收它的群体，理论上讲可在一个共同时刻弥漫全球。总之，影视是一个“群”在操作，被另一个“群”所接收。也可以视做一个平均值流淌到另一个平均值中去。

文学不是这样。从来不会有一群人同时执笔写同一首诗，也从来没有上千人坐在电影院里同时阅读一部小说。文学从产生到接收，都是一个人面对一片文字，一部作品在期待另一颗心灵。一本优秀的书，总是抗拒人们齐声朗诵，只适合一个人伴随一盏孤灯无声地阅读，这时他只希望世界一片静寂，希望屋里只有自己和这本书……这意味着典型的私人情境：自己的空间，自己的时间，自己的作品。一部优秀文学作品总让读者感觉在写自己，读者总将书中人物命运误认为自己的命运，这并不仅是文学魅力所致，更主要是文学性质所致：个性与个性在亲亲相认。如果一本书能在喧闹的火车上顺利阅读，它肯定更像铅字连缀的电视剧。一部卓越的文学作品当然有着巨大读者群，但就文学意义来讲，“群”这个字眼，最少在两方面被习惯曲解了。首先，文学意义上群无论多大，前提都是一个个的个人，起码文学是这么理想着的，“群”只是由于那作品诱发的个人太多，只好叫做群。而且，在文学创作的巅峰状态，创作者甚至根本不顾忌自己的隐秘感情能否被人们共享，此时唯一能沟通的读者，唯有作者自己。这片刻里，“群”已湮灭，文学健在。再者，文学意义的读者群与影视意义的观众群，两者之间还有时空上的不同。一部影视作品的观众群主要在于该作品的初始轰动期，潮起时万马奔腾，潮落后一片白茫茫大地真干净，它的观众主要是当代的，即时的，甚至是瞬息的，越往后该作品的观众越少，就像我们今天不大看早期的黑白片那样，尽管它们之中也有精品，但是电影技术等等因素会把电影艺术按定在那个陈旧年代，这是将艺术建筑在技术上的必然宿命。文学其实对于技术的依赖很少，因此技术对它形成的阻力自然也少。一部杰作以其巨大的人性力量，常常能够浓缩成一根针穿透许多时代。它的当代读者只是一部分,还有不可测的部分埋藏在未来。一部《论语》累积了两千年的读者，其数几何？再往后看，生命不灭时间无穷，它的读者更是无尽，然而在一个具体年代里，伟大《论语》的读者都无法与“007”之类的电影观众相比，更不会产生什么轰动。纵向透视不仅具有数量积累的意义，更重要的是，任何一个未来时代的读者，其个人质量，一般来讲应高于现代的个人质量,更高于古代的个人质量。今天一个读《论语》的读者，已经比当年《论语》的作者多汲取了两千年历史营养，也许他的智慧仍无法跟孔子相比，起码他的知识领域已大于当年十个帝王。所以在读者与观众之间比多少，如同拿河流与细雨相比，对两者都既不准确又有欠公道——如果没有其他晦暗图谋的话。

简略瞟一眼文学与影视的简单区别，可知文学的古老宿命正是它的辉煌立足:个性的，个体的，个人的独创。据此，文学不但将自己与影视们拉开，还将自己的文学与别人的文学拉开。其余艰难再多,那也是作家自己的艰难。文学从来都是坚定的纯洁的，不坚定与不纯洁的是穿戴着文学的人，世人经常将穿戴文学的人看做是文学，这里的一个误看导致两个误解：把那人的毛病看成是文学的毛病，把文学给予的感动当成那人给予的感动。穿戴文学的人总比文学聪明，特别是能够制做出聪明的文学。至此，我得扣下贫瘠的自己了，不要嬉戏那些游走不定的风险。

南京人的行

南京是个很适于以自行车代步的城市，尤其是在前几年。虽然南京城辈分很大，比如妇孺皆知的六朝故都之类盛名，证明它曾经占据过大块很霸道的历史，不过具有如此辈分的昔日皇城，它的实地面积却并不大。每个骑自行车的人都会知道，你从城南骑到城北，或者从城东踩到城西，四五十分钟差不多了。更何况，大多数市民也不至于家住锁金村（城北）而上班在夫子庙（城南），所以我想大多数南京的上班族奔波在路上的时间应当在四十分钟以内，就是十几二十分钟者也常见。这距离可非常有人情味，它让人每天上班耗在路上的时间不那么多不那么累因此不大担心因迟到挨领导训，它让人每天下班时可以顺脚拐进某个菜摊将小吃或卤食带回家，它还让人出门办事或访友时不至于骑车骑得臭汗淋漓大失体面。假如你心情好的话，这段上班路恰可是溜脚与消食的运动量。假如你下班时心情不好，昏头昏脑地骑车回来了，撞了人或者被人撞的机遇也比北京上海等地少得多，因为上班路短嘛，少一步路少一分险嘛。此外，南京的道路也比较干净，偶然来一阵风，不至于闹得你灰头土脸。南京的骑车人也比较文明，虽然谈不上相互谦让，但骑车冲刺的莽汉确实不多。

要是在北京，骑车可惨了。你非得在北京骑骑车才会知道那地方其大无比，路远得叫人绝望。北京的上班族在路上耗一两小时者比比皆是，其中还不乏两鬓斑白者。夏天水泥地一蒸，到家时你体重要轻两斤。冬天顶头风如榔头狂敲，骑车时咬牙切齿拼命也似。我曾见过一个报贩子骑车，后架上满满一摞晚报，凛冽的北风像一堵墙那样挡着他，而他缩在车把后面吱吱地顶风蹬车。我顶着风走，上半身向前倾斜成 120 度角才可保持平衡。我觉得偶尔这么驭风而行地走走还是蛮有趣的，不禁扭头看他，这棒小伙拼命蹬车但行进速度居然和我平齐。我俩一个骑车一个步行却并肩前进了上百米，后来我不好意思，故意软下来，赠给他自行车的尊严，他终于骑到前面去了。然而一阵狂风盖顶，将他后架上晚报一份份剥落，直到整条大街都滚满了晚报的白浪，小伙子还是没听见我的叫喊。他当然听不见，因为狂风正在街两边的门窗上撕心裂肺。我连着捡了两份不要钱的《北京晚报》，回来后很失望，这两份都是带头版的那张，没有我爱看的后几版。即使风和日丽，在北京骑车也十分乏味，不管你骑多远，两边仍是类似的水泥建筑物，景致呆板雷同，起点与终点一样。因此，同等距离下，在北京骑车比南京骑车更累。这方面，最好的城市是杭州，几乎是一步一景，悦目怡情，骑车赏景，痒痒得不行。南京介于北京与杭州之间。

如果是在上海骑车，一个字说尽：憋！道路人潮车流空气噪音心情色彩……样样憋着你。

南京的骑车者是幸运的。要知道，你既属于一个大都市的市民，又可以像小城镇居民那样骑车，这两者通常很难兼得的，而你我居然兼得了。由此另可推知，南京的有钱人也不大买自备轿车。在这样一个适于骑自行车的城市里，一辆私人轿车带的麻烦往往多于它带来的方便。当然，将轿车作为身份标志者另论。所以我固执地料想，北京上海广州等地轿车族里有不少穷汉，而南京骑自行车的人中却藏着不少阔佬。各地都是因地而宜因时而宜地解决自己的行路问题。当今国情下，身无分文者可以披挂百万富翁的风度，而百万富翁也常常支起自行车在路边啜一碗鸭血汤。不论这现象合理否，但我喜欢它的丰富。

几乎任何一个城市都存在汽车与自行车争道的问题，这是城市交通的硬伤，也是人心理失衡的隐患。两个轮子与四个轮子的矛盾，其实埋藏着贫与富，民与官的矛盾，毕竟骑车人中平民百姓者居多，轿车族中身份响亮者居多。所以一旦自行车与轿车相碰，引发的口角怒气总比自行车与自行车相碰时多，而且其口角与怒气也常常比轿车与轿车相碰更没规矩。轿车与轿车相碰，自有交警去管，掏本就是。而轿车与自行车相碰，满街的人就全围上来做交警。骑自行车人觉得我碰你车一下最多碰掉一块漆皮，而你碰我一下则差点碰掉我的命，因此他是以置死而后生的正义在争吵。而轿车者却指出你抢道了你逆行了你不讲规矩等等，两者争吵时的动力与勇气不在一个档次上。

南京的主要街道上都有将机动车道与非机动车道隔开的栏杆，交叉口也都有手挥令旗管理自行车的可敬老人，这使得行路安全顺畅了许多。遗憾的是，许多老街道上，机动车道路面平滑光溜，而非机动车道坑坑洼洼，令人疑惑是骑到了灯红酒绿的乡间。市政方面显然较注意对机动车道的维护，而两边的非机动车道则属于枝节问题了。但是，道路两边的枝节上毕竟运行着百分之七十的居民啊。虽吃住行三大事，行，排位第三，但在各种行路方式中，自行车怕排在首位。它不但是城市居民的生活要素，也已进入城市文化与城市性格中了。就从南京人骑自行车时也能看出南京人性情，不温不火，不燥不寒，盯牢了前面十几米，稳重而自信地行进在自己的道路上。

未来士兵的尴尬

一个仿佛是学术项目的名称正悄悄蔓延到世界各种军事刊物上：数字化部队。这名称听起来有些枯燥，有点暧昧，同时又有些高深莫测，但它却是西方下个世纪新型“整体陆军概念”。其内涵，是以最先进的数字化装备，将战场与作战保障及战斗勤务结合为一个整体，将战略构想军备军训条令条例与每个士兵结合为一个整体，将战斗部队预备役部队与社会民众结合为一个整体。由于它包含了太丰富的内容与太复杂的军事性格，因此命名者不免尴尬，只好浓缩地称做数字化部队。因为简单的东西最富于代表性，如同电脑语言 0 和 1 各种组合，表达出现代科学骇人的内涵。现在让我们绕过那些铺天盖地的装备，直接观察一下数字化部队最基本分子——士兵，直接体味一下他的处境与心理，也许能够感受到某些未来战争新奇品格。此外，我想任何一个士兵的处境，同时也是人类处境的一部分。

未来士兵的性质是一个综合作战平台，而不再是传统意义上的单兵。他配属的数字化装备大致有五种：1、综合头盔。包括抗弹盔壳悬挂装置；眼前戴着一具夜间视频强化像增强器，可与枪上瞄具配套使用；耳畔有一双电子耳，可监听到 400 米内敌人对话，并能滤掉爆炸声浪以保护士兵不被音波击伤；防护面罩能够防生化核污染和防激光致盲；以及声音发送器、微型摄像机、视觉听觉呼吸保护装置等等。2、单兵计算机。其体积小于一只香烟盒，却具有热象仪、测距机、敌我识别、语音数字图像通讯、身体状态监测及化学探测仪诸多功能；全球定位系统保证他的定位精度在 0.3 米以内；负伤后急救中心能自动向其传送急救图像，使士兵在获援前就地自救。3、理想单兵武器。士兵手中的轻武器已如同多功能轻型速射火炮，并能在复杂气候与地形下导引发射。4、野战服装。这服装具有软装甲般避弹性能；具有防火焰、防生化核、防红外侦察的隐形性能。5、微气候动力装置。它实际上是一具穿戴在士兵身上的空调器，不管战区在北极或赤道，士兵都不感到严寒与酷暑，以保持充沛作战体能……此刻，这些装备不再是设想而历历在目，它们大部分正在研制之中，下世纪初陆续装备部队。

现在我们可以揣想一下未来士兵的处境了，这是他们前所未有过的处境。

——每件武器都是一件仪器。比如一支冲锋枪聚集了那么多高科技功能后，它就不仅是单纯的射击武器，更是件复杂的观察、测距、定向、通讯等等仪器。这些仪器迫使士兵摆脱了昔日的单纯枪手，而必须具备某些数学家、化学家、电脑操纵员、通讯工程师等等品质。士兵的性命，有时就不再取决于是否被一枚达姆弹击中，而取决于某只硅电板是否被泥水锈蚀。换言之，枪上所有的仪器浓缩到一起，使那支枪无比卓越。但只要一只硅电板损坏，整只枪都可能变质为废铁。未来士兵是一团精致生物链，他的强大与脆弱纠缠在一起，甚至可以说是各种各样的脆弱才造就了他的强大。这是他的生存尴尬。

——作战成为作业。在传统意义上，扣动扳机才是作战，敲击键盘只是作业。而现代战争中，操纵键盘却越来越多地代替了扣动扳机，各种各样的作业日益成为现代战场上的作战。即使远程导弹杀死千百人，操纵员仍看不见一具尸骸，他的工作服一丝不乱，他的双手纤尘不染。战争残酷性对于许多作战者而言，已脱离殊死肉搏，已无惨烈的现场冲击感受。死亡与毁灭越来越抽象，直至缩小为一幅电视画面。这将引发他的道德尴尬。

——想象力就是战斗力。数字化装备使全体战略、战区、战场、战士成为一串息息相关的生物链。理论上一个将军通过视屏所看到的战斗景象，一个士兵也同样能从他的显示器中看到。沙漠上的坦克与冰海中的潜艇虽然相距整个欧洲大陆，但两者的空间在数字化作战语言中只是一道缝隙。任何单兵都像一个细胞那样蠕动在庞大作战体系内，并且也像细胞那样时刻感知到全身每处伤损。他手中也许只有一支步枪，但他决策却像个将军。他再也不能只看到眼前 200 米作战责任区，而必须具有与他的装备相匹配的视野与想象，他得把自己部分精神伸到将军甚至是总统的位置上才能当好一个士兵。但是，他每时每刻又被铺天盖地的数字化装备包裹着，如同一个器官配属给装备，决不仅是把装备配属给他。他碰到了一个新鲜而古老的困惑，新鲜在于：没有想象的战斗不再是战斗。古老在于：他支配着枪还是枪支配着他？这是他心智上尴尬……

魅力

粗粗一算，这个营区四十年来流淌过去的兵员应该有十几万人了，这个数字抵得过欧洲一个中等国家的常备军。虽然这营区只是一个团的驻地，但我面对那几幢陈旧的日式营房时，由于它巨大的背景，就深感到如此坚实的东西实际上是一只橡皮口袋，它能装进无数东西，自己却不动声色。它曾经是日军的营房，后来是蒋军的，再后来是我军的，现在则沦为废旧军用品库。有点非军非民。

没来以前，我曾在几个省份的十几个地方，遇见过曾在这里服役的军人。聊起来，他们总要说到82隧道。你必须介入这个话题，才能体会到那种血亲相认的热烈，才获得感情接纳。82隧道是这个部队的著名胜地，一个四十年来存疑的谜。有点像一枚勋章佩挂在这营区的胸膛上，军人们用各种诉说揩摸了它四十年，使它灿烂不已。老兵们传说：日军1945年8月2日，半个小队的日军聚集在洞里拼死抵抗，拒不投降。蒋军一个营攻杀了7天，才进入洞中。但里面只有几具尸体，残余日军已经朝深处逃窜。蒋军朝洞深处搜索几天，既没有发现出口也没走到尽头，他们只好放弃搜索，在外面封死洞口……

我理解这个故事决不是在渲染日军的英勇，也不是调侃蒋军的搜杀，而是造就了82隧道的魅力。现在，我就在这个团，借其一角写作。酒桌上，我极诚恳地问起82隧道。团长说，上级有规定，任何人不准进入隧道。他说，十几年前，他当班长时，一对男女谈恋爱，钻洞里去了，哨兵不知洞里有人，锁上了铁门。一个月后，偶然有兵路过那里，看见铁门下面伸出一只僵硬的手，水泥地都被他们挖破了。唉，不知道这对男女死前是什么心情。我问，没有人进去探察一下？团长说，当然探察过。解放后不久，军区一支工兵进去了三天三夜，在洞里头行进十几公里，电源都用光了，也没找到尽头……

我循着团长指示的思路一想，叫道：他们已经从地下越过长江，跑到江南去了。团长沉重地点头不语。我觉得在这里当一个团长，实在很不凡。

以后的事大家可以预料到，我一直纠缠着团长，希望他派人带我进去看一看。他总是不同意，说进去就出不来，十几年来没人敢进去过。说上级有指示等等。但临告别前，他终于同意和我一块进去看看。无论看见什么，永远别说出去。

我们带了两个兵，以及必要的武器、饮水、照明用具，在一个烈日里钻进隧道。我们敲掉大锁，轻轻一推铁门，那铁栏就烂纸般裂掉。我们沿着低矮的、简单被复过的隧道朝前行进，冷气逼人，手电光打在狰狞岩石上有点恐怖。特别是，总有不明碎屑掉进脖子里，说明这洞快不行了。我已做好足够精神准备，发现任何东西都要镇定。但我们走进几十米，洞就到头了。我站在坍塌的土石前问：就到这吗？团长说：就到这。

出来后，团长已是一副大将气派，宠辱不惊的样子。我问，你以前进去过没有？他说，不光他进去过多次，每次外头来人，要求进去看看，他都得陪着进去，已经快烦死了。我问，那满世间传说 82 隧道如何如何，又该怎么解释？他说：不知道。想一下又说："魅力吧。你拿它有什么办法。"

这位团长曾经设法保持过 82 隧道的尊严，不让任何人进去得知底细。后来挡不住，外面人来头往往比团长大。再后来他也发现：虽然很多人进去看过了底细，但是 82 隧道的魅力却越来越不可测，外面没有人说它是一个几十米的东西，它依然成功地保持着自己从地底下穿越长江直达江南的神秘性！团长最后告诉我，直到现在，每年来一拨新兵，班排长们仍然大加发挥 82 隧道的种种传说，诱导新兵们进入军人的神秘境界。

这一点我倒是很熟悉。军人精神，从来都是被包括战场、营区、生死、不凡、传说、真实与虚构甚至想象与迷恋等等因素养育着，就像历史，我们可以知其一二，却不可能击倒它无边的神秘。82 隧道仍然是一只深不可测的橡皮口袋。

第二辑

三国荆州

瞬间

1

“一尺之棰，日取其半，万世不竭……”这个意境像无底深渊那样令人震撼。

给你一根一尺长的木棒，今天截取它的一半，明天再截取它那一半的一半，后天再截取它一半的一半的一半……如果你每天都取它一半，那么你一万年也砍不尽这根一尺长的木棒。

是的，它每天都减少了一半，但是它永远不会消失。这真有些恐怖。

它意味着：每天都给你希望，而无尽的希望连缀起来却是一个深不可测的绝望。

还意味着：如果你每次都只成功一半，那么你永远不会得到真正的成功。

任何事物都可以无限区分下去，但是一旦开始区分，它就不是原先的事物了。它在一步步开裂粉碎的同时，进入浩大的意境。

任何一个物体，比如一根木棒吧，它原本是有尽头有边缘的，可是一旦开始区分，它就没有尽头也没有边缘了。锋利的精神刀片，就这样将我们的生命大河劈碎成一个个瞬间。恰恰是这些劈碎的瞬间们，证实着永恒。

我总以为真理朴实而温馨，像咿呀儿语那样可爱。然而这个真理却白刃闪闪，寒锋逼面。读上去都觉得痛楚。

2

黑暗来了，眼睛渐渐张开。

在黑暗中看东西，我不由自主地带进了想象，便仿佛能够看得更远。但只要给人一束光明，那我所看到的就只是光明所及的地方。

实际上，光线越强我们看到的可能就越少。比如，在猛烈的闪电中我们能看到什么？我们几乎什么也看不见，我们的双眼正是被照亮我们的光完全堵塞了。

有时候，恰恰是黑暗养育着我们的双眼，恰恰是光明夺走了我们的视觉。

3

优美的东西只存在于一个瞬间。

飞机，停在地上的不好看，飞在空中的也不好看。最好看的飞机，是欲起而未起、欲飞而未飞的飞机。看哪：它在跑道上高速滑行，越来越快，机头翘了起来进入空间，而后轮还贴在地上做最终一吻。飞机在即将离地那一瞬间最好看，它处在两个世界的临界面，将飞机的品格表达得淋漓尽致。

太阳也是如此，太阳最美的是朝阳与落日，特别是它摆脱地平线的那个瞬间。太阳在它横亘天空的大部分时间，人们几乎不看它。人们只是使用它。

古往今来所有咏叹太阳的诗篇，全部都是咏叹朝阳或者落日的。因为这时的太阳最富有人格化了的太阳精神。

其实，朝阳与落日，拥有的是同一个瞬间：天空与大地临界面上的一个点。太阳在抵达这个点时便灿烂辉煌。

其实，朝阳与落日无限相似，假如不是时间作证，我们几乎不能辨认谁是朝阳谁是落日。你能在一张照片上认出它是朝阳还是落日吗？重要的不在于它是什么，在于它正处在或诞生或消失的那个无与伦比的瞬间。

——最令人瞠目的鱼，是那条高高跃出水面的鱼。因为它试图背叛水，进入不属于它的天空。此刻，它正处于合法与非法的临界面。

——最惊人的雄鹰不是天上的雄鹰，而是落地前那一瞬的鹰，这时它的翅膀伸展到最大程度，仿佛带下来整个蓝天。此刻，它正处于既拥有天空又拥有大地的瞬间。

——如果那孩子像老人一般深沉，那么他很可能是个不凡的孩子。

——如果那个老人如同孩子般生机勃勃，他往往也是个不凡的老人。

——同样，如果这个男人有点女人气质，他往往是一个独特的男人。如果一个女人有点男人气质，她很可能比其他女人更出众……凡是试图超越自身极限的生命，往往是杰出的生命。

于是我们知道了：在一大堆合法之上搁上一点非法，整个生命看上去便光彩夺目。

甚至可以说，如果你身上从来没有半点叛逆，你就谈不上忠诚。如果你从来没有过异常，那你甚至谈不上是个正常的人，你只是平庸的人，只是一副配属到人堆里来的人形肉骨。并且重复着别的人形肉骨。

我愿意用整整一生换那个瞬间。我甚至暗暗觉得：这一生都是为那个瞬间准备着的。这一生，像是一条为飞机凌空而准备下的漫长跑道。

4

“我得到的，都是我应该得到的；我失去的，都是我不该失去的。”

人们不都是这么想么？

所以喜悦来自：不该得到的却得到了。痛苦来自：不该失去的却失去了。

所以我们才只配叫做人。

5

摘下一片树叶，仔细看看它一丝丝脉胳。你说：这是一片树叶。

把它翻过来，再看看它暗藏着的背面……这时你还敢叫它树叶么？

6

爱有一条脐带，就像胎儿有一条脐带。

胎儿的脐带连结在一个母腹里。爱的脐带连结在两个母腹里，一个叫做恨，一个叫做妒。

把胎儿的脐带剪断，她就活了。

把爱的脐带剪断，它就死了。

7

一群人在黑暗中行走，胆怯而颤悸。

前面忽然出现一片光辉，一头奇异的魔鬼跳着奇异的舞蹈向人群接近。

人群混乱了，一个人嚷着拿枪杀掉魔鬼，正是这样的人第一个跑掉。于是人们跟随着他跑掉。

只有一个小姑娘呆呆地站在那里，一动不动。她看到的不是魔鬼而是它的舞蹈，那奇异而炫目的舞蹈！她情不自禁地迎上前，模仿着魔鬼的舞姿舞动起来。渐渐地，她越舞越奇妙，越舞越灿烂……最后，她舞得比魔鬼还要魔鬼。

魔鬼惊呆了，一动不动地看着小姑娘。然后，魔鬼自惭形秽，它情不自禁地模仿着小姑娘的舞蹈舞动起来。

所谓勇敢，所谓创造，起点都在于忘情。

魔鬼在我们心间，谓之“心魔”。

8

大火在山野燃烧，石头统统被烧得通红，发出愤怒而痛苦的爆裂声。后来它们全部烧碎了，火才熄灭。

只剩一个最小的石头躺在灰烬里，它没有燃烧也没有碎裂，但它已凝缩得极小极硬。我伸出一根指头碰它一下，被烫得痛叫一声。我完全知道它通过我口中叫出来的是什么，完全知道。

后来，这座山和这颗小石头都冷却了。小石头恢复成原先那样硬大。我又用指头碰它一下，没有任何动静。

这时它只配做一个石头。没有悬念的东西，不是东西。

9

在我即将入眠时，听到一只肥硕的苍蝇嗡嗡叫着，一次次在我上方盘旋。这是世间最可恨的声音，带给人丑恶的想象。

我爬起来扑打它，一次又一次，每次都差一点击中，却一直没有击中。后来，它累了，我也累了。我看见它停在墙上，恰好是我差一点才能够着的地方。我放弃了扑打，回到床上睡觉……两年后，我搬离这间宿舍。临出门前，最后扫视一眼。突然看见，一只苍蝇站在墙上，正是两年前那只。

它已经死了，仍然固执地站在那里，纹丝不动。它已站了整整两年。也许，会在那里永远站下去。

一瞬间，我对它产生深深的敬畏。

失去生命的东西反而能更强烈地表达出生命意志。

10

姑娘脸上有一双醉人的眼睛，令人爱不能舍。

如果把这双美丽的眼睛单独取下来放到你掌上，这眼睛岂不成了一对最令人可怖的东西吗？眼睛只有和姑娘的脸组合起来，才是美丽的。一旦分离成“眼睛”和“脸庞”，那么这两者都将丑陋而骇人。

美，实际上是事物之间的相互关系，而不是事物本身。美，是无法剜割分离的。

可是，如何解释下面这种情况呢：

一片桃花，是美的；一株桃花，也是美的；一枝桃花，还是美的；一朵桃花，仍然是美的；就连一片零落的桃花瓣，也别具轻盈凄艳之美……这是为什么？

我感觉到两者之间的不同蕴意，但是我说不出来。

说不出来的东西，最令人怦然心动。

11

只有适合于你的东西，你才可能热爱。只有不适合于你的东西，你才可能憎恨。

所以，每种热爱里面都暗藏着自恋。甚至，爱就是自恋的公开化、客体化，爱是伪装着的自恋。

同时，每种憎恨里面都暗藏着恐惧。我们不会去憎恨一个小小不言的、吹弹得破的东西，充其量也只是讨厌而已。凡是能够引起我们憎恨的东西，都是比我们强大的丑恶东西。我们无法消灭它，我们就憎恨它。

我们常常愿意公开表达自己的热爱和憎恨，因为这些感情比较庄严。

我们往往羞于暴露自己的自恋与恐惧，因为这些感情比较阴暗。

我们总是把隐秘的、晦涩的、阴暗的情感，换一种较庄严的方式展示出来。在展示过程中，仿佛自己也随之庄严了。

每一种情感，无论看上去多么美好，或者自我感觉它有多么美好，其实都连接着一条深深埋藏在心灵暗处的根。

12

要掩盖一样东西，有两种基本方法：

一种，把它藏起来。

另一种，让它变得习以为常。

天才

1

天才不是真理的堆积。相反，天才的优美之处常常在于背叛真理。

天才也不是智慧的综合，他如同挣脱绳索那样挣脱着智慧。天才的秉性是反智慧的。

在某些素质方面，天才甚至比我们更加原始，比我们拥有更多的动物本能。天才触摸着遥远而深险的命题，亲切得犹如抚摸自己的皮肤。这时候，他首先觉不出命题们的正误，而是觉察出痛、痒、冷、暖……对于人才而言，那些命题纠缠在他们的智慧里。对于天才而言，命题就生长在他的血脉中，差不多就是他自身。

2

一部大书是一个灾难。

一个天才镇压着一个时代。

3

天才产生于一个瞬间。在此之前，他和我们没有什么两样。而在那个瞬间，他被一个念头点燃，思维骤然爆炸，他进入了天才状态。

天才总是被埋藏在人海之下而并不是人海之中，许多天才都在那种长久的埋藏中埋葬掉了，只有一个人穿越了厚厚的人海抵达天穹，所以，最终成为天才的人都像是天赋命运。因此天才也是个幸存者，许多和他同样有质量的人都在人海践踏下或者死去或者蜕化，我们只好把目光与欢呼集中到一个人身上，同时我们的脚仍然践踏着尚未出土的天才种子。

天才因为有伟大的质量，所以不存在数量问题。一个时代在一个领域内最多只能容纳一个天才，以免涨破了时代，致使生态失衡。

这真是我们的幸运：首先，我们拥有天才；其次，恰好只有一个。

4

许多人在少年时都有过类似的疑问，后来害臊地放弃了，因为那些念头太傻，也因为他后来聪明了。只有牛顿爱因斯坦等人永远保持在天真状态。

一个时代被一个傻念头切开了，天才就是伟大的天真。

聪明人永远不会成为天才。相反，恰恰是天才使得各种各样的聪明显得可悲可笑。从这个意义上讲，聪明是天才的天敌。

天才常常来源于一些幼稚的疑问。

比如：爱因斯坦在十一岁时问自己，“假如我坐在一束光上，世纪看上去会是什么样子呢？”少年牛顿躺在苹果树下想，“这些苹果为什么只朝地上掉，而不是朝天上掉？”……只有当牛顿发现了万有引力，爱因斯坦创立了相对论，人们才将先前那些幼稚的疑问称之为伟大疑问。

5

保持才华比较容易，保持天真却非常困难。而且，丧失天真比丧失才华更加致命。

令人苦恼的是，天真不是你想保持就能保持的东西。天真是一种天然的精神状态，我们完全没有意识到它的时候，它才最充分最盈盈欲动。我们一旦试图保持它，它就干涸成了一个不祥的意图。

我们越来越成熟，越来越丰富，同时我们也越来越远离天真，尽管你双目炯炯生机勃勃，但内心已是老人。

天真感不会骤然死去，它只是被世俗一寸寸磨灭。百经磨难而不失天真的人非常罕见，因而伟大同时也是罕见。

聪明但丧失天真的心灵比比皆是，可以成千上万地数过去，像无边的森林。而天真心灵永远是孤独地、一颗颗跳动，彼此不会重复。

每日每时，它们都在陶然如醉，同时隐隐作痛。

6

杀死天才的精神武器是：真理。

杀死天才的物质武器是：群众。

其实，仅仅使用精神手段是不能够杀死一个天才的。因为天才恰恰具有罕见的精神创造力，足以将袭来的精神刀剑击碎，将对他的批判变成证明他的伟大。而仅仅靠群众也是不能杀死一个天才的，因为群众与天才无关，他们不屑于杀死天才。群众的兴趣不在天才而在柴米油盐。群众的仇恨也不在天才而在山贼海盗。所以杀死天才的最好武器只有一个：用真理煽动起来的群众。

发明这种剿灭天才方法的人，实际上已经是天才的知音。否则，他不可能将天才的危险认识得这么透彻。

7

碌碌世人在天才眼里，已经有物种意义上的距离。世人如果还是人也只是个数量，浩瀚人海在天才眼里，近乎山川草木，只是他身处的自然生态环境而已。

天才对于凡人的关怀不超出对于自然生态的关怀，天才对于凡人的爱也不超出对于一只鸟、一片云，一朵蓓蕾的爱。这种爱更多的是对大千生命的理解与垂顾，仿佛一个诗人爱银河，仿佛一个旅人爱足下春草。

虽然爱的性质有所不同，却并不妨碍天才可以为自己的爱物去死，甚至为一片花瓣的不幸凋落而去死。实际上，天才是为了自己的精神去赴死的，那片花瓣不过一个借用的象征。

8

如果天才正在读书，那么他很可能是在阅读一片随手摘取的树叶。那弯曲的叶面，丝丝缕缕的叶脉，呼吸着的翠绿，……比一部大书告诉他更多东西。天才阅读的是山川大地，汲取的是自然精神。学者读尽天下书，天才往往不读书。

如果天才正在注视你，那么你实际上已经消失。他的一个念头站在你的位置上，而你已被置入他的脑海器皿，只作为一个标本而存在。

如果你单独与一个天才朝夕相处，会觉得那个天才处处都稚拙愚弱，不屑一顾，而你浑身哪一处都比天才强大。

如果将天才置于最优秀的人群中，才会发现那最优秀的人群显得处处都稚拙愚弱，天才稍拔出一点来都比整个人群强大。

9

每个人都暗藏着一点成为天才的可能，正如每个人身心里都暗藏一点猿的血液。否则，我们之中就不会产生天才。在产生天才之后，我们也不会与他相认。

绝大多数人都正常成长着，最后成长为一个能被所有数除尽的公约数。天才在某一个瞬间超常迸发了，最后成为一个能被所有数相乘的公倍数。

绝大多数人只是土壤，天才是唯一伸出土壤的嫩苗。两者的命运虽然判若云泥，但就幸福的程度而言，土壤与嫩苗不分上下。

10

天才有一个天才期，他只有在那个期间是天才。过了那个期限，天才也会变质。那时他不但不是什么天才，也许连人才都够不上。

因此，天才如果不能在适当的时候以适当的方式死去，那不但是天才的悲哀，也将是那个时代所有人的灾难。

11

造物主给人类送来一个天才，肯定要索走一份代价。只有这样，人类生态才会保持平衡，幸福与灾难才能相互补充。

遗憾的是，天才出现时非常耀眼，而人类为他所付的代价，却常常被他的光辉所遮掩。有时还是被聪明人故意遮掩。

12

天才有两个部分：一是他的精神形态，二是他创造的划时代成果。有些人无法创造出天才那样的成果，却精于模拟天才的精神形态。他们故意做出横行无忌、狂放不羁、怪诞畸形、饰意矫情等等模样来，以为装备一副超常的举止，便也具有了天才的才能。或者能够使外界误以为他是天才。

我想，真正的天才比我们任何人都要朴素。天才既是他的本能，更是他的本色。

13

天才是一个优美的诗意；

天才是一个病态的畸形；

我觉得上面两个说法都对，天才就是一个优美的畸形。作为人，他在一些重要方面、甚至只在一个方面、乃至某一点上远远地跃在我们前面。而在某些常态方面，他的能力甚至在我们普通人之下，甚至残缺不全。

然而，我们是以一个人所达到巅峰来评定他的价值的，而不是将他的巅峰与他的深谷拉平了来综合他的价值。如果遵循后者,世界上就只有地平线，人类就只有庸人。而地平线与庸人还可进一步综合成尘土，一直回归到史前宇宙的混沌状态。

14

天才并没有和你讨论那个问题，他只是借助那个问题自语。

15

我们在万丈悬崖前停住脚，天才根本没有看见下面的悬崖，一步迈到对面山尖上。这一步实际并不大，不过，看见悬崖的人则永远不可能跃过。

16

天才并不勤奋刻苦，他只是想停也停不下来。

17

天才肯定不知道他有多么卓越，也不想知道，就像正处在冲刺的人不会左右顾盼，看看旁人落后多少。庸人也肯定不知道自己有多么平庸，也不想知道，正像睡梦中的人拥有一个自足的世界。从缺乏“自知之明”这点来讲，天才与庸人并无区别。

18

天才不是培养出来的，而是破坏出来的。

19

一种罕见的才能往往也是一种危险的才能。

一种罕见的才能往往也是一种被误解最多的才能。

“危险”与“误解”的尺度，甚至能够成为衡量你的才能的尺度。

20

天才总是在险境徘徊，他的寿数决定于他在险境中能徘徊多久。一旦他从险境中退身或者逾越险境，他都不再是天才了。前者意味着蜕化，后者意味着夭折。

21

……虽然我不是天才，但总扼制不住地想要分享天才与猜想天才，以期强化自己的生命质量。这是因为：一个精神只有在一个更高精神的诱惑下才能生长；还因为：天才是非常美丽的生命景观，天才自己是看不到自身这种美丽的，只有我们这些“人才”，能够从观众的角度痛享他们与饱览他们。

22

如果我们不能在消化天才的同时也有能力抵抗天才，那么我们同样会丢失自己。

23

平庸是安全的同义词。

24

在精神世界，一个精神始终是在呼唤另一个精神。呼唤，其实就是呼救。如果永远听不见回答，它就冻结在发出声音的那个地方了。

25

我们曾经剿灭掉多少极具个性的才能？我们曾经扼杀掉多少超常的内心念头？……那些才能，原本可能是萌芽状态的天才。那些念头，原本可能是近乎天才的意念。

26

杀死天才的仪式往往非常庄严，看上去非常崇高。比如：布鲁诺的烈火，耶稣的十字架……其原因并不是仇恨，而是恐惧。

民众常常容易被恐惧洗涤身心。恐惧又刺激着人的想象力，将恐惧熔炼得益发灿烂。

27

天才实际上是个形容词，用以形容那些非常卓越的才能，这个词本身并不包含道德褒贬。那么，那些邪恶但是非常卓越的才能算不算是天才呢？比如希特勒。

如果是，那么哪一类天才更多些？

他们有一个共同点，就是从不同方面开创了人的极端。

于是，人类在整体上变得越来越丰富，人性整体上越发无穷无尽。

我没有能力评判天才，但我必须有能力并且有权利欣赏。

28

每个人暗中都认为自己是优美的，起码自己的某一部分是优美的，优美的这部分甚至比任何伟人都不差。这方面没有什么道理可讲。

承认他人的优美则要困难一些。如果自己明显比他人更优美，然后再赞扬他人的优美，那么这种赞扬，更像是在赞扬的同时展示自己宽容大度的优美品格。我们经常看见，某某人似乎是在赞扬什么，其实是在表演自己的赞扬。

真正艰难的是，在承认他人优美的同时，也承认了自己的丑陋。

更为艰难的是，承认自己丑陋的同时，又知道这丑陋无法消除。

艰难而痛苦的是，明知这丑陋无法消除，仍然奢望着有朝一日能够消除它……

任何问题都可以无限地追究下去。在追究过程中，无论多么优美的问题也会被击打得丑陋不堪。而原本就丑陋的问题，反而会获得某种诗意。

29

小孩喜欢提出各种问题，但是人们懒得回答他。

老人总想回答各种问题，但是人们懒得去问他。

这里暗藏着人生基本事实：小孩是在无数次被拒绝的过程中成长起来的。而且，他所成长的只是人们允许他成长的那些部分。另有许多东西，已经在他成长过程中因为一次次被拒绝而枯萎掉了。

老人甚至连拒绝也得不到，人们用尊敬与顺从的形式远离他。老人最基本的愤慨是：自己竟然仅仅是个老人。

30

将一小勺油倒进茫茫的大海。智者思考着：大海的每个角落，最终都会均匀地布满油沫。而在天才心目里呢，大海已经消失了，他只看见无边无际的油。

天才有一个特点，就是把事物浓缩到针尖那么一丁点，从而洞穿整个世界。

孤独与寂静

1

孤独不应该被随意谈论，它埋藏大片精神隐私，有点像沉睡千年的帝王陵寝，人们往往不是开掘它而是盗窃它。

孤独不应该被随意谈论的另一理由是：每当孤独在公众场合被谈论过一次，它不但减少了一分，同时被歪曲掉三分。

但是，恰恰是各种各样对孤独的歪曲，使得孤独更有魅力了。

2

我在许多卓越人物的著作里，分享过他们那深不可测的孤独。但他们不是谈论自己的孤独，只是坚守着自己的命运。而我自命的孤独，不过是寂寞罢了。

孤独是无法追求的。你可以走出天外，但无法走出自己的皮肤。

孤独一旦形成又无法摆脱，就像鹰飞得再高，影子仍然留在地面。

3

我在孤独中一寸寸浓缩自己，痛楚而又快意。一些原本粗糙的念头因为秘而不泄，深化成思想。一些暗藏的欲望因为嗷嗷待哺，突然狂猛地敲击胸膛。一些华丽的情感因为尘封得太久，终于蜕掉包装变得朴实无华。一些曾以为自豪的经历在我冷静地逼视下，才显出本质性的丑陋。一些精神片断因为找到了突破口，彼此汇聚成一股巨流畅快地奔向笔端……

孤独中，我会一遍遍提炼自己，迫使自己深刻。

孤独是一种拒绝与人分享的享受。

4

当你渴望繁华，便被繁华切掉一块。当你渴望成功，便被那成功又切掉一块。当你渴望爱情，又会被那爱情切掉一块……我们都是在欲望大海中遗失掉自己的。但是，我们为什么不直接去品尝这些欲望呢？人性与人生的隐秘，都在欲望的下水道中沟通。

我觉得思想并非诞生在什么人间圣地，它往往就在肮脏的地方滋生蔓延，因为那里堆积着肥沃的人生。

5

有人由于自身力量强大得无法忍受，奋而朝身外领域挺进。

有人由于虚弱得无法与自己的内心独处，奋而朝身外领域投奔。

两者相同的是：都十分真诚。

6

在质量较高的人群里，孤独往往引起尊敬，孤僻往往得到宽容，孤单往往让人同情……但是，引起尊敬的孤独还是真正的孤独吗？得到宽容的孤僻还是原先的孤僻么？让人同情的孤单还能保持孤单么？

理解是温暖的，同时也可能软化掉你珍贵的隐匿。

在质量较低的人群里，孤独往往引起他们憎恶，孤僻往往得到他们尊敬，孤单往往则使他们倍觉亲切……精神在一般高的情况下最容易相认。

无论人群质量高低，个性并不是遭到仇视的东西，被仇视的只是自己没有的东西，特别是与他截然相反的东西。

孤独恰恰应当被大片大片的冷漠、持久不散的歧视，甚至蛊言惑众的歪曲所养育。而且，越是这样就越是深化着他孤独的质量，孤独者一旦得到粗糙的理解或者泛泛关爱，反而是他的危险。

7

任何生命个体都不可能摆脱孤独，这既是生命痛苦，又是自然界赋予我们的生命尊严，而且还是你唯有的、与众不同的、一点儿生命独创的可能性。大自然恰恰是通过生命个体的孤独来激发他的潜能。无数个孤独便暗藏着无数个可能。只要世上有一个人在孤独中迸发出独创，所有人都将因之受益或者受害——这就是孤独的人类价值。

8

孤独在外形上十分相似，但内心蕴藏各各不同。孤独的程度在于他的独创性深度，而不在他是否匿身于深山老林。埋在坟里的死者最为孤独，可惜他失去了生命也就失去了一切生命属性和生命形容。

9

我想，孤独者能够孤独下去，并非因为他自甘于绝望，反而是他过于自信，他渴望并深藏着辉煌。但他不愿意将他的内心珍藏暴露给尘世盲人，只好痛苦地独享那一点辉煌。孤独实际上也是默默地期待。

我想，拥有大孤独的人并不憎恶不理解他的世人，他讨厌的只是别人侵扰他的孤独，包括用爱来侵扰。

我想，孤独者并没有减弱与人间血肉联系，但他是用自语的方式与人间交谈，以默想为精神触须颤巍巍伸出去探索生命意志，他虽然成熟而强大，却仍像婴儿那样蜷曲在一只母胎里，不肯诞生到尘世罢了。

我想，孤独者在孤独中才能保持真实，他一旦从孤独情境中走出却又走不进人间，那时他便会惊慌失措，因为他既丧失了自身真实，又没学会人间必要的虚假。

10

孤独得疲惫了，我渴望来一点热闹，渴望获得别人的语言、神情、交往……总之，渴望在别人那里证实自己。

热闹得厌烦了，我又渴望返回到孤独，补充在热闹中失去的灵感、隐痛、才智……总之，渴望自己证实自己。

我是否成了一只吊桶，不断地上上下下，从心灵深处舀出清泉，在挥洒的同时也炫耀着自身的光彩？

我是否自命孤独，其实只是在使用孤独？跟使用热闹一样？

我是否既害怕在孤独中窒息，又害怕在热闹中沦丧，结果在两者之间逃来逃去？

我是否贪婪而又狡猾，既在孤独者面前展示自己拥有的热闹，也在热闹者那里展示自己拥有的孤独？试图以此证明比他们两类都强？……

11

你一旦感觉到寂静，就是无边的寂静。

12

强者在孤独中得到充实，弱者在喧闹中得到宣泄。但是，强者一旦进入喧闹中，他仍然能振聋发聩。而弱者一旦进入孤独中，却只会坐卧不宁。不尽如此，强者只要他想要，就能得到大片热闹，而弱者实质上是进入不了孤独的，他通常只能坠入孤单。

13

在寂静谛听到最微妙的声音，然后在孤独中写下它们，这就是我的创作方式。

14

写作时，我害怕身边有人，包括最亲爱的人，包括任何会喘息的生灵。我希望他们此刻统统沉睡，就剩我自己醒着，好像我被世界遗忘掉了。

欣赏一部卓越的作品时，我希望只有我和这部作品呆在一起。我与它互相注视，彼此感应，喁喁私语地厮守一段时间。

无论多么壮阔辉煌的东西，都是在孤独与寂静中滋生的。因此，最好回到孤独与寂静中去欣赏它。无论多么辉煌壮阔的东西，都是创作者一个人的隐情与隐私，都是“一对一”（一个作者面对一个作品）的产物。因此，最好回到“一对一”（一个欣赏者独自相伴一个作品）状态中欣赏它。

当数千人共同观看一部作品时，已经是将集会的意义置于艺术的意义之上，已经是把个人的创作与欣赏，偷偷地并且庄严地掺兑在社会仪式中了。

15

孤独者的外在特征常常是孤僻。在世人眼里，令人无法忍受的并不是他的孤独，而是他性格上的孤僻。他的孤独反而不会被人真正看见。

孤僻是一柄可怕的双刃剑，杀伤外界的同时也杀伤了孤独者自己。它替孤独者遭来外界的厌恶、嘲讽、排斥，最遗憾的是，还驱赶了一些可能成为他朋友的人。

但是一个人想保持他最杰出的优点，就必须保持他最深刻的缺点。这缺点，恰恰是他才能、品格、思想扎下去的根。

16

孤独如果不能激发巨大独创，就会萎缩成幽幽的痛楚与无言的绝望。然而，并不是所有孤独者最终都有独创，大多数卓越的心灵，都在深不可测的孤独中熄灭了，从来没有被人察觉过。

那些获得世人们认同、赞赏、羡慕的孤独，只是少数几位名悬青史的天才。他们是不幸中的大幸，是孤独中的孤独。

17

……世人越来越聪明了，同时也越来越喜欢表现自己的聪明了。有人渴望繁华而不可得，便裹上一层孤独感来保护自己；有人渴望惊世骇俗但又一无所长，便模仿孤独来自命清高；有人内心欲念几乎涨破了内心，勉强用意志将自己敲进孤独中去；有人终生徘徊在孤独情境的旁边但并不想进入，他只是不胜诱惑地朝孤独与喧嚣两处观望……

我能够如此刻薄地描画他们，是因为我曾经与他们一样。

18

孤独并不是他被尘世所抛弃。相反，是他抛弃了尘世。

尘世认为他确实是被自己抛弃掉的。但孤独者往往并不认为自己真的抛弃了尘世，他认为他只是换一种方式来忠实于尘世。

19

对于恶毒者来讲，孤独会深化他的恶毒，使他恶毒得十分卓越。

对于利欲之徒来讲，孤独会磨砺他的手足与伎俩，使他的利欲之举凶猛而优美。

即使孤独也能将一颗颗罪恶心灵熔炼得卓越不凡，我也愿意它们获得孤独，并且在孤独中被提炼。因为，孤独毕竟使一件事物更加杰出了。从审美角度看，杰出的恶远胜于平庸的善。自然界不会因之倾斜，肯定会有另一类辉煌的孤独平衡掉它们。

20

我时常怀疑：在孤寂中呆得这么久，是否已陷入了精神幽闭？并不是说我不了解外界的事物，而是什么都知道但没有自己独有的反应，甚至不曾被外界烫伤过。一个生命如果长久地裹在静止状态中必然麻木，最后连颤动、渴求、欲望、幻想也丧失了。

精神上的坚守有两种基本方式：一种是每天都意识到对方的存在，因而每天都不得不与之对抗；另一种是完全不觉察对方的存在，浑然自足地另成一方天地。

前者是人的孤独，后者是神的寂寞。

21

四周一片寂静，只听到自己内心丑陋地躁动。我实在不愿意、也没有能力掐去内心这一份丑陋，恰恰是这丑陋使我的双足能够站稳尘世大地，并且能够支撑起我的头颅举首眺望天外。

真想使自己生命的一端成为这世上最好的东西，使自己生命的另一端成为这世上最坏的东西，而将两端之间的过渡统统省略掉。

22

许多人都喜欢安宁，但是害怕沉默。

孤独者得不到安宁，但是能享受沉默。

许多人的浅薄表现在丰富的饶舌中，孤独者的丰富暗藏在深不可测的沉默中。

23

喋喋不休的人突然住口，自己会显得尴尬，他还不如继续喋喋不休下去。天性内向的人突然雄辩起来，则让众人尴尬，因为他从众人的平淡中爆破出生命。

24

突然发现自己苦苦努力的事情，竟然毫无价值，这只使我痛楚和失望。

突然发现自己苦苦努力的事情，别人竟然轻而易举地就能比我做得更好，这更令我痛楚和绝望。

但是，突然怀疑起自己苦苦努力的事情，不知道它有无价值，不知道它是否值得去做，这才最令我恐怖。因为这意味着：我不知道自己是什么。

25

如果你没有意识到无穷无尽的人海，怎么会产生孤独呢？

如果你没有一次又一次地跌宕起伏，怎么会获得平静呢？

26

人生不过是一种经历。悲剧在于，我们总想使自己的人生成为独一无二的经历。可是，我们往往顾不上使自己独一无二，先就在什么是“独一无二”之类的争辩中消耗了人生。

27

寂静是一条幽深野径，只提供给那些孤独者只身潜行。

有时候，并非因为他们的精神世界巨大深远才导致孤独，仅仅因为那条小径挤不下两个人。

28

当体内器官都健康时，我们感觉不到它们的存在。只有当某个器官犯病，隐隐作痛时，我们才感觉到它的存在。

当处于尘世喧嚣中时，我们也感觉不到自己的思想，只有在孤独与寂静中，它们才隐隐作痛。

29

你也许愿意孤独地生存、思考，但你愿意孤独地死去么？如果不愿意，就不是一个彻底的孤独者。

可是，彻底的孤独者有什么价值？那些我们永远不可能发现、甚至连想象力都不能达到的恒星，对我们有什么价值呢？……

只剩下一句貌似无理的道理：孤独的价值在于它无价。

世界上最有价值的东西，往往是从那些最无价值的东西中分娩出来的，之后还被它所哺育。

醉

1

假如没有酒，人类将大幅度萎缩。假如没有酒，激情与忧伤都不会燃烧。假如没有酒，你我就不会放浪形骸因而也谈不上什么严谨。假如没有酒，也许会减少一些犯罪同时也减少了更多的创造。假如没有酒，人们将被迫凝冻在一团规范中，沦为阉物。假如没有酒，许多艺术、爱情、冒险、壮举……都将处于爬行状态，而且很可能在半道上瘫痪。假如没有酒，历史将不堪卒读，而不像现在这样，每页都在颤抖。

因此，假如没有酒，人类肯定会创造出比酒更加热烈的琼浆。

天上可以不要神灵，地下可以不要归宿，人间却不可以没有酒。

2

酒把人解放出来，靠的是醉。醉是一种意境，为了投奔那意境我们才投奔酒。从这个意义上讲，肉体对于酒的渴望近乎心灵对于诗的渴望，而醉意就是人间的仙意。

3

最卓越的醉，是微醺。它是人的理智终结之处与神的意识开始之处。

最卓越的死，应该是醉死，其次才是笑死。因为醉的意境比笑的意境广阔得多。

4

一杯毫光四射的酒浆入腹，饮者自己却如同一柄剑从剑鞘中拔了出来，清亮无比，全身闪耀着完全出自天然的骄傲，于是诞生了神。

酒，来自水之精物之髓。饮酒，是至情至性的情感运动。而醉，则是向自然优美地回归。

5

酒性，其实就是人性。一个“醉”字，就是一个浓缩的世界。古希腊的酒神精神，至今仍使人类历史醺然不已。一个酒神精神，占去整个人类精神的一半。伟大的醉意，熏陶出伟大的创造。

悲哀的是，许多人仍把酒当做人生的补充，可见他的人生不如一只酒盅大。

6

酒的品格很像思想：它既可以聚集万人，轰轰烈烈地痛饮，也可以孤自独酌，品尝得悠长而神秘。酒入愁肠，能够浇灌出一个悲天悯人的圣哲。酒入情怀，也可以激发出惊天地泣鬼神的浩歌。酒入肝胆，熔炼着你的仇恨强大了你的雄心，你可能因为这盅酒而敢去颠倒乾坤。

醉，却如同是诞生：如果你心中欢乐，醉使你的欢乐弥漫出来，欢乐到不可收拾的程度。如果你心中苦痛，醉使你的苦痛越发浓郁，仿佛天下苍生，唯己为最。如果你创作受阻，醉便掷来一缕灵机，遣万物于笔端。如果你对谁恨之入骨，醉催你拍桌而起，手刃仇敌。总之，醉使你诞生出一个扩大的自我。

酒是阴柔的、物质的、形而下的，一旦与人结合——醉，就成了火辣的、精神的、形而上的。

7

我几乎滴酒不沾，但别人大气磅礴的豪饮总是激动着我。面对着那样的情境就像面对一幅古典油画，强烈、透彻、圣洁。我愿意化作酒被世人饮入。

我就是酒。

我希望我的精神像酒那样清亮而浓烈，我的身心不饮而醉，我的意识永远处在微醺之中。

8

在生命被损伤的地方，生长出思想。在梦境被碰碎的地方，产生了艺术。

有趣的是，生命被损伤过的思想者，往往也很能欣赏艺术。而梦境被碰碎的艺术家，却总常常抵抗着别人的思想。

9

一只鸟儿自由地飞越界限，实际上已在批判着这个界限。

一种思想终于越过羁绊它的界限，却是被那界限弹射出去的。界限越是牢固，思想也就弹射得越发高远。

人生有许多障碍，对于渺小者而言，它们不足为障碍。对于伟人而言，它们又不成其障碍。只是对于我们这些不甘于渺小又成不了伟人的人，它们才是障碍。

10

苦闷无法逃避，但我苦闷的是：这苦闷不肯深化。

心灵暗藏着危机，但我恐惧的是：竟然连危机也不能刺痛我的心灵了。

错误不可避免，但我悲哀是：为什么犯如此低劣的错误？

11

人从自然精神中摹拟来一点，作为自己的精神。又从自然奥秘中窃取了一点，作为自己的知识。结果，人反而越来越不自然了。历史上的许多伟人，虽然是人类天才，也是大自然的逆子。

原先并没有道德、真理、是非、善恶等等价值标准，它们都是人类在自身灾难中提炼出来的。这些标准像襁褓那样束缚着人类，也像襁褓那样保护着人类。

原先也并没有数学、物理、天文等知识领域，它们都是人类为了自己的方便，从大千世界中分割出来的。今天，我们已经深深地沦陷在自己的创造物中，难以自拔。

现在，真正的创造者必须艰难地穿越几千年厚的人类积淀，重新返回人之初的意境。

12

与卓越的创造相匹配的，只能是卓越的欣赏。

13

陶醉在自己的想象中……

——许多创造是这样开始的。

——许多创造也是这样毁掉的。

14

品格低下的人完全可以写出比自己高尚得多的形象，因为激情的浪花溅得比水平面高。品格高尚的人往往写不好低劣庸人，因为憎恶妨碍他贴近他们。

写得最好的形象，总是类似自己的自画像。

15

人的一生，都被钉在自己那一点隐私上。

16

才与德不可分。我不相信有这种人：他的道德高尚但才能平庸。这说法既污辱了“高尚”又曲解了“平庸”。貌似辩证的东西,往往暗藏双倍的虚假。

我相信，才华本身就是道德，天才身上必有美德。

17

世上最难以忍受的声音有两种：一是小刀刮在玻璃上的声音，二是胖子打呼噜的声音。

真理的声音就像小刀刮在玻璃上，废话的声音就像胖子打呼噜。前者把我们一刀剖开，后者永远自豪地重复。

18

善意的谎言一旦揭穿，能够表达出比真话更多的爱。这意味着，谎言本身不成功才能使善意成功。但是，故意揭穿这谎言反而是恶意的。

恶意的谎言一旦揭穿，反而使真实变得异常强烈。这种强烈感就来自谎言的衬托，谎言是真实的绿叶。掐掉了绿叶，真实会很寂寞。

谎言出自人的天性：保护自己。因此凡有生命的地方都有谎言：壁虎的尾巴，孔雀的长羽，野兽的毛色等等。都是一种生命之谎。谎言并不是从别人那里学习来的，而是每个人天生就有的生命现象。掐掉了谎言，生命也许会干净一些，但很枯燥。

19

说谎者最大危机不是被揭穿，而是为了使那个谎言不被人揭穿，就必须说更多更大的谎来维持它。

20

质量不高的谎言才使我们反感，杰出的谎言却使我们怡心悦目，甚至不把它叫做谎言，而把它叫做艺术。

21

谎言与虚伪不是一回事，人们可以很真诚地说谎，也可以很虚伪地述说某种真实。

恶人教导自己的孩子不要说谎——这时，他是一个真诚的父亲。奸臣激情澎湃地告诉领袖“您是当代最伟大的人”——这时，真诚反而成非常可怕的虚伪。

22

孩子分不清谎言世界与童话世界。当他说谎时，心灵可能正处在童话世界里。大人在击碎孩子的谎言时，常常使孩子心中的童话也一并破灭。

许多真诚是在残酷中形成的。

23

我们总是反对谎言，这远远不够。既然谎言无法除尽，我们为什么不努力将谎言说得更优美一些呢？

24

赝品的目的是牟利，方法是仿真，效果是乱真。

谎言是语言中的赝品，方式是虚假，效果却是使人的精神更丰富多彩。

25

深刻也是一种片面。但片面的东西不一定深刻，却最容易伪装深刻。

26

庸人们经常从伟人所犯的错误中得到振奋。他们怀疑地想：也许我某些方面比他还强哩。他们无法企及伟人的长处，只好从伟人身上找出比自己还短的短处来宽慰自己。

庸人也常常把伟人的卓越创造，归结于他所拥有的权位。他们怀疑地想：假如我处在他的地位，肯定干得比他还好。于是，他们也将自己无所贡献的原因归结为，没有权位。

常人们学习伟人，越是学习越发现那不可克服的差距。

庸人们摹拟伟人，越是摹拟越感到：自己就是伟人。

27

天道有序，人生无常。一旦想到宇宙浩渺无边，生命转瞬即逝，就觉得十分惶恐：我现在呕心沥血所做的一切有什么意义呢?

为了坚持住自己的事业，有时就不得不盲目一些，以便把勇气、智慧、痛楚、信念全部集中到这一件事情上来，甚至将自己这件事视做宇宙中唯一的意义。

28

我们有很多愿望，很多。不能实现的愿望比实现的愿望更多。有些愿望，外界迫使我们割舍。有些愿望，是我们自己因为懦弱、羞愧、自尊而主动割舍的。

主动割舍自己愿望的行为实际上是在自戕。我宁愿它永不能实现，宁愿它一次次受伤，宁愿它受一万种耻笑，也再不割舍它。生命原本就是一簇愿望。

29

情感与念头是无罪的，隐私是一个人独有的精神珍藏。也许这珍藏丑陋而且平庸，却是你唯一的一颗可能长成参天大树的种子。

问题是，不要过分地灌溉它。

30

巨大的创造离不开巨大的遗忘。如果每件事都塞在脑海里，你的大脑不就成为碉堡了么？你的思维还能够冲刺么？从这个角度说，善于创造的人肯定善于遗忘。

当然，如果仅仅善于遗忘，那颗大脑就只是一个管道。

31

记忆将我们紧紧地捆住，回忆却将我们一点点松开。

32

每一朵浪花都是受阻的结果，每一句语言都是精神激溅的产物。

33

我们暴露在我们的梦境里，我们躲藏在我们的现实中。

34

人是人的未来，而我却只能是此刻的我。

35

痛快的定义是：痛字当头，快哉其中。

适当的痛楚能启动大片快意，轻微的恐怖是难言的魅力。

36

每个人都渴望进入险境，同时又希望安全地返回。对于险境的渴望大于对于安全的希望时，他就进入险境了。对于安全的希望大于对险境的渴望时，他就呆在安全中驻足不前。

许多貌似聪明的议论都产生在这两者之间，并且呈现着这种绕来绕去的丰富。

37

心中经常突兀而起一股莫名的悲哀，挥之不去，驱之再来……我说不清它是什么，只知道我其实是被这悲哀暗暗滋养着的。一旦我认清楚它是什么，它就可能什么都不是了。混沌与浓郁仿佛母胎，一旦从中挣出，就再也不可返回。

38

对于地球来说，大海就是一个缺陷。

你我都有缺陷，但你我没有伟大的缺陷。

39

走在最前面的是谬误，后面才跟随着真理。

因此，不是真理在引导我们前进，而是各种谬误在引导我们前进。但谬误让人羞于启齿，真理甜美得让人津津乐道。

真理流传不息招摇过世，谬误则怯怯地、沉默地降为真理的身影，而且保持它的丑陋。

40

如果四周都是真理，人就会沦为奴隶。如果四周全是谬误，人被迫升为上帝。虽然这两种极端现象不会出现，但这两种意境早已渗透我们的生活。

41

创造，往往以叛逆的形式出现，就像高山叛逆了大地。

每一次创造，首先是创造出更多的自由。

同样，每选择一种可能，这可能必须提供了更多的可能。

42

那些人匆匆忙忙地用知识和真理填满了腹腔，从而窒息创造力。

43

想要真正认识一个东西，只有把它创造出来。否则，甚至不该去认识它。

44

当人脱离母胎刚刚临盆时，所有人都站在同一条起跑线上。到了把他们葬回土里去时，彼此间的差距已经大于人与猿之间的差距了。

人生，就是一个相互远去的过程。

45

人都要死的。因此，紧抓着生命没有意义，只有紧抓着生命的意义。

46

许多质量很高的人不怕死亡，但是害怕痛苦，以至于为了摆脱痛苦才投奔死亡。死亡只是一瞬间的事，痛苦却经常是漫漫无期的。

但是庸人们宁愿痛苦也不愿死亡，他们觉得死亡才是最大的痛苦。从生物角度来说，庸人比伟人强大。

47

人们渴望知道未来，甚至不惜求助于算命。

但是，如果未来丝毫无误地被人预先知道的话，生活一定会成为可怕的灾难。比如，你知道你将于某月某日以何种方式死去，活着岂不成了等待死亡？

未来之所以魅人，因为它首先是悬念。

怎样使这个悬念越悬越大呢？方法是每次都让人知道一点——就连这一点，也经常似是而非。一切科学探索，都具备某种悲剧色彩，每次发现都开掘出了更多的未知领域。未来其实是永远不会到来，到来的只是现在。

48

伟人并不真正把普通的荷锄农人视做伟大，他只是从那幅荷锄农人的意境里，体会到自己心中伟大感情。

诗人也不会从萧萧落叶里觅到诗句，他只是从萧萧落叶里提炼出了原本埋藏在他心中的诗意。

悲剧在于：荷锄农人永远是某些伟大感情的素材，本身却无法伟大。萧萧落叶永远也只是伟大诗意的养料，本身却不能成为诗。而且，荷锄农人们与萧萧落叶们，甚至不会意识到这种悲剧性，也不会意识到自己被别人享用。

49

笑容总是突然爆发，然后慢慢地消失。这很像许多熟人之间的交往：刚刚认识就是情感高潮，往后就一天比一天平淡。

50

寂寞的时候我有点心酸，不被任何人所需要，我是不是太没用了？当身陷热闹事务又不胜厌烦，难道我就生存在被人需要之中么，一旦没有人需要也就没有我了？

我发现自己并没有同外界建立起最佳生存关系，要么是被别人碰伤，要么是碰伤了别人。或许，人生就是一种碰碰撞撞。

书和我

1

永远有一本只读了一半的书，后一半用自己的想象去完成它。

2

读书是阅读者与书之间的窃窃私语，这种窃窃私语比单纯的阅读更加重要，甚至在阅读完结之后，窃窃私语还能够持续终生。

3

拙劣的书诱惑着人群，而杰出的著作往往抵制人群。

有人一辈子都在书林中浏览，却没有结识一本深刻的书，也没有反对过一本深刻的书。他是一个浅薄而幸福的游客。

有人一辈子都在反对大部分书，并以此抵制着人群。他终生吊在一本生长得最高的书上，像一颗红通通的果实，自足而孤独。

前者是一种性格，后者却是一种命运。

4

一部好书能使人产生巨大冲动，恨不得立刻写点什么或者做点什么，甚至在很长时间里无法再读其它的书。但是，如果你在那冲动之中并没有写点什么或者做点什么，冲动之后，书和你都将死去。

一部好书也能使人产生巨大沮丧，因为那部书似乎已将人生精妙之处一网打尽，它的光辉太亮因而窒息了你，它的精神突然将你举到高空使你惶然失重，它全面而又辩证地霸占住一切生路，使你这辈子无论多么努力也仿佛在拾人牙慧。……如果不能抵抗这样的好书，那么，书仍然存在而你将消失。

5

杰出的书对于大部分人而言既是滋补剂又是虎狼药。有人因为读了它而健体强心，幡然升华，一步步接近于杰出。也有人承受不住那书的力量，身心再度受创，连他原本具有的才能也瘫痪掉了。

相反，拙劣的书却有一个意外的好处，就是读了它之后可以增长我们的自信。仿佛我们只要愿意写作，就肯定比它强。

大作品使我们变矮，小作品使我们升高。不同的阅读带来不同的迷惑。

伟大的作品以它的伟大常常压制了我们的创造力，拙劣的作品也因其拙劣常常鼓舞了我们的创造力。有时候我忍不住想:与其被别人的伟大压制着，还不如因别人的拙劣而受到鼓舞。

6

少年、青年、中年、老年……人在生命的不同阶段是不同的读者。少年时代激动着你的一本书，中年时你可能认为它不值一哂。青年时代魂牵梦绕的一本书，老年时你可能认出它轻狂浮浪，就好像我们患青春病时、最需要时没有得到良药，病愈后却得到一杯苦水。时机过去了，事情会变质，效果也会颠倒。

我们既无法保证所读过的书都是杰作，也无法做到在最合适的生命阶段读到最合适的书。这种尴尬既不是书的过错，也不是我们的过错，它只是我们与书相会时必有的乐事与恨事。

读书是一种遭遇，幸运与不幸则不应该由这“遭遇”来负责。

7

如果一本书既不能燃烧起我的激情也不能激发起我的反抗，那么不管别人怎样称赞它，也不管它果真多么卓越，对我仍然是一本废纸。

8

好书和坏书同样稀少,堆满书架的大多是庸常之作。即使在一本好书里，美妙意境也就那么几处，其他部分都是在装饰或掩饰那美妙。

9

读书的关键在于阅读的质量，有些书不过是一条矫情的小溪，却诱发出读者心中滔滔洪流。有些书本身是一条大江，读者却只能舀出一杯混浊的泥水。任何一本书都因阅读质量的高低而变幻成不同的书。

如果自己太浅薄，有什么权利抱怨书呢？

10

那些试图用许多本书来垫高自己的人，恰恰会被书埋没。尽管你读过千万本书，目的却只有一个，就是将自己炼造成一个在所有书中都不曾出现过的人。也就是说，将自己同千万本书区别开。

11

每个人都是一本大书。而且，每个人都把自己折叠得比一本书更紧密。善于读书者，其实是借助读书来深深地翻阅着自己。不善于读书的人，才希望通过读书去翻阅他人的隐私。

12

读书是从求知开始的，但不是以得到知识为结束。如果读书的目的仅仅是增长知识，那么你即使终生读书，其知识储量也不一定比得上电脑里的一块硅片。更可怕的是，你的大脑只是他人思想的跑马场，你的心灵沦为盛满知识的容器。

我们吃饭，不是为了变成饭粒。我们喝水，不是为了变成水珠。

13

从书海中满载而归固然可喜，皓首穷经一无所获也未必大坏。他起码可以证明：你非但没在书中溺毙，反而泅渡书海胜利登岸。你正面临着前人从未踏勘过的一片领域，只需随意往前跨一步，要么就进入创造的天地，要么就玷污了这块崭新领域。而这两者都是前无古人的。

14

我讨厌苦读，而且不信任“书海无涯苦做舟”这句话。

健康的阅读十分美好，它非但不使人苦闷反而充满了欣喜，只有抱着功利目的硬读那些你原本不想读的书，这才苦不堪言。健康的阅读是最好的精神体操，读书产生的兴奋往往能够上升为一种近乎决斗般的激情，也往往能够下降为一种近乎爱情那样温柔的幻想。

健康的阅读也是最好的休憩。它抚平你心灵隐痛，荡涤你筋骨疲惫。它将人的肉体也浸入阅读的意境。好书不会使人感到累，否则它就不是好书，或者它虽然是好书却不适合于你，因而对你而言它仍然不是好书。

苦读——常常是旁观者对孜孜不倦读书人的错误印象。他们以为他苦，实际上他却甜如甘露。

苦读——也常常依照“苦”的程度判断一个人读书的深度。如果他“苦”得不够也就是他读得不够。因此那种读书不是享受而成了苦行。

15

曾经有一位教授问他的学生：今天你做什么？

学生答：读书。

教授：明天呢？

学生：读书。

教授：后天呢？

学生：还是读书。

教授愤怒了：那你还有时间思索么？！……

读书最重要也是最美好之处在于思索。读书是花朵，思索才是果实。思索不但能使你与别的读书人拉开距离，也使你与书本拉开距离。没有思索的阅读，就好像一个人没有胃脏而只有一张巨大的口腔，整个人便是一根孜孜不倦的过道。

这种过道，将所有美好的书贬值为垃圾。

16

如果书读得越多就越好，那么读书就是加法，读书人等于书本之和。书还是书，而你不过是一个数字。

即使只读一本书，即使只在这书中汲取了一滴甘露，只要它点燃了你，那么书读得再少也是乘法。读书人成为心灵与书本相乘之积，书和你都以几何级增大。书中有你，你中有书。

然而在大师那里，读书仿佛是减法，他往往读一本就否定掉一本，可读之书越来越少，直至“半部《论语》治天下”。他的读书历程也就是超越书本的历程，最后，他孤独地立于书山之巅。这时，书们不配为书，他却仍然是他。

17

无数本拙劣的书堆积起来，也不能够抵消一本卓越的书。但是，一本卓越的书却可以抵消掉另一本卓越的书。

我们有时陷入这样的窘迫：一部卓越的著作卓越地为我们打开了一片美妙世界，另一部卓越著作同样卓越地否定了那片美妙世界。我们咽下了两部卓越的书，结果却是空空如也。

18

为了排遣无聊，我们读书；为了寻求刺激，我们读书；为了获得安全，我们读书；为了精神探险，我们也读书……所有这些读书动机，都比为了读书而读书好。

19

“不读书睡不着，一读书就睡着了。”这句话同时挖苦了那本书的枯燥和那个读书者的无聊。

但是，真正的阅读也恰恰是偎在一个梦境边缘，入神者就意味着跌入梦境。

20

伟大的《资本论》出版时，识者寥寥。一位枪械商拿它做靶子，检验子弹的穿透力。这确实是极富灵感的妙用，枪械商可以准确地说：弹道深达750页！……

尽管《资本论》击穿过整个社会，但作为书，连它也无法掌握自己的命运。何况其他的书呢?

21

有些人是逗号，他读书读到头句话的半道上，就敢于告诉你这本书的全部内容，并且评价它的优劣长短。有些人是句号，他虽然读完整本书，但是他说不出比书本更多的东西，因为书的终点也就是他的终点。有些人是省略号，书读完后他却停不下来，他沉默地、不可扼止地飞行到比书的尽头更远得多的天际，始终一言不发……

22

最少应当有一本这样的书伴随终生：在青年时读过它，在中年时又读过它，在老年时再次读过它……最后感觉仍然是没读完。甚至是：新鲜得仿佛不曾读过。

23

我们小时候爱读童话，但成年后才可能真正读懂它，而这时我们反而不读它了。我想是因为，小时候把它当故事来读，成年后才把它当寓言来读。故事往往令人感动，所以爱它。寓言则过于聪明，反而令人敬而远之。

24

有人喜欢在书本中画满各种颜色圈圈道道，标明重点、置疑、思索、心得……那些鲜艳的色彩，证明书主曾经如同批阅文件似的深入搜寻过这本书。

我难以阅读塞满了圈圈道道的书，它们破坏了书的美感。而且，凡是能够被圈住、或被切割的东西，都已丧失了它的完美。一本好书是一个充盈欲滴的生命。可有些阅读者好像必须把书肢解开后才能够阅读，好像阅读的快活在于快活地肢解。

我知道，有些伟人也喜欢在书中留下圈圈道道，这些圈圈道道还可能助长了他的伟大。只是我无法因为别人的伟大而改变我的好恶。

25

非常佩服那些有着超凡记忆力的人，他们既能够一目十行，又能够过目不忘。

我对自己的健忘十分惭愧，唯一可以宽慰的是，健忘使人常读常新。

26

偶尔见到一位大师开列出的必读书目，每一部都是里程碑似的作品。对照之下，发现其中有一半作品我竟然没有读过，这书目是从历史上千万部作品中精选出来的，无数落选作品里仍然有大量优秀之作。即使我有一百个人生，也无法读尽它们。更何况，我觉得我已经错过读那些名著最好的人生时期。

书海之大，大到令人绝望的程度。因此，我只能将整个书海的意义浓缩到一本书上来，也就是我正在读的这本书。我认为：我手里的这本书是世上唯一的一本书，而我是唯一阅读它的人。

27

读书的悲哀在于，经常看见自以为独创的东西早就被人说过了，而且说得比自己好。这时，阅读是苦涩的，写作也是苦涩的，许多时刻我只好在此停止，把自己交给命运……

28

对于作家来讲，没有不值得阅读的东西，只有他没有兴趣去阅读的东西。哪怕它是一页风尘仆仆贴在电线杆上的江湖骗子的招贴，哪怕它是一副粗鄙拙劣地画在厕所墙上的下流画，哪怕它是无聊文人骚兴大发刻在崖石或扶栏上的断篇残章……都包含着不比经典著作少的人性内容。只要你有兴趣，也会掘出一个偷偷摸摸的意境，并且撩拨着你的想象。

任何读物的价值，都被作家的兴趣所决定，而且也被作家的兴趣所开掘、所歪曲、所变幻……如果他没有兴趣，再杰出的读物也没有价值，甚至称不上是读物。

29

在读之前，希望每本书都是一个意外。然而在读之后，才知道每本书都值得怀疑。

创作

1

创造力是一种既顽强又娇嫩的能力。一方面，它越被使用就越强盛，如果搁置太久不使用反而会使它衰退。另一方面，过度的使用又会使它变得疯狂,这时它破坏的远比创造的多。创造的快感其实与破坏的快感非常相似。

艺术家不但是一个拥有创造力的人，更是一个善于使用创造力的人。

没有创造力的人偏要创造点什么，这是常见的悲剧。更大的悲剧是，创造力已经消失殆尽的人不甘心于消失，迫使自己创造。

2

许多人说过，艺术中最重要的是想象。但我仿佛觉得：在想象突然夭折的地方，才产生出不朽的艺术。

许多人说过，艺术中最重要的是形式。但我仿佛觉得：形式不过是一层皮肤，关键还是皮肤下面的生命力。生命在拔地而起时简直顾不上自己是什么形式，只顾着实现自己，结果反而造成了崭新的形式。形式是生命的皮肤，它无法追求但天然具备。

3

对于艺术家来讲，生活只有两类，现实的生活和理想的生活。或者说，凡俗的生活和想象的生活。

艺术家是被现实生活弹射出来的一支痛苦的箭，直朝理想生活飞去。可是，他又永远抵达不了理想生活。这种飞翔过程便是艺术，它的目的就在于飞翔而不是真正要抵达理想生活。

4

那些纯粹为自己而写的永远不准备发表的文字，不但具有最彻底的真诚，同时它也养育着作者的真诚。日记、随想、札记、备忘……是作者藏身的小巢。在那绝对个人的寂静与黑暗中，他用一件件琐屑的隐私哺育自己，埋下一颗颗日后可能生长、也可能泯灭掉的种子。

一个杰出的作家必然有他独特的自我哺育方式。他身心的一部分仿佛始终蕴藏在母胎中拒绝诞生出来。

那些为公开发表而写下的私人日记、随想、札记、备忘……则是在用摹拟真诚来替代了真诚，以再现真实去替代了真实。

5

痛苦与灾难使人类不幸，却使艺术不朽。

艺术让痛苦充满诗意，让灾难放射光辉。它使读者感动到这种程度：为了那虚幻的诗意他们甚至愿意承受痛苦。它也使读者误解到这种程度：竟然以为灾难都会有光辉。

真情其实就是痴情，艺术家其实就是痴者。

6

所谓情节，就是有节奏的情感。情节不是故事但通常伪装成故事。

7

在人们竭力回避的问题上，三流艺术家聪明地揪住不放，迸射出大堆才华。由此，他也获得人们尊敬。

在人们倦怠不堪的灵魂上，二流艺术家艺术地一搔，叫人痒得死去活来。由此，他让人们恨爱交集。

我不知道一流艺术家是什么样，只深信：他和他们相去万里。

8

媚俗艺术的要害与秘诀是：让大众仿佛迷失在幻境，带一点险情，带一点陶醉，带一点真理，带一点崇高……每一样都是大众神经所能承受的最大限度。

而真正杰出的艺术却能使人清醒地迷失在实境中，不但是他自己的生活，更仿佛是他自己在创作。

9

只有深深绝望的艺术家，才能给观众奉上那么美好的希望。

10

哲学大师心灵中充满了深刻的矛盾，他们通过阐述这些矛盾来拯救自己。

艺术大师心灵里也充满了深刻的矛盾，但他们无法阐述这些矛盾，就只好表达那矛盾着的心灵来拯救自己。这两种人共同点在于，都拥有深刻的矛盾却都不给读者提供答案。

我想：他们并不是不想给人们提供答案，而是他们深刻到了不信任任何答案的程度。他们知道，矛盾的意境其实是一片不可抗拒的天意。他们的自我拯救，其实也是对不可抗拒事物的抗拒。

11

人们从母胎走向坟墓的过程，是一个从纯净婴儿走向复杂老人的过程。而艺术家却仿佛倒过来，从他走向艺术的那一刻，便竭力从复杂的人间诞生出纯净的自己。艺术家越是杰出就越是单纯、敏感、透明，所以他才能够对世人们习以为常的种种不洁产生强烈反弹。

钻石本身不发光，但它能把光折射成美丽的虹。艺术家并不比我们更智慧，他只是比我们更纯净。

12

在现实生活中，许多人都有艺术气质，比如多情善感、冲动任性、孤寂冥想……因而他们也常常被旁人错认为未来的艺术家。就连他们自己也常常错认自己，为拥有这些气质而沾沾自喜。可他们如果成不了艺术家的话，这些气质往往会成为一种病态，反过来伤害自身。这就像不会飞翔的人身上长出了彩羽，其实那既不美丽又是人的不幸。

艺术家不仅拥有艺术气质，更重要是他的命运把他逼成了艺术家。在旁人眼里，经常错认为他是主动投身艺术，实际上在于他却是别无选择、被迫归于艺术。

13

对于某一类作家而言，时代只是他的一个背景。有时候，轰轰烈烈的大时代对于他创作的影响还不及窗外一场细雨，千百万人死去对于他的创痛还不及内心一个念头死去。他唯我独尊，唯我独存，心灵独自开放又独自泯灭，他生活在一个冥想世界，一个人就是一个自足的宇宙。

我虽然不喜欢这样的作家，也不得不承认，他同样可能是一个极具个性的、杰出的作家。世人在享受这样的作品时，同时也得忍受着这样的作家。

14

独创是艺术的生命，而个性是独创的前提。承认这一点，就得承认也有许多独创不但没有进入优美反而跌进丑恶，许多独创不但没有进入诗境反而陷入疯狂。

独创是高风险探索，屡屡有人在那根钢丝上失足跌入万丈深渊。我们通常只把赞美献给了成功的独创者，而义正辞严地批判那些失足的艺术残骸。

15

人们希望作家击中“时代绷得最紧的那根弦”以奏出时代最强音。

但是每个作家也有自己绷得最紧的一根弦，如果这根弦恰巧正是时代绷得最紧的弦，那么作家自己的最强音也就恰好是时代最强音，他就能写出轰动性作品。如果不是，那么他的作品虽然优秀却不会轰动。轰动有相当的偶然性，一部轰动性作品经常不是这个时代最好的作品，甚至不是这个作家作品里的最好作品。

时代有自己的发展轨道，就像太阳有自己的轨道。作家有自己的生命轨道，就像月亮有自己的运行轨道。在这两条轨道重叠交叉的一瞬间，才产生壮阔的日食景观，才产生轰动性社会效应。

但是，太阳和月亮原本都不是为谋求交叉才运行的，如同作家不是为了谋求轰动才写作的。

16

艺术出自生命被损。同样，常常是疼痛不已的生命最容易走近艺术。

一个满足的生命，常常觉得艺术无聊。

17

最好和最坏的作品，都是激情冲动时的结果。而平庸的作品却往往是深思熟虑的产物。

18

美与技巧挨得非常近，但它们实际是一对天敌。

以为借助出色的艺术技巧就能创造出纯净的美，就如同借助不朽的努力就能捞取水中的月亮。其结果是既捞干了水又丧失了月亮，既否定了技巧又扼杀了美。

美，虽然与种种艺术技巧不可分离，但它在本质上却是反技巧的。

19

艺术家依靠直觉寻求美，而不靠聪明才智。寻求到美之后，他才使用一点儿聪明才智将美表现出来。

后来这表现美的过程，常常还是对现实妥协的过程，是美一点点流失的过程。只有在艺术家刚刚被美击中的那一瞬间，他才拥有最多的美。

20

当美妙的意境怦然而至，此时的创作就像射精那样令作家欲仙欲死……所有作家都会在此时深信：自己是一位伟大的作家，面前放着一部未完成的伟大作品。

21

人生痛苦是创作的源泉，但创作本身从来不痛苦反而充满幸福。当作家感到痛苦时，是因为他既陷入人生又不能脱身，既面对白纸又无力创作。

22

任何伟大的作品在精神气质上都在投奔未来，以至于看上去它们背叛了今天，常常招致世人们责难与愤怒。

但是，如果那作品飞翔得太远太远，世人们反而不屑于责难与愤怒了，只是不理睬它。

23

唱歌、跳舞、听音乐……人们经常把从事娱乐当成投身艺术。虽然艺术能够让人们感到娱乐，但娱乐也常常扼杀掉真正杰出的艺术。

24

没有激情时，我也无法思想。没有灵感时，我也丧失了语言。没有痛楚时，我不知如何微笑……

这时候无论怎样改换面孔，仍然躲不开内心的平庸。

25

将水与火同时装进一只杯子里，就盛满了艺术。

艺术砰然涨裂了杯子，还原为生命的冲动。

26

诗人时常表现出某种令周围人难以忍受的自私、孤僻、怪诞、高傲、一意孤行，仿佛世界上只有他一个人存在。这使得他周围人时常受伤。

诗人很少表现出大众们所信任的忠厚、乖巧、谦虚、驯服、合群等等品格，因而有许多人喜欢诗人的作品，却讨厌诗人本人。这使得他在人群中时常受伤。

要么是人间的弃儿及艺术的宠儿，要么是艺术的弃儿及人间的宠儿，诗人必须在这两种命运中选择一种，这已经是他所能得到的最好结果了。如果两个都想要的话，那他只能得到：艺术与人间的双重弃儿。

27

艺术家通常要经历两次死亡：创作激情的寂灭和自然生命的丧失。

一个超越时代的艺术家却要死三次：他去世许多年后作品突然轰动起来，然后再慢慢地消失。

28

蚌的柔软躯体内不幸落入一颗尖锐的砂粒，它疼痛地收紧了躯体。许多年后，人们从蚌壳里挖出一只美丽的珍珠。是谓：蚌病成珠。蚌的不幸造成人们的幸福。

作家心怀刺入一个诗意，实际上同样是刺入了一片疼痛，隐隐约约，无休无止，不把它倾诉出来它就不会消失。许多年后，作家诞生出一部美丽的作品。人们视为：艺术创作。作家的不幸往往是艺术的大幸。

29

一个深刻的悬念，并不在乎是否得到解答。因为一个深刻的悬念其实是一个诗意悬挂在那里，它勾引着所有的结局走近它，所有的解答来摘取它，其结果却是将它举得更高和推得更远。

杰出作品都有一股悬而未决的性质，勾引着人们又拒绝着人们。杰作的魅力有多大，它造成的误解也就有多大，我们甚至可以从它被误解的程度判断出它杰出的程度。

30

我收藏着许多札记、断想、意念，也收藏着许多自己心灵上的污浊、丑恶、伤痕。它们不一定多么深刻，但它们纯粹是我个人的，像心跳那样暗藏在体内。我对人生的认识深度其实就是对自己的认识深度：当我阅读着自己的污浊、丑恶和伤痕时，益发感觉到别人的可爱。当我阅读那些札记、断想和意念时，益发勃动起一阵阵激情。

多年的创作，使我渐渐被世俗掳去。这破碎的隐秘，能使我一点点回收自己，自己哺育自己。

31

每个作家都曾经有过深深的自卑，后来证明他的质量就来自那自卑过的地方。每个作家都有过才竭力尽的绝望，发现自己是世上最可悲的人。每个作家都读过远比自己优秀的作品，曾经被别人才华逼得无处逃奔……如果让理性选择，他早就应该终止创作从事其它职业了，唯一使他坚持到今天的力量，是他的本能，决不是什么才能。

32

眼泪和微笑都停留在生活形态，只有从含着眼泪的微笑开始，才出现了艺术。

33

米洛的维纳斯丢失了头颅与臂膀，激起人们无尽的想象，从而使她获得了无数头颅与臂膀。这说明：1. 杰作不仅充满想象，更重要的是激发人们的想象；2. 杰作都具有某种残缺美，它一旦开始就没有尽头，它之所以昂起伟大的巅峰并不是为了藏起深渊而是更深地暗示那不朽的深渊，圆满往往意味着平庸，杰作排斥圆满；3. 那残缺着、隐藏着、未完成的部分，往往是作品中最杰出的部分。

由此，也可以得知平庸之作何以平庸。1. 作品显示出的想象力，甚至低于读者与观众的想象力；2. 没有明显的缺陷也没有明显的优点，没有败笔也没有灵气；3. 瞄着一个自以为得意之境，如同敢死队那般壮烈的朝它奔去。

34

——找不到独特的表现方式而陷入苦恼。

——找不到值得表现的东西而陷入苦恼。

前者是希望之境的苦恼，后者是绝望之境的苦恼。常常有作家自以为是找不到表现自己的方式，实际上他是找不到自己。常常有作家以为是找不到自己，实际上他并没有自己。

35

作家与所处的时代保持一定的距离，不光是因为忠实于自己，还因为有了这段距离，他稍一助跑就能超越这个时代。

如果不试图超越时代，他如何证明自己忠于时代呢？

36

许多作家都过着双重生活，身心处于分裂状态：当他孤独地面对一页稿纸时，是一个洁净的作家。当他步入世俗喧嚣时，又是一个聪明的、成熟的、如鱼得水的名人。他习惯于在生活中背叛自己的作品，又在作品中背叛自己的生活。他的功力主要表现在将这两方面统一起来。

或许，某一个瞬间他也会感到痛苦，但随即他又连这点痛苦也作为素材塞进作品中去。

外圆内方——企求的是安全前提下的创造，理智牵制下的激情，悬崖边永不失足的吟唱……所以我们产生不了大师。

37

杰出的哲学常常使人享受到艺术之美，杰出的艺术也常常使人享受着哲学的深邃。任何事物都在一个很高的境界上相互贯通，不管它们原先的距离有多远。

不过，要是有人在艺术里追求哲学的深刻，或者在哲学中追求艺术创造，那么得到的只能是双重丑陋。

人参很像萝卜，但要是把人参当做萝卜来煮，那么煮出来的味道，连萝卜也不如。而且，通常是聪明人才这么做，傻瓜倒不会有这么聪明的追求。

38

在绝美的艺术品中出现了一个小小疤痕，反而更勾引人的痛爱。心爱的人身上出现一个黑痣，那痣儿非但不丑反而微妙，反而浓缩和集中着你的痴情。其实，大部分神来之笔在正常情境中本是败笔，由于它戳破了正常情境，出人意料地冲击到极限，点燃一种崭新的感受，神就降临了。

于是，有人在绝美的东西身上刻意制造一个疤痕或者一个痣……

39

优美的形式就是一种优美的关系，与直觉同存，因雕琢而亡。

40

杰作都是冲刺般一气呵成的。所谓修改，只为使它更像是一气呵成。

41

那些黑暗情感，仇恨、妒忌、吝啬、猜忌……所蕴藏着的原始激情和人性奥秘往往比高尚情感更多。因为：1. 生命可以进化却抗拒净化；2. 自惭形秽而深被埋藏；

没有一个艺术大师不是开掘黑暗情感的巨匠。我们常常以为他比我们站得更高和跑得更远，其实他也比我们站得更深和退得更后，甚至始终坚守在生命的起始线上不肯出发。

42

小说是一条大河，散文是一只贝，诗是一颗珍珠。从形式上看，诗最具有艺术的极端性和纯净感。小说家的艰难，在于拒绝了诗的形式又想使大河充满诗意。小说家的尴尬是，除了人间的非议外，还老被大河们与珍珠们所非议，同时还想遮掩这尴尬。

43

所有感情都已被先师们表达过。我们所做的，只是用新的形式将表达过的感情再表现一遍。所有的感情又都没有尽头，它大河般在人类河床上流淌了数十万年还将继续流淌下去。每一丝涟漪每一朵浪花都不会重复。因此，所有过去的表现都已过去，只要是感情，它就是最新鲜的，独一无二的。

44

艺术从对生命的摹拟开始，一步步进入创造。后来它在创造的路子上越走越远，终于陷入为艺术而艺术，这时它就背叛了生命也取消了自己。无论多么高级的艺术，都不可能完全抛弃摹拟，尽管很看不起它。

45

诗意是某种甜蜜的痛苦，也就是某种被涨溢、又变质了的痛苦，也就是某种涨溢和变质。无论何种情感，如果不能涨溢和变质，都无法进入艺术。

46

普通人在日常生活中的某些言行举止，有时突然地呈现出艺术魅力，甚至令艺术家瞠目，就像路边一片石纹令人一惊那样。肤浅的艺术家追求这种效果，而深刻的艺术家知道，普通本身就具有魅力。

47

把美创造出来，能使人得到兴奋、愉快。将美一拳击碎，也能使人得到兴奋、愉快。每个人都有这两种冲动，一方面崇拜美，另一方面又抗拒美对我们的压迫。当我们在极美的事物面前屏息静气，战战兢兢时，正是压抑着后一种冲动。

48

丑陋得令人心爱，就是美。美如寒冰拒人千里，也就接近魔魇了。美，如水银泻地般无孔不入，又无体无形。任何事物当中都能提炼出美，任何事物也都能毁掉美。

感觉人生

1

假如人还有一次人生，不会是一件好事。首先，它将使此生的意义减半。此外，多一次人生仍然不会让人们满足，接着会追求第三次……人生的神圣就体现在它的一次性当中，任何成功与失败都被时光卷走，不可追回。正是由于有许许多多遗憾,才使得人生珍贵。重复生命是对生命的污辱。假如人还有一次人生，实际上就是对此生的否定。

虽然如此，越是杰出的人却越是执着于未来，仿佛真的还有一次人生。

2

生命最苛刻之处在于它会死亡，只要有死亡不可避免，再长久的生命也显得短暂，辉煌尽头终归是永恒的黑暗。我们每天享受生命又每天丧失它，我们无法增加生命的长度只好追求它的高度。一切伟大创造，实际上都暗含着乞使生命永恒的意图。一切伟大的创造在生命意义上也呈现出矛盾状态：忠实于生命又想战胜生命。

3

一生当中，真正属于你自己的时光就那么几次。大多数时光里，我们不是在重复自己的生活，就是在重复别人的生活。有人甚至干脆将自己的生存目标确定为：追求别人那样的生活。

4

只要是理想，里面就暗含着侥幸。侥幸心稍一美化就成为理想，完全没有侥幸也就不会有理想，完全没有侥幸就意味完全没有偶然。但任何人之所以能够来到世界，恰恰是偶然的。

5

我们不怕自己错了，但是深深地害怕只有自己一个人错了，也就是孤独地错。成千上万人一起走向毁灭时，每个人不需要多大勇气就可以走下去。单独一个人走向毁灭时，就需要不可估量的勇气。

6

人生是个小舞台，只有一小部分人荣幸地被万众瞩目登台表演。而人生却是个大看台，所有人都曾经处在台下翘首观望他人。大多数人的一生大部分时间里都呆在台下，因而更重要的不是如何登台表演，而是如何做一个有质量的观众。你虽然看着他人表演,但你也要比台上表演的人更有质量。如果做不到这一点，那么你既对不起台上人的表演，也对不起自己的人生。

7

最令人恐惧的是我们不知道的事物，比如死亡。最诱惑人的也是我们不知道的事物，比如永生。人生几乎都在这两者之间晃来晃去地度过了，使得许多人貌似深刻地、理直气壮地耽误掉了现在。

8

人生只有一次，生活却有千百种。智者追求人生，凡人只追求生活。智者在人生中耗尽了生活，凡人在生活里度过了人生。结果，拥有最多人生的人常常只有简单的生活，拥有奢华生活的人常常只有简单的人生。

尽管如此，人们还是免不了这种欲望:既要最好的生活又要最好的人生。

9

人生犹如马拉松长跑，可以浓缩成三个要素：前面有一个目标，心中有一个愿望，身上有一分体力。在不该冲刺时冲刺了，后来会被旁人抛下。在该冲刺时没有冲刺，就可能永远丧失机遇。但最关键的还是，无论快与慢必须永远跑着，不要以任何理由停下来。

可叹的是,我们往往在马拉松快要结束时才明白应该怎样跑人生马拉松。

10

生命是由别人传递给我们的，谁都不可能抓住不放。我们紧紧抓住的，只是幸福、痛苦、失望、幻想……我们把这些抓得再紧，还是要将生命传递下去。所以生命只是一个形式，一个借口，一团碳水化合物。你之所以拥有生命，是由于你拥有幸福、痛苦、失望、幻想……除此之外没有生命可言。

11

最深刻最丰富的命题往往无法交谈，只能自己对自己私语。比如：人生。

古往今来，无数哲人骚客都沉思或咏叹着这个命题，并没有为人们解决人生问题，甚至并没有为他自己解决人生问题。他们所做的，只是一遍遍深刻而优美地证明这命题的伟大，而且，说得再好都是自己对自己的私语。

人生是一个命题但永远没有答案。更不应该去预设以及固定一个答案。

12

凡是人，都必有他的人生危机。既然不可避免，那我希望它到来的越早越好，生命还能给我留下再度崛起的时间。如果到了年迈体弱身心交瘁时遇上人生危机，我担心自己将会为逃避其中的危险而拒绝它暗藏的机遇。剩下的生命已容不下新的后悔了。

死亡不是人生危机，它只是所有人生的终点。

13

没有人对自己的生活真正满足过，即使临终时面对上帝。所谓满足，仅仅意味着：他认为自己的生活有价值，对自己一生不后悔，等等。但这也是我们所能得到的最大满足。满足的前提是虚幻无奈的，甚至可以说是智慧的，尽管它更像一个安慰。生命本质上就是不满足，而人生始终在试图满足生命欲望。

14

我知道我所有的失败、痛苦、蒙羞、丑陋、愚昧……都是人生财富的一部分。但我仍然不感到宽慰反生可疑：如果这些都是财富，那么我的人生渣滓在哪儿呢？

我的弱点仍然是人类最古老的弱点：自私、贪婪与怯懦。为了掩盖那自私，我常常伪装成崇高，使自私不同凡响；为了升华那贪婪，我常常表现得更加进取，让贪婪也显得炉火纯青，转化为一种人生价值;为了忍受怯懦，我常常迫使自己过分地勇敢，只有在不失体面时才怯懦下来……这些都有效地保护过我，使我能够在许多弱点中生存至今。我只能深思这些弱点而不能也不打算消除它。

15

人生的一切烦恼都无法摆脱，我们所能做的，只是让它们在人生旅途中一步步深化，最终从烦恼事物中也榨取出人生幸福来。

16

当别人遇到小小不幸，有时连好人也忍不住幸灾乐祸，引为谈资。当别人遇到大灾难，有时连坏人也会望而生畏，心存怜悯。

17

人的一生可以有许多尝试，但人一生只能做一件事。我们常把许多尝试当成能做许多事。

18

崇高的悲伤是不是比平庸的欢乐好呢？伟大的失败是不是比渺小的成功好呢？理想主义的痛苦是不是比犬儒主义的幸福好呢？……这些问题常把人们逼到绝境，无论哪一种答案都等于逼他跳崖。人们久以习惯让真理和现实保持一段距离，就像让大脑和心脏保持一段距离，这样他才不会失衡。

人生往往意味着：在暧昧状态中活着。

19

几乎每个人都相信，自己的潜在价值没有完全发挥出来，如果充分实现了自我，那么他肯定比现在更强。这等于说，几乎每个人都认为自己是在贬值前提下发挥着自己价值的。

人们与生俱来、无师自通地拥有一种本领：在现实生活中受挫时，就用理想来宽慰现实。当理想受挫时，就用现实去反驳理想。总之，哪一个对自己更有利就承认哪一个。

现实应该很理想而理想应该很实用——这是我们常见的现实主义与理想主义。

20

说真的，连我也不喜欢人家当面指出我的错误，宁愿偷偷地改正。有时自尊心比是非还要重要。可是，如果那人并没有明确指出而只是暗示我的错误，那我不但感激他，连改正错误的过程也觉得很愉快。

21

人生是一个悬念，而且越是追求这个悬念也就越大，什么都不追求就什么悬念也没有。有伟大追求的人不免有巨大的失落，他们的命运有时甚至比什么都不追求的人更为惨痛。

无论是悬念大小还是失落的大小，都能够判断出人生的大小。

22

我们像一片在风中抖擞的树叶，拼命想挣脱树干随风远行。一旦挣脱了树干，树叶得到了远行但失去了生命。

23

成功时我们赞美自己，失败时我们抱怨命运，无聊时我们既没有赞美也没有抱怨。

无聊才是最可怕的时候，它是最接近于死亡的生存。

24

在一个环境中生存久了，人就成为这环境的一部分。在一片人际关系中如鱼得水时，人就成为那关系的一部分。看上去是这人拥有了那环境和那关系，其实是那环境与那关系吞噬掉了这人。人生有些灾难很温馨，人们情愿享受它而不愿正视它。因为，一旦醒悟到那是人的灾难，不但无法摆脱反而会导致更大的灾难。

25

我们不能决定自己的生，还不能决定自己的死么？生命的尊严不但表现为：它可以自豪地存在。还表现为：它不想存在时还可以自尊地结束生命。人当然不愿意自尽，但人不应该放弃自尽的权利，也无权剥夺别人自尽的权利。

26

人生是生命与人的组合。对于生命来讲，最好的时候在人的春季，那时感情多于理智，行动多于沉思，生活充满欢笑和冲动，生命自然奔放无所顾忌。

对于人来讲，最好的时候却往往在生命的秋季，这时候理智与感情既谐调又浓郁，行动再不是冲动而伴随着思考，于是一次行动仿佛两次，事业与生活也进入巅峰。

对人生的冥想而言，最好时候唯有冬季。那时该凋谢的都已凋谢，只剩一盆炭火偎着你的漫漫长夜。

27

如果明天你将死去，那么你今天做什么？写作、远游、做爱、复仇、痛醉一场？……在自己最后时刻所选择的行为，证明你渴望的是什么。

如果明天全人类都死去，那么你今天做什么呢？写作、远游、做爱、复仇、痛醉一场？……在人类最后时刻你所选择的行为，才证明你原本是什么人。

前者只是你自己的结束，而人间仍然存在。你仍然可能以自己的死向他人表明什么。后者是全人类的结束，所有的法律与伦理永不再现，这时人人都可以随心所欲，而且是唯一的、最后的随心所欲。这时候谁都无需证明什么了。

28

一个人会苍老，人类却永远年轻。同样，人生转瞬即逝，人类生命永无止境。我们明知自己只是人类长河中一个泡沫，却不会由于人类不灭而自己甘愿熄灭。人生悲剧的种子和人生创造的种子，都是由此原因埋下的：熄灭与不甘于熄灭。

29

“再坏的人生也比没有人生好。”这句话如果是个原则，那就没有比它再坏的原则了。因为它意味着，为了生存什么都可以忍受。这句话如果是个安慰，那就没有比它再好的安慰了。它意味着，你已经有了人生，这就够好的了。

我憎恨这句话,但又无力反驳它。毕竟要先有了人生,然后才谈得上好坏。

30

杰出的人常常没有好运气，也从不指望好运气，他最终得到好的命运。平庸的人指望有个好运气，偶尔也得到好运气，但他把这想象成命运。大多数人则渴望得到一个充满好运气的好命运。

31

最好的成功是最初的成功，最坏的失败是最后的失败。每个人都有最初的成功，而只有奋斗终生的人才能得到最后的失败，也才配有最后的失败。

32

孩子时期我们什么都相信，于是有了幻想。成年以后我们有的相信有的不相信，于是有了理想。老年后我们只有一点儿相信和一大片怀疑，于是凝聚成许多思想。从人生角度来看，从孩童到老人是个进步，但是从人类生命角度来看，幻想变成思想却可能是个退步。

爱情与婚姻

1

爱是一种美好的疯狂，感情辉煌地炸破了理智羁绊，火山般喷发了。

沉迷于爱之中的人渴望向一个偶像奉献自己，而不管那偶像是否接受。爱意味着无条件交割自己，实际上也就是丧失自己，并且从这丧失中获得一种强烈的幸福感，哪怕这爱最终并不带来幸福。爱就是爱，谈不上正误，也没有合理与不合理，甚至没有目的，爱只为宣泄自己。

2

每个人都曾经爱过，但是很少人因为爱而痴狂，达不到痴狂程度的爱是不彻底的爱，而彻底的爱往往又十分危险。爱曾经创造文明史上许多美好诗篇，也曾经烧毁过离爱太近的一切东西。尽管那些东西也很美好，不幸的是它们站得离爱太近了。

3

被一个你所不爱的人狂热地爱着，这时的爱犹如魔掌，你不得不像逃避被俘那样逃避那爱。

狂热地爱着一个根本不理睬你的人，这时爱就如同自戕，爱得越深，受伤就越重。爱的象征是一个被利箭刺穿的心，有过爱的人都有过这样那样的创伤。

4

艺术把人诗化，爱情把人神化，两者都是按照内心的愿望塑造了别的人，再去追求那个人。其实两者所真正热爱与追求的都不是真实的人，只是自己那个愿望。

5

孔雀求偶张开最美丽的羽毛，被爱情燃烧的人也会情不自禁地展现出自身一切美好之处。那些美好之处，平时他并不会觉察到，只有在追求爱的过程中才被点燃。这时候，连他也对自己的崇高感到吃惊，“这多么美好啊！”也更促使他相信，他所爱的人一定更加美好。爱情冷却下来后他往往发现：所爱的那个人不如原先想象的那么好，而自己却比原先所知道得更好了。

谁被爱情燃烧，谁就被熔炼得更美好。

6

爱源于性，源于人类生命发展的生理需要，但是爱一旦产生，就伸展到一切精神领域，成为种种至高无上的追求了。而性相形之下，反显得有些庸俗、猥琐、遮遮掩掩，许多人甚至以爱的崇高来攻讦性的不洁，或者以性的贪婪去弥补爱的单调。总之，爱已丧失先人们在一轮红日之下、无边绿草之中肆意做爱的原始意境了。

爱源于性又试图背叛性，这是它的伟大又是它的悲哀。

爱如想继续发展，必须使性也得到充分满足。否则，爱会变质，性也会萎缩。

7

爱情不等于终生相许，就像一见倾心不等于白头偕老那样。再炽烈的爱也会冷却，而冷却之后的爱还会报复先前的炽烈。昔日的恋人爱尽生嫌，愤而离去，都认为对方变了心……这不是悲剧，而是个双重喜剧：当初他们相爱是对的，如今不爱也是对的。当初他们就误解了对方，如今他们又误解了对方。

8

爱情具有非常矛盾的特征：

——既想把它独自珍藏在心底，又恨不能让所有人都知道。

——反对者越多，他越是觉得他们反衬出自己爱情的伟大；赞同者越多，他越觉得他们证明了自己爱情的伟大。

——真诚地愿为爱去赴死，却又深信自己和爱都是永生的。

——甜蜜到了令人痛楚的程度，或者痛楚到充满甜蜜的程度。

——在内心里，她是一尊无所不能的女神，自己不过是她的奴仆；在生活中，她却是一颗吹弹得破的露珠，需要百般呵护，而自己是一尊无所不能的守护神。

——相隔两地时，都蕴酿好了千言万语。走到一处时，却都不知道该说什么。

——她说“你走开”，意思是你留下；她说“恨死你了”，意思是太爱你了；她说“不不不”，意思是要要要；她说“你真坏”，意思是你真好……

当爱情中的矛盾不够浓烈，恋人们就觉得是爱情不够浓烈。两人会制造些摩擦、误会、争吵、苦恼，以使这爱情波澜起伏。致使有时候，相爱的双方更像是在相互折磨。

当矛盾消失时，爱情也就消失了。

9

失恋者犹如提前死过一次，再回到人间时已经不是旧日的他。爱情的绝望被锻造成奋斗的希望，受伤的心灵迸发出异乎寻常的力量。爱的失意者，往往比爱情满足者更宽容更深刻地认识人间，也比过去更痛彻更不宽容地鞭策着自己。他要把在爱情中失去的东西，从事业中加倍索取回来。他终生携带不愈的伤口，藏起那深深的隐痛，攀登他以前不敢攀登的人生高峰。终于，他获得了巨大成功。

许多杰出的人都有过失恋的痛苦，或者类似那种痛苦的痛苦。他原本是从一个爱情出发，被迫登上如今这高峰的。现在，他不但拥有了这座高峰，各种各样爱情也像彩云般簇拥而来，而他却无法回到以前的爱中去了。如同一棵参天大树，无法返回原先的种子中去。

爱情能把人变成一个囚徒，失恋竟把他驱回自由大地。

10

过于频繁的爱情干扰着那些漂亮姑娘们，使她们不能专注于一个男子，甚至不能专注于一件事。漂亮既带来许多爱情，也带来许多危险。

在卓越的女医师、女科学家、女作家、女政治家当中，几乎找不到美女，她们的容貌往往与她们的才华不相配。尽管这其中有着极复杂极动人的原因，但在表面上看来，大自然还是公平的：它减损她们的姿色，添加在她们的事业上。

如果让女人选择：愿做一个容貌出众但事业平庸的女子，还是愿做一个事业出众但容貌平庸的女子？……无论哪一种答案你都别相信。

如果让男人选择：愿有一个容貌出众但事业平庸的女人做妻子，还是愿有一个事业出众但容貌平庸的女人做妻子？……这我可以肯定地回答，绝大多数男人会选择前一种。

11

淫荡不但是一种魅力，还是魅力之中的魅力。

魅力——人们愿意正视，魅力之中的魅力——却更适合于窥视。淫荡既激起人的憎恶，又激起人的冲动。同时，冲动得越厉害，憎恶得也就越厉害。因为人们想用憎恶压制冲动。男人们希望自己的妻子在人前端庄，在自己床上淫荡。也就是说，端庄属于公众，淫荡属于自己。

淫荡并非丑恶，淫荡就是淫荡。它在不该出现时出现，人们才觉得它丑恶。

12

宁肯心爱的人死去，也不愿意她落进别人怀抱——爱的自私性。

宁肯为心爱的人去死，也决不让她受到任何伤害——爱的神圣感。

13

爱可遇而不可求。因此，许多时光都在默默期待中度过了，甚至等到了面容憔悴、心如止水时，所期望的爱仍然没有来。这时她还在等，尽管越来越不抱奢望，却仍然漫漫无期、又默然无语地等候……肯定有人期待了整整一生，也没有得到理想的爱。但是，这样的一生却体现着爱的精髓，那就是：对于爱的爱。

虽然终生没有得到爱，但她终生不放弃爱的权利，也不降低爱的境界。宁肯一无所有，也不停止期待那个可能会有的爱——实际上已是期待着那个“可能”。旁人也许以为这种执着十分痛苦，但对她来讲，要是没有这种执着反而更痛苦。旁人也许以为这种期待很不现实，然而对她来讲，爱是高于现实的。

对爱的期待，可以比爱更加珍贵。

14

性贞操与守节之类，不是对爱的考验，起码算不上什么重大的考验。情爱对象与性爱对象，有时候并不是同一个人。

对爱的考验是平凡生活，因为爱总显得那么不平凡，所以最平凡的东西最是爱的大敌。有时，爱情能够轻松地战胜生离死别——甚至生离死别反而能促使爱情更浓烈，但爱情往往在平凡枯燥的生活中崩溃流失。

爱情是个遇强则越强、遇弱就越弱的东西。

15

一个卓越的大师，竟然与一个姿色与才智都十分平常的女人共同生活了一辈子，致使好些才貌出众的女人仿佛受到屈辱：那个才貌平庸的女人能够理解他大师吗？他们两人有什么共同语言？他们究竟是生活伴侣还是恩爱夫妻？……

能使男女两人终生厮守着，也许有成千上万的原因，但其中肯定有爱。尽管那爱像盐稀释在大海里无从寻觅，可是每一朵浪花都带了点爱的滋味。

16

爱是美好的，但它一旦变质却非常可怕。在“爱”的名义下，曾经有过那么多谋杀、强暴、篡夺、死亡……各种各样的美好和各式各样的罪恶，都可以放进爱的橡皮口袋。这虽然不是爱的过错，却是爱的潜质的过错，爱潜藏着无限可能性。

爱经常使人们难堪：要如果拿掉了它的潜质，那它也丧失了品质。如果过分限制爱，它会死去。如果过于放纵爱，它又可能犯罪。人们常说的“美好的爱”，其实是一种被制约的爱。

此外，文明的进步往往是“制约”在进步，并不是“爱”在进步。

17

爱，证明一个人生命力强盛。对于艺术家来说，爱则证明着他的创造力旺盛。歌德直至晚年还能够炽恋着一位少女，如果他心中没有爱火燃烧，我怀疑他是否能创造出《浮士德》。

其实，对于任何一个具有杰出精神的人来说，爱不仅意味着他爱一个异性，同时也是把对人类的爱浓缩到一个人身上。当他深深爱着一个异性时，也就通过这个异性深深地爱着人类。

18

自恋是爱情的内在原因，爱情是自恋的外部表现。

19

人性犹如一株大树。性欲之根朝下方深钻，爱情之冠朝上方伸展，两者的幅度越大，人性也就越发雄伟丰富。

没有一株大树因为根与冠朝两头奔去从而将自己拉断掉，但是人间确有被两者拉断掉的人：他可以在一个地方满足自己的性欲，在另一个地方满足自己的爱情，两者各得其所，漠不相关。

20

人在求爱时展示出自己最美好之处，因此爱一旦被拒绝，人往往以为自己的最美好之处被否定了，甚至不再相信自己还有美好之处。失恋的结局，往往是自卑与自恨。

这些自卑与自恨不会原封不动地储存在心间，它如果不能上升为人生进取的力量，就会下降为一种宽泛的仇恨——以前爱什么，现在就恨什么。他不能忍受自己居然没有美好之处，于是怀疑人间的一切美好之处。

失恋是人生危机，它不但给人性带来重大考验，也是对心智的秘密拷问。这考验与拷问并无旁观者，完全是他自己对自己进行。

21

“我只爱你一个人，你也应当只爱我一人。我把我整个给了你，你也应当把你整个给我。”爱情以奉献的方式向对方索取，奉献得越彻底，索取得也越彻底。这种爱情虽然自私，但我比较信任它，却怀疑另一种崇高的爱：

“我爱你，但并不要求你爱我。我把我整个给了你，但你仍然是你的。”这已经不是人间的爱情，而是天国宗教。倘若统统按照天国的标准来要求人间，就可以貌似崇高地毁灭人间，人类史上不乏其例。

22

爱，渴望着一个异性。欲，却是对所有异性的欲望。两者综合成爱欲，就是在一个所爱的异性身上，满足自己对所有异性的欲望。

23

爱欲满足的那一刻，沉醉的是感官。爱欲受伤的那一刻，流血的是思想。

24

爱情和人们的境遇联系在一起。在生活艰辛的人们那里，爱情往往比较稳定，甚至从一而终。在生活奢华的人们那里，爱情也往往朝秦暮楚，一日三变。对于前者来说，并不是他们更懂得爱情，只是因为生活过度艰辛把他们的爱情也压制在一个较低的水准。对于后者来说，也并不是他们不懂爱情，而是因为生活的奢华燃起了更多爱情欲望。

患难之中的爱十分珍贵，但要在安乐生活中再受检验。有时候，患难过去后，爱也就过去了。

25

含蓄是爱的浓缩。含蓄着的爱，让含蓄者感觉到自己在驾驭自己的爱。

奔放是爱的冲刺。奔放着的爱，是奔放者被自己的爱所驾驭。

有人的爱越含蓄些就越多，一旦让他奔放他就不知所措。也有人的爱非奔放不可，一旦迫使他含蓄就会变质。在性格的万花筒中，爱才能变幻出无比丰富的魅力。

26

异性之间的崇拜、喜欢、欣赏……容易导致爱情，也容易被自己错认为是爱情。崇拜居于爱情之上，喜欢居于爱情之下，欣赏居于爱情之畔，它们都不是爱情。但是爱情一旦发生，能够将它们囊括其中。

27

美好的爱情与美好的婚姻是两回事。爱情没有成功与失败之分，爱情是一种感情，不能够对感情论成败。但是，人们经常误把相爱的双方是否结婚视做爱情的成败。

爱情可以离开婚姻独存，婚姻也可以没有爱情而婚姻。爱情的原因是因为爱，婚姻的原因则是个人与社会的妥协，却常常伪装成感情的归宿。

28

对于丰富的人性而言，婚姻决不是最好的规范。由于人不能没有规范，它才成为我们所能想出的最不坏的规范。所以从本质上讲，婚姻有美好的却不会有永远美好的，有不好却不会有时刻不好的。一个人可以既享受着这个婚姻，又同时承受甚至忍受着这个婚姻。

29

要看透一个婚姻幸福与不幸几乎是不可能的，它既包含了两人之间所有的壮观，也包含了人间所有的琐屑。因此，再肤浅的婚姻也是深不可测的。最好的办法是欣赏而不要评价，唯一有评价权的是婚姻者自己。唯一有仲裁权的是时间。

30

所谓银婚、金婚、钻石婚……炫耀的都是婚姻的长度，与婚姻的幸福与否并无直接关系。遗憾的是，幸福虽然人人皆识却没有一个公认的尺度，只好拿时间作为衡量幸福的尺度。

31

婚姻将爱情大海装进一只杯子里，为了让水不发臭就得频频晃动它：夫妻之间的矛盾、争吵、欢乐、烦躁……就是这个婚姻生机勃勃的表现。

32

原初，两性结合的目的是为了繁衍后代，婚姻的目的是为了集中财产，它们都不是也不必是爱的原因和爱的后果。而现在，人们既要求两性结合是为了爱，也要求两人婚姻是爱的结果。这两者的内容都升华了，形式却没有变化，因而内容涨破形式的事总在发生。

33

在文学艺术当中，几乎所有动人的婚姻都是不幸的婚姻，也唯其不幸才令人心碎。作者偏偏在那不幸处格外地才华横溢，一旦描写起幸福婚姻则立见平庸。这使人觉得，不幸才是真实的，幸福反而是虚构。尽管这和作者的目的相悖。

34

虽然眼睛不能够长久地盯住一个地方，婚姻却试图将一个人钉在另一个人身上。

35

谐调的夫妇双方,他们既是情人又是朋友。从情人的眼光看另一个情人，便能常看常新。从朋友的角度理解另一个朋友，才能丝丝入扣。

夫妇们常以为他们双方是爱人，情人则是第三者，爱人怎能下降为爱人的情人呢？同样，夫妇双方既然已是爱人，而爱情是高于友情的，爱人怎能下降为爱人朋友呢？其实，许多夫妇在相爱方面远不及情人，在彼此理解方面远不及友人。

因此我们经常见到：夫妇双方在结婚前是情人，在离婚后又成为朋友，而在婚姻期间既不是情人又不是朋友，仅仅是一对夫妇。

36

人的尊严在于独立，人的自由在于空间。婚姻既取消独立又拿走自由，而且是用一种甜蜜的方式取消与拿走的。尽管如此，人们依然纷纷投入到婚姻中。因为结婚使夫妇俩人觉得:两个独立加在一起能够得到双倍的独立，两个自由加在一起就是双倍的自由。

37

爱情其实是两个人的上半截的相爱：激情、气质、能力，以及两人有意展示出的一切美好部位，是形而上式的相爱；婚姻却是两人的下半截在相爱:家务、上下班、日常琐屑、人生烦恼，以及两人暴露出的一切丑陋部位，这时是形而下的相爱。

幸福婚姻并不在于它形而上的相爱有多“高”，反而在于那形而下的相爱有多“矮”。

使上半截优美的是诗化的性，使下半截优美的是生活情趣。

38

婚姻生活使夫妇双方都朝对方妥协,包括生活习惯,语言方式,价值观念,人际关系……婚姻生活是夫妇两人产下的第一个孩子:既像父亲,又像母亲。

不过,好的孩子总是集中了父母双方的优点,使自己长得比父母双方都漂亮得多。失败的婚姻生活却集中夫妇双方的缺点,使他们任何一人都觉得,要是自己独立生活的话比这好得多。

好的孩子是最小公倍数,再小也是夫妇优点相乘的积。坏的婚姻生活是最大公约数,它再大也不过是被夫妇缺点除剩下的商。

39

已经结婚的人能否再爱另外一个异性,或者与那人发生性关系?……任何夫妇都面临的问题是:如果对方发生婚外性关系,自己该怎么办?

这时候,越是严肃的思考与苦恼,就越发没有尽头,结局却只有三种:1. 分手;2. 原谅;3. 自己也发生婚外性关系,以保持公平。

从理性逻辑看,这问题最没有原则性,因为几种结局都可能是合理的。但从情感价值衡量,它却是爱情生活中最残酷最原则的问题之一。理智并不能审判情感,情感问题只能凭直觉去解决,这就十分简单了:如果你对他的爱大于憎,就原谅他;如果你对他的憎大于爱,就分手。如果你分不清爱与憎孰大孰小,就冷却一阵再说。其实前两种结局都不错,最坏的只是第三种。它首先取消了问题再回答问题,它暗中取消了婚姻再冒充婚姻。

40

婚姻持续得越久,就越不容易破裂。俩人是否还相爱已并不重要,重要的是俩人已经习惯于这种生活。这时候,即使是厌恶、争吵、烦恼,也能成为生活惯性而把他们牢牢地牵在一起。如果摆脱这种惯性,反而使他们丧失掉生活。

只要习惯了,没有什么不可以忍受。而对人来讲,又没有什么不可以习惯的。

友人

1

只有深深洞察了你的弱点的人，才可能成为你的忠实朋友。友情的深浅，不仅在于那位朋友对你的才能钦佩到什么程度，更在于他对你的弱点容忍到什么程度。

2

对于卓越人物来讲，同伴往往不能深刻地理解他，因而并不成为他的知心朋友。但他却能够从卓越的敌手那里得到一种密友般的心心相知。所以，他对自己的同伴经常表现出居高临下的亲密，而对那敌手却怀有遥远的敬意。他对同伴们滔滔不绝的赞颂受之如常，却把来自敌手的赞扬引为骄傲。

3

比你太强的人，成不了你的朋友。比你太弱的人，你又不屑于和他做朋友。只有与你的质量相仿佛的人，最容易成为你的朋友。因此，谁是你的朋友，谁就是你的生命尺度。一旦朋友不幸去世，你会觉得自己的一部分生命也随之离去。

高踞于世界顶峰的人，往往不会有知心朋友。沦落到命运深渊的人，也没人愿意和他做朋友。前者抛弃了世人走向孤独，后者被世人所抛弃陷入孤单。

人总是一天天由弱变强、由低微变得高大，因而他也总在不断地疏远了一些旧朋友，结识一些新朋友。随着他在事业上的不断升高，他的朋友也不断地被淘汰更新。

如果在漫长人生里，身边始终是那几张面孔，从来不曾变换过朋友。这恐怕并不值得自豪反而有些可悲，它意味着你的人生始终锁定在一个地方。

4

真正的朋友并不常相厮守，浓郁的友情看上去反而十分清淡。即使相隔多年未曾谋面，一朝相会两人的心灵便立刻对接上，无需任何寒暄与过渡，双方就能融为一体。友情的高低往往和距离成正比——时间与空间的双重距离。纠缠在你身边并且需要小心呵护的友情，往往十分脆弱。最珍贵的友情又总是像北极星那样，永恒而又遥远。

5

一个强者不会有太多的朋友。在日常，他习惯于依靠自己而并不信任他人；在危难时，他宁肯自尊地毁灭也不愿向旁人呼救；在志得意满时，他那锋利的个性常常伤害距他太近的人……强者天性中有一股强烈的排他性，使周围人既被他吸引又被他驱开。强者的朋友只能是耸立于天边的另一个强者。他们都不愿意相互走近，只要彼此远远地望一眼，双方就能汲取到了对方的力量。

6

朋友越多，你也得越多地为朋友忙碌，也就是将自己生命细细地剁碎给朋友们分享。而忙碌的结果却是朋友越忙越多，你的朋友总是你日复一日忙碌出来的，不愿忙碌的人，连旧日的朋友也会逐渐失散。不愿将自己剁碎给朋友的人，保持了自身的完整，也陷入无援的孤独。完整本身就意味着孤独。

所谓为朋友忙碌，其实是在为自己忙碌。因为他每次忙碌都包含着一种确信或者一个期待：那位朋友以后会回报自己。在他看来友情是一种储蓄。储蓄着友情的人不但渴望它保值，更渴望它增值。即使他不把储蓄着的友情提取出来使用，也如同拥有一笔招之即来的巨额人生资源，时常按捺不住地在人前炫耀。更有趣的是，适当的炫耀还能够使那储蓄显得更多。

所谓为朋友忙碌，就是将自己分散开储存在朋友那里，把每一个朋友都变成部分的自己，朋友越多他才越发感到强大，没有朋友他也就丧失了自己。

这样的人，总以为自己拥有着别人，其实是被别人所拥有。人生就在这种相互牵扯中彼此拉平了。

7

为了避开尘世与俗人，我们常常把遥远历史上的某个杰出人物视做自己的知心朋友，默默地与他交流，并且为具有相似的痛苦、相似的创作、相似的命运等等而感到幸福，几乎忘却：1. 我们将他列做知心朋友并没有经过他同意；2. 我们被一个不存在的朋友举高了。

8

亲人是命运安排的，我们无法选择。朋友却是我们自己选择的，然后携手进入命运；

由于血缘关系我们才有了亲人，因此亲人的起点在于生物性。朋友是由于精神方面的原因才成为朋友，朋友的起点是相互欣赏；

我们的亲人是几百年前就必然地决定了，谁也无法更改，我们甚至可以根据那种必然性推算出几百年后子孙的亲人，他们都是纵向延伸的被动生命。我们的朋友却是在今生的一个瞬间相遇的，是偶然的，每个朋友都是一个横向而来的惊喜，是你与朋友互动的结果。亲人与朋友纵横交错，展开我们人生幅度；

我们可以憎恨一个亲人，但无法取消这个亲人，再令你憎恨的亲人也仍然是亲人。而且亲人之间一旦产生仇恨，往往也和血缘那样固执与久远。朋友则来去自由，我们不可能恨一个朋友，因为在仇恨到来时他已经不是朋友了，你只能因为他曾经是朋友而更加恨他。

9

告诉我：谁是你的朋友，我就知道你是什么样的人，这往往比你自己说你是什么样的人更可靠。

告诉我：我所信任的朋友对那事件有什么看法，通常那也就是我所信任的看法。

告诉我：你最钦佩那朋友什么优点，我会明白你的缺点是什么。

告诉我：你讨厌那朋友什么地方，我会知道他实际上是不是你的朋友。

10

两个素昧平生的人走到一起泛泛交谈，只要谈到一个他俩共同认识的朋友，立刻，两个素昧平生的人找到了一个共同信任之处，相互变得亲近了。朋友的朋友，几乎就是自己的朋友。

每个朋友都是你人生旅途的码头，由于你在那里停靠过，因此凡是在那码头停靠过的人都使你感到亲切。短短的一生当中，你不可能认识那么多人，但每增加了一个朋友，都使你潜在的朋友呈几何级增加了。

11

使自己强大起来的方式基本上有两种：一种是增加自身的知识、能力、金钱、权力等等；另一种是增加自己的朋友，特别是增加那些有知识、能力、金钱及权力的朋友。

前者通过自身力量的增长导致自己强大，后者通过借用周围人的力量使自己强大。一般地讲，强者更加注重前一种，弱者更加喜欢后一种，而智者两种方式都善长。

12

被朋友所伤害，往往格外的痛。因为自己受伤害的地方总是最娇嫩的地方，伤害自己的人又是最不应该的人，自己对这伤害又完全没有防备……被朋友伤害所引起精神的痛楚远多于现实的打击，其中又有相当大部分被受伤的自尊心夸张了。

13

“人生得一知己足矣。”这种对朋友数量的最低要求，恰恰是对朋友质量的最高期待。

14

上级与下级之间，领导与被领导之间，很难成为有深度的朋友。他们的关系被地位制约住了，而朋友不仅是平等之交更是自由之交。即使上下两者都渴望成为知心朋友，则必须冒这样的风险：不但没成为朋友反而连上下关系都破坏了。

因此我们常见到：一个领导可以与距自己很远的下层某人成为知己，而与身旁的人只能成为同事；一个朋友会为另一个朋友升任领导了而欣喜，而升任领导的人却为如何与旧日的朋友相处而苦恼。

15

每人都有些实用性的朋友，比如卖票的朋友，管车的朋友，行医的朋友，玩牌的朋友……当我们需要买票、用车、看病、玩牌时就去找他们。对于这些朋友，人们在生活的某些方面可以亲如手足，而在精神领域则可以与之漠不相关。

很少人拥有心灵上的朋友，可以把对同事不能说、对妻子不能说、对亲人不能说的话向他一吐为快，甚至在诉说之前就已经获得他的理解，在要求之前就已经获得他的帮助。

低层次的朋友满足我们生存需要，高层次的朋友满足我们精神需要。接受前者的帮助早晚需要报答他，因此是有偿的。接受后者的帮助则无需回报，因此是无价的。

16

很会结交朋友的人，看重的往往是自己这种能力和技巧而不是朋友，因而也很容易丧失朋友，不过他对此也并不在乎。不会结交朋友的人，却常常把朋友看得高于自己，因而他朋友不多友情却相当深厚，他即使被朋友抛弃也不愿抛弃朋友。

17

这人与那人之间时常会相差万里、陌如路人，这人与那人之间甚至会冰炭相斥、视若仇敌，但他们两人竟然同时成为你的朋友了，则并不说明你多么宽容大度，反而说明他们任何一人都没有把你当成知心朋友。

18

朋友之间的第一要素是理解，然而在现实生活中我们经常看到，两人没来得及理解对方就已经迫不及待地成为朋友了。这种友情越深误会也就越深，误会积累到一定程度，友情将反过来伤害双方，甚至受伤之后他们还不知道为什么受伤。糊涂的友情，比清晰的仇恨更可怕。

朋友之间的第二要素是平等。即使两人地位悬殊，精神方面却一定得平起平坐。这个朋友再强大也不能俯视那个朋友，那个朋友再渺小也不应该崇拜这个朋友。然而在现实生活中，大多数人选择朋友首先是和自己的社会地位相仿，精神地位却常常忽略不计。因此当某位朋友的社会地位一落千丈时，他不得不仰望着旧日的友人，而旧日友人也怜悯地俯视着他。

19

与朋友相交，最困难的就是保持一定距离。在这个距离上，既不至于冷淡了朋友，也不至于损失了自己的独立。因而，与朋友相交是心灵的艺术。

距离恰当了，友谊反而会长久。

20

那些自称拥有许多朋友的人，其实只是认识许多熟人。熟人与熟人自诩为朋友时，往往显得比真正的朋友还要夸张，所以他们相互之间喜欢称兄道弟。

仇恨与恐惧

1

仇恨不仅是非常有力度的情感，而且这种情感如同一坛老酒，存放时间越长就越有力度。

仇恨不仅能够促使人干出骇人的事情，也能促使人做出惊人的创造。

不过，当他犯下骇人罪行时，人们果断地归罪于他内心的仇恨。而当他做出惊人的创造时，人们却容易忽略他那暗藏的仇恨，反而归功于他那火热的激情。

2

肤浅的恨导致复仇，深刻的恨导致宽容。

肤浅的恨通常只恨某个具体的人，或者某件具体的事，深刻的恨却恨着某个庞大的道德、主义、体系。

肤浅的恨是一种吵吵嚷嚷的恨，需要自己给自己壮胆。深刻的恨是一种诗化的恨，拥有它的人默默地享受着它。

怀有肤浅恨的人容易使旁人生惧，因为看上去他显得那样凶狠。怀有深刻恨的人却时常引起旁人的尊敬，因为看上去他显得那样智慧。

肤浅的恨，使人越恨就越坠落。深刻的恨，使人越恨就越崇高。

3

人们习惯于公开表露自己的爱心，却小心翼翼地掖藏着自己的恨意。仿佛无论何种爱都是美丽的，而无论何种恨都是丑陋的，其实错误的爱比许多恨更可怕。

4

人们所憎恨的事物，不仅由于它丑恶，也由于它比人们强大。

假如让我们憎恨的事物渺小到了可以信手抹灭的程度，那么我们在憎恨之前就会将它抹灭了，那么也就不会有什么憎恨了。

所以，恨可以总结为：对那种既丑恶又比我们强大的事物的反抗。

所以，一旦发生了恨也就证明：你比你所恨的事物弱小，你的恨通常也包括着对自己弱小地位的恼恨，而且你越是弱小就越是恨那丑恶事物的强大。

5

真正的仇恨是无法化解的，尽管仇恨的双方可以平静相处。

6

一旦发生了仇恨，我们总是千方百计使自己显得无比正义，同时把引发我们仇恨的事物描述的万恶不赦,这样我们才能够理直气壮地去仇恨。如果，一旦我们的仇恨站不住脚，那我们自己也就无处立足。从来没有脱离了正义的仇恨，最起码它也要标榜为正义。

可笑的是：荒谬的仇恨最爱用正义包装起来，这才能够公然行世：

可怕得是：就连正当的仇恨也经常把正义伸张得过了头，以为正义就是复仇。

7

你爱什么，证明你就是什么。爱是你伪装起来的自恋。

你恨什么,证明你恐惧什么。恨是一柄双刃剑,它使你受伤而使别人流血。

8

拥有一点恨意，常常能够激发出对人生更多的爱。

拥有一点恨意，将自己同那些可恨的东西区别开。

如同恶是历史发展的动力那样，恨是使人精神健康微妙的调和剂。恨也能使人变得更加善良。有时候，有没有恨与敢不敢恨，会不会恨与允许不允许我们恨，竟然比你恨什么更加重要。

即使我什么都不恨，但我不能放弃恨的权利。

9

不管你在冲锋陷阵时奔跑多快，都不会有你在逃命时奔跑的那么快。前者是责任与荣誉在召唤，后者是死亡与恐惧在驱赶。前者是人在跑，后者是动物在跑。

10

战胜恐惧的唯一办法，就是朝它迎面走去。

11

恐惧是生命的天然属性，因此人只要活着，就不可能彻底摆脱恐惧。关键在于：恐惧给人们带来了什么？对于强者来说，恐惧能够激发出力量，他越是感到恐惧，就越迸发出力量来抵抗这恐惧。而对于弱者来说，恐惧诱发畏怯，他越是感到恐惧，就越是畏葸不前躲避着那恐惧。

12

世上没有无所畏惧的人，包括伟人。

不同的是，凡人常常对那些不可理解的事物感到畏惧，也即是莫名的畏惧，他们因为不解而竞相夸张着它。伟人却对一些十分理解的事物感到畏惧，也即是深刻的绝望，他从容地走向它。

13

最令人恐惧的事物，往往不是现实世界存在的事物，而是我们想象出的事物。因此，想象力是我们产生恐惧的源泉。

矛盾在于：充满恐惧的人是一个懦弱无用的人，但拥有丰富想象力的人却常常是一个杰出的人。

14

最高级别的恐惧是充满敬意的恐惧——敬畏。

最低级别的恐惧是动物界的恐惧——逃奔。

最虚假的恐惧是夸张勇敢——无畏。

最彻底的恐惧是投进恐惧事物的怀抱以谋求安全——屈从。

15

你仇恨什么，也就意味着你恐惧什么，仇恨与恐惧往往是一个东西。但我们宁可承认恨它，也不愿意承认怕它。前者使我们误以为自己比它强大，后者使我们误以为自己比它渺小。

16

爱情中加进一点仇恨，竟然能使爱情与仇恨两者双双灿烂起来，就像又恨又爱的双方，往往最恨得开心爱得痛快。

爱情中加进一点恐惧，也能使爱情与恐惧都接近于不朽，就像男女双方又爱又怕，两人反而更加难以割舍。

17

有限的恐惧使人逃奔，无边的恐惧令人无法逃奔。艺术家面对无边的恐惧时，反而产生巨大的拯救行为：艺术创作。

18

经常使我们感到仇恨与恐惧的，不是遥远的威胁，而是每日每时缠绕在我们身边的世俗烦恼。那些琐琐碎碎永无止境的世俗烦恼，总使我们感到淡淡的恨意与难言的厌惧。为了摆脱掉它，有时真恨不得面临一个有巨大威胁的主题，供我们仇恨或恐惧，好让我们的生活激动起来。

19

常人因为在日常生活中看不到恐惧而感到喜悦，智者因为从日常生活中提炼出恐惧而感到喜悦，圣人没有恐惧也没有喜悦。

分享曹操

闲时瞎想：我们曾有过那么多朝代，哪个住着最舒服哪？可能是贞观，因为它太平。哪个住着最危险哪？可能是三国。因为它最乱。

但从审美角度看，最危险的事物往往最漂亮。最太平的时代往往暗藏祸乱。

最乱的三国，迸放出多少精彩故事奇妙性灵灿烂生死呵。感觉那时的人，个个都活在极限。感觉那时的麦子，棵棵锋利如刃。感觉那时的江河，流淌血红的岩浆。感觉那时的牡丹一碰就炸，感觉那时的美酒滴滴是鸩，感觉那时的晚风吹来饱满的诡计，感觉那时如想要做个好人，必须比恶者更熟知大恶大毒……那个时代不好过啊，但是好看！所以我们一直把它象虎那样关在笼子里（舞台影视小说画卷，都是美丽的笼子），这样才方便我们喜歌悲泣，惊梦怀春。方便我们激情大发，做一回世外散仙。

审美是安全的，但人们一般不愿意做被他审美的那个人，并且真的活那时候。所以，我们总爱把意境搁在遥远，把身子放在尽可能舒服的地方。

在三国所有生灵中（包括山川草木鸟兽虫鱼），我最喜欢曹操。你说他是个人吧，好像既委屈了他又亵渎了人，他老是涨破人的规范。意境上，他象颗钻石，有 48 个剖面，面面发光，聚焦着最杰出的恶、善、智、毒、狠、义……以及我想象力不及的形容。只要稍微转动一下，你就看见另一个曹操。一个生灵，能把这么多水火不容的品质聚集一体，而且还活得云朵般从容，星辰般耀眼，火焰般烫手。这是什么生灵？留待后世考究。

曹操既可取天下为已用，又可以弃天下为已用。天下者，牛耳。

曹操自个不做皇帝，却喜欢圈养皇帝和造就皇帝（刘协与曹丕）。皇帝者，须 yi。

曹操爱才如命。阵前遥指天敌孙权感叹“生子当如孙仲谋”，须知当时亲生儿子就在旁边呀。曹操对待关羽、赵云之喜爱就更不用说了。我觉得那是心灵至爱，超出敌我是非正误善恶。一种爱如果超出世俗那么远，意味着至纯。可能与莺莺与张生一般，日后也要化蝶吧，双翅各有一副五花脸。

曹操好酒，因为酒是生命的倒影。对酒当歌，人生几何，尤其是那“几何”二字，让我既爱又痛。

曹操好色，但除原配之外，他最爱的都是别人老婆。因为别人的老婆往往最有女人滋味。基本上每下一地，便收对头一妾。临终前，最后一札写与那十几个女人，让她们选择自由出嫁或者贵养天年。根本不曾有贞操殡葬之类念头。

曹操好诡计，但由于他高出身边人太多因而完全不须做态，只亲切说“借你脑袋使使。你放心，自今日起，你儿子就是我儿子，你父母就是我父母。他们跟着我过，比跟你过更好哇”。残酷的意思说得这般动人，你还好意思活么？而且人家说得在理。

在曹操身边做人，真是善恶两难忠奸两难贤愚两难……这么难，他身边还偏偏聚集了天下最多的人才，鸡鸣狗盗之徒能成长为开国元勋。

我感觉，关羽张飞等辈，用兵器杀人。刘备等辈，用仁义杀人。曹操哪，目光杀人。

对待帝王一类，真的不好做道德评判。因为他们总是山峰那样冲天而起，刺破几乎所有的世俗规则，并且拖拽着身下大片土地与子民，一起去！

无奈中，我们只能审美的看帝王，而且似看非看，看久了容易迷失。它们象黑洞，周边很亮很迷人，引你步步靠拢。可你只要伸出一颗手指头，就把整个命拽进去了。

于是留给我等俗人一个莫大苦恼：帝王们究竟创造的多些还是毁灭的多些？凡大疑问，最终往往都是无解之问。而与杰出创造相匹配的，最好是杰出的欣赏。那可能是属于你的财富。

我们都渴望太平盛世，但历史屡屡暗示，过于太平的日子里，创造力都在打瞌睡。真正决定性创造往往是逼出来的，它们老是生长在危机甚至杀机四伏时。而逼人最甚处，就是乱世。

一个万载不灭的隐痛再度浮现：如何才能既过上太平日子，又激发真正杰出创造力呢？好像到目前为止，人们只能探索，永无定论。

三国·荆州

1. 日外 荆州城

一切都从城墙底部一块古老斑驳的基石开始。

那块巨大的基石闪射着古铜般暗辉，并且咬合另外一块。巨石们彼此咬合，宛如人的骨骼，渐渐展现粗粝城墙暗藏的细节：暗红的石纹，狰狞的裂缝，倔强生长的草根与青苔，若干只古铜箭簇和断裂的矛尖至今深扎在砖石上，不肯掉落，古代血战留下的无数痕迹与各种创伤布满城墙各处……

镜头伴随优美的主题乐摇过，不经意间出现了一只白森森的人手骨掌，那几根干枯骨节仍然死死抠在城砖缝隙里。显然，这位战士在快要攀登到城头时突然被守城者砍断了手臂！

城墙上的各种细节既朴素又震撼，暗示这座沉默城关深不可测的历史。

墙身上渐浮现犹如顽石魂魄般的字迹：

赤壁大战后，魏蜀吴三国已成鼎立。刀剑暂时入鞘，杀机引而不发。三国诸侯都明白，存亡决于明日，胜机在于取势。而大势之消长，要害在荆州。此刻，千里荆州玉碎般散裂在三国最前线。

一阵江风吹来，抠在石缝间的手骨微微晃动几下，终于从城墙上掉落下来。

手骨在掉落过程中与高高的墙石不断碰撞，发出轻微的磕碰之声，后来骨节们完全碎裂了，化为云烟般飘扬的骨灰。

2. 日外 锁城

轰的巨响，两扇顶天立地的城门合拢了。

一声高喝激越云天：锁城！……

喝令传遍各城关。于是东关的城门轰隆隆关闭，甲士们合力推上巨大的门闩，之后再加以铜支撑等抗击之物……

西关的城门轰隆隆关闭，高大的门道穹窿上方出现了几处暗口，滚石长弩隐然可见，跃跃待发……

瓮城的城门轰隆隆关闭，一排排箭阵出现在城垛上，瞄定瓮城中间那片死地。继之城关各处的护墙、箭道、拐角、射口都隐现各种铮铮利器……

整座城化为一头静伏的猛兽，浓缩的堡垒。

最后，驭江门轰隆隆关闭了。这座雄伟的水中城门切开了两道高高浪花，轰的一声巨响，合拢！门板上，那两只巨大兽眼咔地合闭，水城门锁死了。但是它击起的水波却波及整条水道，一直波及到远处长江。

3. 日外　荆州

天地间响起沉闷的金鼓之声，继之出现一座气势浩荡的荆州城，出现本片职员表……

镜头在城的各部位穿越，既掠过其表面雄伟又进入城内脏的细微：城关、箭道、关卡、石与石的连接、兵器库甚至深埋的地基……这座城既无边无际又深遂无极。

城关上战旗飘扬，刀枪林立。伟大城关耸立于天地之间，傲视着万古长江。它应该是天下城池中的泰山，应该是观众从未见过的最壮丽的城关。

4. 日外 城关

隆隆金鼓声中迸出一阵震喝：上将军巡关！上将军巡关！

长喝声中，一骑沿着城街驰来，越来越近。沿途将士们立刻柱枪横刀，发出铿锵的金属之声，一齐注视策骑将军。

骏骑上的关羽沿着城道一路奔驰，上升，渐渐驰上高耸的城关。一路上，铁蹄在砖石上踏过，击打出坚实之声并迸出隐隐火星。

不料嘎地一声，一块石板竟被马蹄踏出一道裂纹，碎了。

奔驰中的关羽目不斜视，他随手拔出长剑，再展臂一挥，那剑尖准确挑起了一只掩藏在城垛里的小葫芦。

只见那只小葫芦被关羽剑锋挑飞，高高的飞往空中，之后在空中开裂，再掉下城台，落地流出浓浓酒浆。

城道上，关羽驻马怒声：哼！

只此一哼，众将惊心！

关羽沉声：谁呵？

一个偏将揖，满面负罪状：末将饮酒了。

关羽怜惜的望着他，淡声：将府存有十数坛美酒，你去饱饮一场。饮罢，斩首。

那偏将惊骇！片刻后挺胸昂首正视关羽，大吼一声：遵命！

所有将士敬佩地望着这位砍头将军。二甲士将其押下。

关羽剑指城道正喝：城道二十步处，砖石下面有空洞。即刻填换！

众将高声：遵命！

关羽驰上高高的城关，骏骑长嘶。

关羽在城关上策骑缓缓前进，踞马眺望着浩荡长江。此刻，关羽像城关上耸起的一座山峰。

前将军关平快步近前，表情不安，揖：东吴使节快到了，像是来为父亲拜寿。

关羽淡声：关平，你好像有点紧张。

关平示意长江：儿从没见过那么大的战船！父亲请看，它虽然逆水上行，竟能驰得那么快！

关羽诧异，立刻从马镫上站立起来，注目江面，顿时变色，惊声：喔！……

5. 日外 长江

江面上，一艘巨大的战船疾速驰来，巨大得像是一座水上城关！数十支长桨从船腹中伸出，奋力拨动江水。大纛上飘扬一个“周”字。

战船破浪疾行，船首坐着英俊的东吴大都督周瑜。身后伫立一位骠悍而年轻的将军吕蒙。船舱内排立一片执盾按刀的护卫。在疾驰的船中，他们双足树根般扎在船底，身体纹丝不动。

周瑜注视着越来越近的城关，沉声：吕蒙，如果有一天，我们不得不攻打荆州，你估计需要多少兵力？

吕蒙轻蔑地：禀大都督，三万将士足矣！

周瑜微笑：再估计一下，攻城需要多少时日，会有多少将士阵亡？

吕蒙犹豫了：那要看关羽的抵抗程度了。我想最多一个月吧，我们也许会战死三五千个弟兄。

周瑜嗔：荆州建城八百多年了，从来没有被人攻破过！破城，也是由于城内守军开城献降。吕蒙啊，我觉得你和你的三万将士全部战死也不可能攻克它，何况坐镇荆州的是关羽关平父子。

吕蒙窘，继之怒声：既然如此，大都督为何还来探关？

周瑜正声：因为我们必须夺回荆州！荆州八郡是天下之腹，西乘巴蜀，东下吴地，南控百越，扼江汉而望中原。首郡荆州城更是腹中龙关，你看它高高的卡在东吴头上！吕蒙哇，并非取天下才必取荆州，哪怕东吴不取天下，仅图个守土安国，自保太平，也要夺回荆州城哇。

吕蒙怒声：主公当初昏了头，竟然把荆州城借给他刘备！如今，拿几万将士性命都取不回！

周瑜冷视一眼，吕蒙噤声。

周瑜注视城关，低叹：荆州不光是座城池，更是国之命脉。

船舱中，伫立的甲士们表情悲壮，滚烫目光全部逼视雄壮的荆州城。

前方江岸出现一处宽大水道，直通向城门。

周瑜立刻双目生光，洞察秋毫之状！

吕蒙高声下令：右舵，进水道。

战船右侧的长桨停止划动，整齐的竖立于空中。左侧的长桨则奋力拨水。巨船缓缓转向，驰入水道，驰向一座巨大的水中城门。

6. 日外 城关

城关上，所有壮士都注视江面，都现出惊讶的表情。

关平失声：那是周瑜旗号啊！父亲，东吴大都督亲自来给您拜寿了。

关羽一叹：此人恨透了我，心里早就把我碎尸万段了，却亲自来给我拜寿。了不起！关平，开驭江门，迎客。

关平：遵命。

关平旁视一将，那将军立刻一揖，无言而去。关平再望江面，道：父亲，那战船太过高大，恐怕进不了我们的驭江门。儿驾船迎驾吧？

关羽沉吟：周瑜借拜寿之机耀武扬威，故意驰来如此大的战船！不管他，且看他如何进城。

7. 日外 水道

巨大的战船驰入窄窄的水道。水道两边，矗立着一座座、一层层可怖的防御设施。无数秘隙暗洞中，随时能射出利箭飞刀。高处则安置飞弩滚石等物，只要机关一动，立刻能击毁水道中的任何战船……

吕蒙紧张观看着。

周瑜根本不望两岸那些杀人利器 -- 仿佛都在他心里。低声赞许：好哇，好哇！关云长越来越厉害了。如今他不光是刀劈天下，竟然也学得心细如发了。

水下镜头——巨大的船底几乎贴着江底行进。渐渐的，江底也出现了一层层防御利器：狰狞的巨石翘立、尖锐的金属阻挡……

突然间，战船剧震，显然被水下利器戳住了船底。战船再也不能前进分毫。

前面不远处，耸立着一座威严而巨大的城门。它半在水中半在水上，坚实的门身上攀附着一头班驳的怪兽面首。只见它张扬利爪，大开血口，却紧闭着锅盖大的两只眼珠。

周瑜微怔，吕蒙呆定。现在他们卡在水道中，进退不得，陷入窘迫。

周瑜低声：如果战时，这就是我们的绝境。两边会万弩齐发，我们绝无生路。

吕蒙等恨恨的望水道两旁边密布的攻杀机关……

城关上空传来长喝：小将关平，拜见周大都督！

周瑜仰首望去。只见城上，关平正满面笑容，恭敬地向他抱拳。

周瑜淡然一笑，微微颔首答礼。低声：领了！

关平欢笑：请大都督勿惊。水道两边，都是为曹军设下的防备。末将即下城迎驾，委屈大都督换乘荆州小船进城。

这时，周瑜却突然变色，对吕蒙冷声道：听见了吧？我们驾巨船前来拜寿，却不得不忍屈吞声的上他们小船，这才进得了荆州。我这是东吴大都督呢？还是人家的战俘？……

吕蒙勃然变色，朝船舱中的守卫怒喝：下水，送大都督进城。

舱中，数十位执盾甲士闻声而动，他们陆续跃上甲板，继之两个一组、两个一组的跳入江水中。

周瑜凝神观看。只见头两个甲士入水后，立刻沉没消失，久久不再浮现。

周瑜表情痛苦，喃喃地：水深没顶啊，不下于七八尺。

突然，深水中冒出两串气泡，继之现出两只盾牌，咣地合拢在一起，恰巧与水面平齐！原来，这两个甲士在水底屏住呼吸，高举双臂，用战盾为周瑜搭起第一组桥板！

吕蒙厉声令：快！

第二组甲士蹦出甲板，踏上第一组盾牌跃入水中，继之又在水中屏住呼吸，高举双臂，水面再次浮现两只战盾，再次咣地合拢，为周瑜搭出第二组桥板。第三组卫士踏过前两组盾牌跃下水，在水中高举战盾，咣地合拢，组成第三组桥板……后面甲士纷纷如此。眨眼之间，一组组战盾彼此相接，搭起一条直通向城门的战盾之桥，所有桥柱都是甲士手臂，桥墩则是他们的身体，盾牌成为一道金属桥面。

水中，甲士们拼命屏住呼吸，高举战盾，挺立不动！但是几人脚底已经飘起血丝。

周瑜起身，轻轻一跃，踏着长长的盾桥潇洒走来……

8. 日外 城关

城关上，关羽惊讶甚至感动了，失声长叫：好男儿，好，好！

关平感叹：东吴甲士，远胜于曹军啊！

关羽沉声：你想想，部下能如此，将帅当如何？

关平明白了：周瑜大都督，智勇非凡。

关羽叹：平儿啊，周瑜是我们的天敌呵，最可怕的天敌！

9. 日外 水中城门

前面，巨大的水中城门近在咫尺了。攀附在门板上巨大的狰狞兽首嘎地一动，两只紧闭大眼忽然睁开了——原来它是门锁机关。继之，两扇城门轰轰敞开，又扯起两道高高的水花，荆州向周瑜开城了。

周瑜踏着盾桥疾行，暗中抬眼旁顾，他又从高高的城洞穹窿顶部看见了几处攻杀利器……

尽头处，周瑜飞身一跃，轻妙登岸了。

岸阶，关羽早就那里折腰相迎，高声：周公瑾履大江如平地，视生死如儿戏。着着步步，令人刮目，关羽敬佩！

周瑜长揖：晚生周瑜，拜贺上将军大寿！

关羽高声：请入城！

关羽笑呵呵近前挽住周瑜，亲切的牵手并行。

城道两旁，战甲林立，威武雄壮。两人沿着城道渐渐步上高高的城关。

10. 日外 城道

城道上，关羽笑道：公瑾啊，万没想到东吴大都督会屈尊为使，亲自来给一个老朽拜寿！唉，当我在城上看见你那艘壮阔座驾时，吓一跳，以为曹军攻城来了。

周瑜微笑：在下怕云长多心，原本不该来荆州，但要不看你一眼，又不放心啊。

关羽长笑：有劳公瑾惦记。嘀嘀，如此惦记！

周瑜：曹操虽然赤壁大败了，但他一统天下的野心不灭。

关羽颔首：说得是！

周瑜：此人既富雄才大略，更能知耻而后勇。现在他表面韬晦，暗中却在厉兵秣马，心中时刻无忘这座荆州城。

关羽颔首：嗯……这倒很像周公瑾！

突然，响起一阵剧烈的的刀剑出鞘之声，伴随声声怒喝：退下！退下！

周瑜关羽不禁朝瓮城那里望去。

11. 日外　瓮城

瓮城内，周瑜的十八位水淋淋的甲士护卫，正与关羽的十八位甲士护卫怒目相视。双方都已拔剑出鞘，跃跃待斗……

关军护卫首领厉声：退下！

周瑜护卫首领厉声：荆州是我老家，你们给老子滚开！

12. 日外　城道

城道上，关羽沉声：怎么？

一偏将奔来禀报：禀上将军。周大都督的护卫要进内城，去城隍庙拜香。他说荆州原本就是他老家，今天又是他老娘百年忌日。

关羽沉吟：哦。荆州是他老家，我的寿辰又是他忌日……

周瑜微笑：上将军啊，晚生的这些护卫犟得很。他们确有几位家在荆州。

关羽微笑：大都督啊，老生的那些护卫也犟得很，而且最讨厌吴军入城探关。

13. 日外　瓮城

瓮城内，周瑜和关羽剑对剑，刀抵刀，怒目相视，杀机勃发。

那位偏将奔至墙沿，朝他们高叫：周大都督有令，准你们进城拜香。

周瑜的护卫们大吼一声：遵命！

那偏将再叫：上将军有令，不准吴军入城探关。

关羽的护卫大吼一声：遵命！

双方护卫彼此怒视，死一般寂静片刻，突然刀光闪动，双方拼死格杀起来！……

14. 日外　城道

城道上，周瑜且走且说：百里外的襄阳，曹仁拥兵三万。淮北汝南，张辽徐晃都在苦练精兵。一年之内，可得新军二十万，曹操早晚会兵临城下。云长如果守不往城池，务请知会我一声。

关羽淡声：关平。

关平近前：末将在。

关羽：曹军如来攻城，我军怎办？

关平正声：第一策，半道相击。末将不等他入境，就率精兵从麦城出击，夜袭他辎重所在。

周瑜惊声：麦城在曹仁手里呀……

关羽不屑地一笑。

周瑜醒悟，沉吟：哦，早被你们攻取了。如此看来，只怕章陵、南阳等城池，你也一并收入囊中了。荆州八郡，你们已经独占其六……

两人说话间，周瑜的目光始终不停止地观看远处城中兵营。

关羽继续沉声问关平：依曹操性情，失了辎重仍不会退军，反而尽遣精锐冒死攻城！曹操之所以是曹操，就在他常常出人意料，尤擅于绝境之中反败为胜。

关平望着周瑜道：是！第二策，我军一击之后，立刻返城，只守不攻，荆州各处早就固若金汤。父亲盼望曹操别只带二十万大军攻城，那可是对这座雄关的污辱！父亲盼望曹操像赤壁交兵那样倾国而出，再率八十万大军前来，与父亲会猎与荆州。

周瑜赞叹：壮哉！妙哉！曹操主力尽聚城下，西川刘备就可以乘势进军，收取千里蜀地了。

关羽微笑不言。

关平继续：第三策，当曹军血漫城关、大败而归时，我军剩胜出击，先取襄樊，再挥师北上，直逼曹操的老巢许昌！

周瑜微笑：听起来像一首诗……

关平继续：第四策，陆地攻防之外，须防曹军水路偷袭！父亲早沿江布防。江岸每隔十里筑下哨楼，预伏战船于险要。曹操水军胆敢来袭，都在我军刀箭之下。

周瑜一惊，不禁颔首沉声：曹军水师不值一哂。上将军的江防，好像是防我江东水师——但愿是我多心！

关羽仰面长笑：助我者，皆是我友。犯我者，皆为我敌！哈哈哈，公瑾请上城！好生看看你和曹操都梦寐以求的雄关吧。

周瑜与关羽登上城关，居高眺望。登时天高地阔，万千山水势如龙虎般奔至眼前。而城关各处的连绵不绝的坚固守备情况也一一落入周瑜眼中，周瑜看得如痴如醉！

15. 日外　瓮城

瓮城地面上已倒着十几具尸体。关羽和周瑜的甲士护卫各剩九位，仍在殊死拼杀……

但是，战阵已接近瓮城城门洞。周瑜的甲士略占上风。

瓮城上面，关军紧张地观看，谁都不敢出手相援。

16. 日外　城关

这时，周瑜与关羽步上了城关，顿时天高地阔。

关羽慨叹：公瑾啊，你我都曾饱经沙场，你自己看，如此雄关能被天下任何人攻破吗？

周瑜久久地、动情地望着城关各处。观察城中深处的军阵。城中隐见甲胄、刀枪，其兵威烫眼燎人！周瑜面露恨色。

终于，周瑜长叹一声：雄关无可惧。可惧者……（周瑜突然逼视关羽，大喝一声）城上有个关云长！

关羽注视周瑜，竟为此话感动了。片刻后傲然长笑：嗬嗬嗬……肝胆相照，肺腑之言！公瑾这一句话，就胜过万千寿礼啊。

17. 日外　内城门洞

血战中，周瑜的护卫已经杀入高大的城门洞。关羽的护卫且战且退。溅起血浆不时迸到门洞砖石上……这时，隐约可见砖石间有许多黑黝黝小孔。

瓮城上，关军将士已经看不见厮杀场面了，他们只听见刀剑相击之声一阵阵从脚下传来。

18. 日外　城关

瓮城城关上，那偏将缓缓踱步，犹豫着。突然，他狠狠踩下安放脚边的机关。

19. 日外　内城门洞

内城门洞，砖石间许多黑黝黝的小孔，突然射出无数利箭。

箭如雨下！正在拼杀的护卫们，立刻全部被利箭射翻，倒地亡命。既有周瑜护卫也有关羽护卫。

整个瓮城再度沉静。

突然间，一个血淋淋的甲士爬出了城门洞。太阳照在他身上，他是周瑜的护卫首领！

这个护卫拖着血迹朝城内爬去，不远处就是那座祖庙。

城中，关军将士注视着他，一动不动。

周瑜护卫爬呀爬，一直爬到庙前石阶上，之后在那儿死去了。

城下城中，关军将士静静看着他。

20. 日内　将军阁

城关上一座高耸的亭阁。阁内一案，案上除酒盏之外别无他物。关羽周瑜相对而坐，吕蒙关平各自按剑，伫立其后。

关羽与周瑜双双举盏，一饮而尽，对视。关平近前，亲自执壶为二人斟满。

关羽沉声：请公瑾直言，为何到我荆州来？

周瑜沉声：拜寿。

关羽不屑一笑，根本不信。

周瑜起身，执盏过首，恭敬向关羽高声：晚生周瑜一拜。祝上将军刀劈千军，威镇天下。福如东海，寿比南山！

周瑜一饮而尽。关羽笑着小饮一口，矜持道：领了。

周瑜再次举盏过首，恭敬高声：晚生周瑜再拜。愿上将军北拒曹操，东和孙权。如此，方能保荆州太平。

关羽一震，愕然：北拒曹操，东和孙权……这话你怎么知道的？

周瑜微笑：看来我没有料错！孔明临走时，果然给你留下了守荆州的八字方略。

关羽沉吟，终于一叹：孔明确实留下了这道方略。公瑾所料，字字无虚。唉，回头我告诉孔明，说你二人比恩爱夫妻更知心！

两人再次饮尽。周瑜第三次举盏过首，恭敬沉声：晚生周瑜三拜。请上将军把荆州城归还我东吴。即刻！

关羽一惊，冷冷地：这即刻二字……好生有趣。

周瑜沉声：此前，鲁肃三次索要，都被上将军以种种理由推拖。我主大度，一忍再忍，却又被你视为软弱可欺。为何？因为孔明料定了，东吴不会为了一座荆州城而坏了孙刘之盟，致使曹操得利。上将军啊，晚生有一言，极想斗胆禀告。

关羽：说。

周瑜大声：周瑜有好德之心，却无容奸之量！这次索要荆州，乃是最后一次！

周瑜执盏不动，逼视着关羽。

关羽拈须，冷冷地：否则？

周瑜正声：否则我们自取！宁肯天崩地裂血漫雄关，荆州也必须归于东吴！

关羽怒声：鼠辈！城上有关羽，你取得了荆州吗？

周瑜正声：江东有周瑜！只要一息尚存，必取！

关羽冷笑：如何取？

周瑜沉吟：不知道……禀上将军，现在我真的不知道如何才能攻得下这座荆州城。我只知道，终有一天，这座城关上会飘扬我东吴大旗，而这案上会放着一位英雄的头颅，江风吹动他三尺长须，此人头颅虽断，两眼圆睁，千古大错，悔之晚矣！而周瑜长拜于他灵前，洒泪祭酒，痛不可当！痛啊，痛！痛穿千古！

言未尽，周瑜独自昂首饮尽。之后，轻轻将那酒盏置于案上，仿佛那就是一尊头颅。

关羽奋起，怒声：周瑜听着，你我今日，便是永诀。待攻城那天，我再让你死于万弩之下！

周瑜微笑：云长啊，你我无论谁死了，都会大快人心。而最开心者，莫过于曹操啊。

关羽一怔，明白其中含意。但他颔首微笑：最开心的，为何不是我家主公呢？别忘了，大汉不姓曹也不姓孙，大汉姓刘！

言未了，关羽也一饮而尽，继之挥落掉周瑜的那只酒盏，把自己的酒盏重重置于案中。

关羽冷声：公瑾自重！

周瑜冷声：云长千秋！

两人各自压制着内心怒火，从容告别。

21. 日外 战船

江面上，巨大战船顺水而下，返回东吴。

甲板上躺着两位死去的甲士，正是最先跳入水中的第一组护卫。吕蒙解下死者头盔与铠甲，豁然现出紫色的脸庞和发青的胸膛。

周瑜走到舱边，默默注视。吕蒙沉声：他们在水中窒息太久，直到大都督登岸后方被弟兄们扯上来，已经无救了。

周瑜表情痛楚，恋恋地注视死去的护卫。问，其他护卫呢？

吕蒙恨声：与关羽护卫血战而亡，首领死在进香路上。

周瑜一阵穿心剧痛。突然，周瑜示意那死者的脚。

吕蒙一把扯下那人的战靴，立刻涌出一股血水。只见那人脚底已被刺出一个血肉模糊的窟窿。

周瑜叹息：水下不光有铜铁阻挡，还埋设了许多凶器。

吕蒙恨声：关羽好毒辣！

周瑜摇头叹息：此人表面傲慢，心中却别有一番谨慎。仅从那条水道就可看出，他已经对东吴水师了如指掌了，所以才会这样提防。关羽真乃天赐良将，五百年一出啊！这样的人，死了可惜，活着可恨，不死不活——可惧！

吕蒙：荆州水道，门洞，箭台，瓮城，处处明枪暗箭，防备十分森严。

周瑜沉吟：我们所看见的，只是关羽故意让我们看见的！我们没看见的杀机和险要，肯定更多呵。

吕蒙：末将登上城关后，初初一望城中，大小军营最少有十余处，守军不下于七八万。大都督，他们怎么没被孔明带往西川啊？刘备在西川急需用兵啊。

周瑜恨声：在孔明眼里，荆州之重，不下于西川。

吕蒙期待地：大都督，照你看，江东集全部精锐，攻得下荆州么？

周瑜沉默片刻，低声：攻不下。

吕蒙不信：真的攻不下？

周瑜沉声：真的攻不下。

吕蒙还是不信，大叫：我不信，凭大都督的智勇韬略，竟然攻不下一座城池？

周瑜沉声：凭我的智勇韬略，取荆州万难！我原以为，荆州城唯一的弱点就是关羽的傲慢，骄兵必败。但今天看来，是我错了……吕蒙，此话休叫主公知道。

吕蒙绝望了，喃喃地：可你当面正告关羽，必取！

周瑜痛声：是的，必取。不取荆州，东吴只能苟活于今日，永无明天！吕蒙，送两位弟兄上路吧。

舱壁上挂着一剑一箫。周瑜抽出那只乌箫步上甲板，盘膝坐到高高翘起的船首上，缓声吹起一支悲伤的古曲，为死者送行。

水手用宽绸蒙住死者的头颅，并在他们脖颈上系上一枚吴钱。继之，他们托起死者一齐注视吹箫的周瑜，静静等待着。

箫音如泣如诉，哀伤无限……突然，仿佛异峰突起，周瑜的洞箫发出一阵撕心裂肺、绝非寻常洞箫所能发出的音律。就在那惊颤的箫音中，甲士们将死者推入了长江。滚滚江水收纳了两位江东子弟。

江风狂烈，浪花激溅，巨大的战船疾速东归。

船首，周瑜含泪吹箫，其音韵又重归于徐缓与哀伤。江风包裹着他，船首则将他高高翘起。

船尾，吕蒙恨视天际。此刻，夕阳下的荆州雄关正在闪闪发光，甚至比他们来时更加壮丽！

船仓，原本站满甲士的地方，此刻空旷无人……

22. 日外 城关

城关上，伫立着关羽关平，二人注视着远去的东吴战船。

关羽低声：平儿，你觉得周瑜会来攻取荆州么？

关平自信地：绝对不敢！

关羽：为何？

关平：一者，孙权知天意，识大体，不会为了一座城池跟刘皇叔反目成仇，毕竟曹操才是孙刘双方最大的敌人。其二，我军早不是赤壁之前的弱旅了，我们的军力已比当初壮大了十倍！

关羽微笑：说得好。

受到鼓舞的关平兴奋而侃侃：嘿嘿，还有呵。父亲令他亲眼看见荆州之强固，将士之精良，而且一语道破他暗藏贼心！周瑜再是狂妄，也不敢以卵击石啊。父亲，儿觉得周瑜有句话说得不错——雄关无可惧，可惧者，城上有个关云长！嘿嘿……

关平的欢笑骇然而止，因为他看见了父亲的满面怒容。

关羽冷声：关平，你如果这般得意洋洋，早晚死在周瑜手里！

关平惊讶：父亲……

关羽沉声：你记着，周瑜肯定会来攻打荆州，孙权等辈根本拦不住他。周瑜一日不死，荆州一日不安！就算周瑜死了，阴魂也会来犯我荆州！

关平颤声：儿明白了。

关羽掉头愤然上马。骏马长嘶，与之同时再斥关平：继续加固城防，整军备战。

关平惊恐折腰：遵命！

关羽策骑驰下城关。沿途，众将士敬畏伫立。

关羽驰过城道，马蹄再次踏过先前那块开裂处。这时，可看见那里已经换上一块巨大的青石板。马蹄所击之下，城道处处坚实。

23. 晨外 吴宫花园

仲春花园，处处芬芳，枝头上绽放艳丽的花朵。

一颗晶莹的露珠沿着花枝流淌，只见它越淌越大，越积越重，细细的花枝终于挂不住它了。硕大露珠脱离枝头，落向地面……

然而，就在这露珠由空中下落时，半道上掠过一道剑光，一支长剑在空接住了它并它将它击碎。无数水的碎屑击溅开，竟将周围的花树打得一片颤抖！

林间树下，孙权正在舞剑。他剑术灵妙，劈、刺、斩、扫……或疾如闪电，或静如泰山，或奔如大江，或力贯千钧。

又一颗露珠从枝头落下，半空中再被孙权剑锋击碎，水沫儿再次把周围花树打出一片颤抖！

孙权继续舞剑，动作越来越快，气势越来越凶猛，他仿佛心胸郁积着无数愤怒，必欲杀尽万物方才甘心。

剑光一闪，一朵娇嫩的花卉飘然下落。再一闪，又一朵花卉无声无息飘离了枝头……片刻间，原先挂满花朵的树枝只剩下光溜溜的裸枝了。偏在这时，一颗硕大露珠顺着这细枝流淌，流淌，最后停留在枝头末端，颤抖着，欲落而未落。

露珠下，孙权长剑迅猛挥来，却突然在空中凝定，纹丝不动了！因为此时树下已经站立一人，而孙权的剑锋正贴着此人脖颈，只要再迟延半分，那人必定颈断血溅。

那人表情呆呆甚至木呐，道：主公瞧清楚了，剑下之人不是周瑜，是我鲁肃哇……

话音未落，那颗露珠恰在这时掉下来，又恰好砸在鲁肃脸上！露珠碎了，顺着面庞往下淌。

鲁肃一句话就戳破孙权心事。孙权苦笑，收剑。歉声：得罪先生了。

鲁肃抬袖拭去面上露水，再叹：主公剑术越发精妙了，已到了随心所欲之境。

孙权淡声：哦，天下真有随心所欲的人么？

鲁肃笑赞：有哇，主公您！方才，主公剑势迅猛至极，谁能在半道上收得住？而主公却收住了！此剑如在旁人手里，吾命休矣。所以说，主公心便是剑，剑便是心，心剑如一，随心所欲，已臻化境……

鲁肃语未竟，孙权突然挥剑，狠狠击向一尊太湖石。砰地一声脆响，长剑断为数截，柄上只剩下数寸长的一截残剑。继之，孙权竟从容的把那断剑插回鞘中，仿佛它仍然是一把完整宝剑。

孙权沉声：剑碎了，仍能归鞘。心碎了，欲归何处？

鲁肃呆定。

孙权冷声：为人主者，如果随心所欲，必定误国误天下。做大都督的则不然了……

鲁肃如遭电殛，欲言又止。

孙权淡声：子敬，你来何事，请说吧。

鲁肃沉声：前天五更，公瑾擅自前往荆州，以贺寿为名面见关羽。水师将军吕蒙护驾。

孙权：知道了。

鲁肃：公瑾此行，意在探关。荆州一直是他心头刺。现在，他又动了攻打荆州的心思。

孙权冷声：人家是大都督嘛，都督且大哉！自然随心所欲，已臻化境。

鲁肃赶紧道：禀主公，公瑾此行虽然有些莽撞，但他是为江东大业才只身赴险，不避釜钺……

孙权嗔断：这我也知道！

鲁肃窘，呐呐地：既然主公什么都知道，在下就不知该说什么了。

孙权正声：子敬，我问你。谁是江东之主？

鲁肃一惊，正声：主公！

孙权：可公瑾擅自前往荆州探关，如此冒失之举，百官竟无一人敢阻拦！如果有一天，公瑾不是擅自探关而是擅自出战，江东谁敢阻拦？谁能阻拦？

鲁肃沉默。

孙权冷笑：为何不能？因为周大都督功高盖主，江东文武对他敬畏交集。

鲁肃一叹：唉，主公果然什么都知道。

话未尽，一侍者匆匆近前折腰：禀主公，大都督进宫了。

鲁肃沉吟：禀主公，虽然公瑾不逊，但为大局计，主公还是迎他一下吧。哦，在下替主公相迎。

孙权笑了：瞧你这心思，点水不漏！子敬啊，你夹在我和公瑾当中，煞是难过吧，是不是？

鲁肃也笑了：极是！遥想当年赤壁大战，我夹在公瑾和孔明当中更是难过，几乎生死两难。但难过的结果又如何呢？东吴大获全胜，天下鼎立三分！

孙权凝视鲁肃，不禁感叹：厚道哇！古往今来，从来不缺聪明人，更不缺厚道人，独独缺少子敬这样既聪明又厚道的人。

鲁肃笑了：敢请主公亲自迎一下周公瑾。

孙权变色，嗔：不！我病了。子敬你刚才亲眼看见，我病得厉害不是？告诉公瑾，不见！

孙权掉头离去。鲁肃呆定，仰天长叹。

24. 日外 吴宫玉阶

鲁肃伫立于阶下，满面忧愁。

周瑜昂首走来，看见鲁肃，长揖而笑：子敬是在迎客，还是在挡驾？

鲁肃庄严道：主公病了，谕百官——停政三日。

周瑜微怔：明白了……罪在周瑜！子敬啊，那我更得面君请罪了。

鲁肃一叹，嗔：公瑾恕我直言，我知道荆州是你心头一根刺，可你知道不知道？主公心头扎着两根刺，一是荆州，一是你！

周瑜微笑：人君嘛，心头自然比臣下大两倍。

鲁肃不禁失笑，继之目视两旁，甲士立刻退避。鲁肃低声问：公瑾，荆州城防如何？

周瑜正声：铜墙铁壁，固若金汤。关羽横刀向北，却注目于东。

鲁肃惊讶：注目于东……东吴？！

周瑜：正是。

鲁肃：为何如此提防我们？孙刘两家是盟友哇，荆州是我们借给刘备的。

周瑜一笑：那是主公失策，人家早将它视为己有。

鲁肃不悦：公瑾慎言！不借荆州，便无孙刘联盟。无孙刘联盟，就没有赤壁大捷，亦无东吴今日之盛。

周瑜：但是荆州成就了另外一个大敌——刘备。

鲁肃：刘备虽然日渐强悍，却非敌，仍为我东吴抗曹之盟。公瑾啊，如果你一心将其视之为敌，那么，倒可能真的把友，逼成敌！

周瑜微笑：孔明的守荆方略是“东和孙吴，北拒曹操”，这不失为盟之道。关羽则不,他防吴之心甚于防曹。东吴在关羽眼里,早就是亦盟亦敌了!咯咯咯，与孔明之伪相比，我更喜欢关羽的真性情。

鲁肃长叹：依你，如何才能索回荆州?

周瑜：开战。

鲁肃惊声：不可！公瑾啊，呆会见到主公，万不可提开战二字!

周瑜微笑：好，不提。我学子敬——大事在心不在口。

鲁肃悲叹：唉，主公病得不轻啊。不轻!

25. 日内 吴宫

屏风后。孙权斜倚长榻，闭目养神。不时轻轻一叹。

屏风前的大堂上，左右各伫立一排巨大编钟，两排美丽宫女正执着鹤首捶轻击编钟，两下里交相伴奏，错落有致，击出的编钟之乐美妙动人，孙权听得如醉如痴。

两排宫女中各有一位为首。左边一位是小乔,右边一位是孙权女儿青萍。宫女显然是在她俩的指挥下击打着编钟。而她俩既配合默契，又仿佛在竟技——以乐斗法。从钟乐里与她们神情中，分明感觉出她们心中蕴藏着杰出吴女的激情与奇妙——尤其是小乔!

钟乐中,鲁肃与周瑜走向大堂。行走间,传来的钟乐已令两人神清气爽,甚至遥然起敬。

上堂。鲁肃一眼看见伫立的屏风，看见斜挂屏风上的那柄王剑。顿时驻足沉吟，表情犹豫。

周瑜看见小乔则面露喜悦，他近前，轻轻的将她垂落于脸宠的一缕黑发挽到耳后——顿时显然出小乔美丽面容。小乔虽然目不斜视，却流露出幸福笑容……

不料，就在这动情的一瞬，小乔失手击错了钟身部位，击错了一个音!

宫女们全部诧异，钟乐中断了。

青萍却调侃的望向小乔，故意再次击一下面前编钟——击错部位。青萍夸张的重复小乔刚才那个刺耳的错音，意思是：自己技高一筹，胜于她。

这时，屏风后面传出孙权沙哑一叹：音律突生错乱……料是公瑾到了。

顿时，满堂静默，齐视周瑜。

周瑜恭敬的向屏风揖拜：周瑜向主公请罪!

屏风后，孙权缓缓坐起，凝望虚空。不睬屏外周瑜，沉声：殇未尽嘛。

顿时，编钟之音再起，小乔与青萍继续击奏，一直奏完这首美妙的“殇”。

过程中，屏风内的孙权继续凝空望虚，屏风外的周瑜继续保持着揖罪姿势。

乐终。孙权准确地踏着钟乐结束时最后那个音符，现身屏风前。

周瑜鲁肃，双双再拜。

孙权仍不望周瑜与鲁肃，却注视着小乔与青萍，继之注视着那两座伟大的编钟。深情道：丫头们，知道吗？这些编钟造于楚，取昆仑之铜，采雷电之火，蕴蟠龙金凤之意，发如梦如幻之音。这类形制的编钟，楚王共铸造了七座，四座已毁于战乱。哦，听说是毁钟造箭了。料想那些箭簇早已饱饮鲜血，射穿了无数英雄的心肝。如今，存世编钟仅三座，两座在此，另一座在曹操的铜雀台。赤壁大战后，刘玄德送我骏马三千，钱百万，想索要一座编钟。他的意思我明白，无非是告诉我——神州玉碎，天下三分！但我舍不得送他。因为，我已经送掉一座荆州城了，绝不能再送掉一座编钟！……

孙权痛苦的声音令周瑜鲁肃动容，令众侍女心惊。

孙权沉声：小乔。

小乔赶紧起身施礼：主公。

孙权抬手一指，淡声：这座编钟送你了。

小乔大惊，颤叫：主公！……

孙权微笑：你三天两头进宫来，并非惦记我，实实是惦记编钟！刚才我听了你奏的殇乐，痛且醉，曼妙无比。这编钟今天就抬到大都督府去吧，省得你天天跑路！

小乔惊骇无比，简直不知如何回答。这时突然响起一声钟音，打断了孙权的话——是青萍板着不悦的脸儿，故意击打小乔刚才那个错音！

孙权望去，笑道：丫头不要嫉妒嘛，我也送你一样东西。

青萍喜道：爹送我什么东西？

孙权指着自己胸脯：好东西！孙权。

青萍嗔：孙权本来就是我爹！为爹的，怎能把原本就属于女儿的东西，再送女儿一次哪？

孙权怔，微笑：嘿……责得有理！这样吧，日后我送你一位夫君。此人嘛，稍胜于孙权，稍弱于周郎。青萍啊，你觉得这等英雄配得上你么？

青萍大窘：爹！

周瑜如被电殛，不禁屈膝跪地。

小乔也跪，眼泪滚滚垂落，无言。周瑜既痛苦又感动至极，他完全明白主公表面是赠小乔，实际则是赐他厚恩——尤其是在他刚刚得罪主公、冒犯君威时，主公惩戒的方式竟然赠送一件国器！

周瑜颤声：主公厚赠，令人心碎……周瑜何已为报啊？

孙权冷声斥：你心碎什么？我又没有赠你！周郎功高，天下早就无物可赠。大都督请起来吧。

孙权兀自掉头而去，步出大堂。

顿时，周瑜大窘，鲁肃大忧。两人跟随孙权而去。

26. 日内　涵元阁

一座壮丽的亭阁。阁中，孙权踱步沉思，周瑜鲁肃对座。远处，大江奔涌。

孙权沉声：我并没有让你去给关羽拜寿，你却擅自前往荆州探关。你以为关羽看不出你暗藏杀机么？

周瑜：禀主公，无需他看，我已经明言相告，宁肯天崩地裂血漫雄关，荆州必须归还东吴！

孙权一震，变色。

鲁肃惊骇：公瑾，你此话无异于宣战！

周瑜微笑：我不过说出了双方都明白的心思。

鲁肃：公瑾荒唐！刘备和孔明早与我签字画押了，待他们取下益州，必还荆州。现在他们已经和刘璋反目，发军入川了。最迟今冬明春，益州将落入刘备掌中，而荆州将归还给我们。

周瑜冷声：子敬天真！刘备弱小时候不还我荆州，强大之后就更不会归还了。相反，刘备还会图谋江东，进而一统天下。关羽有话，说大汉姓刘！

鲁肃：请公瑾直言吧，以荆州之坚，你取得下否？

周瑜一怔，陷入沉思。孙权一振，紧盯周瑜。

周瑜终于低声：取不下。

鲁肃厉嗔：取不下你还放言攻取！如此狂言，岂非既得不到城池，又激怒了关羽，坏孙刘之盟么？

周瑜窘，恨声：不得荆州，东吴只有今日，永无明天。

孙权沉声：大都督，你为何取不下荆州？

周瑜低声：禀主公，我亲眼看过，荆州之坚，堪称古今无双。城关上下、内外、水陆，俱设重重布防。各处守军不下于八万，依兵法，攻取这等坚城最少需要二十万大军，耗时一年，而东吴集全部精锐也不过十六万。更何况，坐镇荆州是关羽。我从其军中士气看出，将士们上下一心、无惧天下。其军心之坚，犹甚于城关。

孙权含蓄地：荆州之坚，不在荆州啊。

周瑜愕然：主公何意？

孙权沉声：荆州难取，不是因为城坚，不是因为关羽悍勇，而是因为许昌有曹操。

鲁肃大赞：主公一语道破要害！孙刘一旦开战，必定两败，唯有曹操坐得天下。我们不能为一座城池坏了孙刘联盟，毕竟曹操才是我们双方的大敌，而此人正日夜盼望着主公与刘备反目！如此可说，荆州之坚不在荆州，而在于曹操，确实是曹操保得荆州无恙……

周瑜沉声嗔断：荒唐。

鲁肃失声惊叫：公瑾！

孙权隐忍着，嗔鲁严：人家不是说你，是说我荒唐。大都督，荒唐之后有何言？

周瑜：主公顾全大局的心思，孔明肯定料到了。他不但料到，还利用主公这心思为刘备谋利！

孙权沉吟：这话，如刀如刃嘛。

周瑜：昔日，孙刘结盟让刘备得以自保。如今，他们竟用此盟来要挟我们，逼我们永远放弃荆州！为何，就因为主公心里真正害怕的人是曹操。虽然主公曾经战胜过他但仍然怕他！主公心里明白，赤壁那样的大捷永远不会再有了。

孙权一震，沉默。

周瑜沉声：主公为制曹，被迫依刘，而这恰为孔明所用……

鲁肃赶紧长笑打断：听听，公瑾对孔明的妒恨，仍然如火如荼哇。

周瑜怒声：子敬辱我！

孙权一叹：公瑾，当初我把荆州借与刘备，你就极力反对。

周瑜痛苦地：如今看过荆州城防，更加悲愤。主公当年随手一借，如今十万头颅取不回来。

鲁肃大喝：公瑾慎言！

孙权淡声：公瑾。在你眼里，我恐怕是位庸主吧？

周瑜鲁肃皆惊骇。死一般沉默。

孙权正声：公瑾听着，当今天下，联盟抗曹仍是大局。我宁肯永远不取荆州，也不坏孙刘之盟！

周瑜惊骇，继之单膝跪地：请主公赐罪吧。

孙权一叹：你累了，累得厉害！回府歇息去吧。

周瑜起身离去。孙权颓然落座。

鲁肃低声：主公刚才的话，可当真？

孙权：什么话？

鲁肃：宁肯永远不取荆州，也不能坏了孙刘之盟。

孙权一叹：唉，子敬啊，你这么问我，让我听出你心思了。你的心思大概是，我们既要取回荆州，又不坏了孙刘之盟，你想图谋两全。对吧？

鲁肃：正是。

孙权冷视鲁肃：厚道哇……痴人说梦！

鲁肃大窘。

27. 晚内　大都督府

金碧辉煌的编钟已经在大堂上展开，若干侍女欣喜地用丝绸揩抹它们，彼此交头接耳，她们玉腕上的环佩不时轻击钟身，发出叮当之声不绝。小侍女看见那只最小的编钟沾着一片羽绒，便朝它吹口气。不料，在那片羽绒飞开的同时编钟竟也被吹响，空气中突然一片弥漫动人的弦音，侍女们呆定……

弦音消失，钟架突然发出一声轰鸣。

侍女循声望去，小乔身着一身白色丝装手执双锤伫立钟旁，击响了一下那只最大的编钟，于是众侍女们折腰退开。

小乔沿着钟架飘然而过，沿途击打，所有编钟都发出美妙且声声渐高的律音，直至最高亢的一声。继之她再舞蹈般回身，沿途击打回来。所有编钟发出美妙且渐低的律声，直到大傅钟那最浑厚一声……

小乔轻灵的击，纵情的舞，她将钟乐与舞蹈美妙的融为一体。

大堂一角，周瑜执盅饮酒，动情注目。但他手指不时轻击酒盅，发出的声声颤鸣，恰合于小乔钟乐节奏！

乐与舞之中，小乔似吟似叹，如泣如诉。

小乔在乐声中道：宫中那一刻，主公心里充满了怒火，我害怕他脱口而出，砍掉我周郎的头颅。但主公一旦开口，却赠我一座编钟。这是为什么呀为什么？

大堂一角，沉吟中的周瑜，手指下意识地在酒壶的壶嘴、壶身、壶把弹击三下，发出“当叮笃”三响，其声韵恰如——为什么？

乐声中，小乔低吟：只为主公心中充满痛苦，于是他啊，像砍下自己臂膀那样，将这座编钟砍给了我像且又不是我，是砍给了我的周郎。

周瑜轻轻颔首，饮酒，闪闪发亮的眼睛注视着沉醉在乐与舞中的美丽小乔。

堂口处蓦然响起一阵俏笑：大都督！

周瑜转首望去,青萍捧着一只长剑上堂了。周瑜赶紧起身施礼:拜见郡主。

青萍笑道：父亲说，大都督肯定在等他信儿呢？

周瑜：在下确实在待命。

青萍：父亲口喻，叫我把这剑赠送给大都督。

周瑜望去，惊骇：主公的王剑……

青萍微笑:放心吧,不是让你砍自个臂膀啊头颅啊什么的,我爹好着呢!他说，送了乔姐姐一座编钟，可不能薄了大都督！

周瑜上前接剑：谢主公！谢青萍小妹！

就在接剑那一瞬，周瑜怔住了。

青萍注视：怎么了？

周瑜低声：好轻！王权大如天，没想到王剑这样轻。

青萍笑道：因为这剑从不杀人，父亲只用它舞着玩儿。

周瑜执剑揖：周瑜领恩，受教。

青萍朝发呆的小乔高声嚷:乔姐姐啊，编钟刚被抬走，我就向父亲抱怨。

小乔恭敬地：萍妹抱怨什么？

青萍嗔：抱怨父亲不该把编钟送给你。你看啊，编钟没了，乔姐姐也就不爱进宫了。乔姐姐不爱进宫了，往后我就见不着乔姐姐了。乔姐姐天天快活了，妹妹我天天孤单了……

在青萍与小乔亲热的笑声中，周瑜面色冷峻的离去。

28. 晚外　竹林

皓月当空，水银泻地。

竹林畔，周瑜举头望月，沉声：依例，君王把王剑交付于谁，等于把国之命脉托付于他。

身后，吕蒙执王剑端祥，诧异道：可你已经是大都督了，早就三军在握，主公为何还授你王剑哪？

周瑜表情悲怆，沉默。

这时吕蒙已经抽开王剑，失声惊叫：断剑！……大都督，主公这是何意？

周瑜淡声：用意一，主公要夺我兵权，而且，为了无损王威，让我主动负罪请辞。

吕蒙痛声：主公好狠心。

周瑜：用意二。主公自断剑锋，是决意不取荆州了。

吕蒙大叫：主公好胡涂！

周瑜叹息：吕蒙，我被罢撤之后，也许你会被我所累，主公贬你为一个步卒，一水手，甚至有斧钺之灾。

吕蒙一怔，沉声：不怕。不管把我劈成几瓣，吕蒙仍然是吕蒙。

周瑜微笑：也许突然升你做大都督，让你一步登天。

吕蒙惊叫：什么？

周瑜仰望着夜空中正被云半遮半掩的月亮，冷讽：天威莫测，祸福难料。越神秘者，越崇高。

吕蒙沉思片刻：不管祸福，吕蒙都是吕蒙！

周瑜表情欣慰，继之声音沉痛：吕蒙啊。如果你说过什么对不住主公的话，主公问你时，你务必一字不差的禀报主公。生死祸福，由主公断。

吕蒙：当然！

周瑜：如果你的部下说过什么对不住主公的话，主公问你时，你不准为部下担当。他们的生死祸福，亦由主公断。

吕蒙惊叫：大都督……

周瑜一揖：拜托了。

吕蒙痛苦：领命。

周瑜再道：如果主公什么都不问，那你哪怕有千言万语，也要一声不出。

吕蒙惊讶：为何？

周瑜痛苦：主公不问，是因为什么都明白。你不说，是因为怎么说都是多余的。

吕蒙沉声：领命。

29. 晚外　大都督府

玉台上晃动一尊吊椅，周瑜坐在椅中。小乔躺椅上，头枕周瑜腹，长发如水委地。

小乔闭眼呢喃：所有人都说主公敬周郎，我老觉得主公有点恨你。

周瑜微笑：他们看错了，你也看错了。

小乔闭眼呢喃：女人不用看。心里一痛，什么都知道。

周瑜转开话题：往后还要常进宫啊，青萍小妹好喜欢你。你可别有了编钟就不进宫了。

小乔忽然睁眼笑了：知道青萍干嘛那么喜欢我？

周瑜：干嘛？

小乔吱吱笑：我就是她的编钟呗！敲我几下，她心里欢喜。

周瑜登时失笑，他疼爱地抚摸着小乔。静片刻，周瑜温情道：小乔，我们生个孩子吧。

话音未落，小乔一惊，紧盯周瑜：出什么事了？

周瑜微笑：没事。你不是一直想要孩子吗？

小乔盯着周瑜，一声紧过一声：肯定出事了！告诉我出什么事了？你不用出征了？你不再掌军了？你被主公夺职了？……

面对聪慧至极的小乔，周瑜只得微微颔首。

小乔猛地搂住周瑜，激动得几乎掉泪。

周瑜宽慰：别伤心。主公不会降罪，仍能厚待于我。

小乔嗔：傻瓜！

周瑜怔：怎么？

小乔抬起泪眼，幸福地：我不伤心，我高兴！往后你得老呆在家里了，我太快活了！……周郎，你看那编钟像什么？

大堂上，编钟们整齐地闪着幽光，威武雄壮。

周瑜动情注视：像一方战阵，将士排列，待命出征。

小乔失望，叹息：唉，它们像一家子啊！爷爷奶奶，兄弟姐妹，全都呆在一块。

周瑜窘。继之，两人紧紧相拥。

30. 日外　吴宫正殿玉阶

玉阶上，古号长鸣。玉阶两旁，甲士林立。

江东文武，分两列进入正殿。文官鲁肃为首，武将周瑜为首。

31. 日内　吴宫正殿

文官武将依序排定，表情肃穆。

长号声止，孙权着王服步向王案，落座。

寂静非常，气氛凝重。

周瑜出班，屈膝跪地，叩道：钦命骁骑将军领江东大都督周瑜叩禀主公。

孙权尊敬地：公瑾平身，请讲。

周瑜正声：周瑜多次拒遵主公号令，随心所欲，致使文武失和，将士离心，此罪一。三日前周瑜擅自前为荆州探关，坏主公联盟抗曹之大局，此罪二。周瑜领大都督以来，恃权自傲，上藐主公，下结党羽，此罪三。请主公严办！

孙权：如何办？

周瑜：斩！

文武一片惊声。

孙权平静地：公瑾，你功太高，头太硬，我斩不动。你名重天下，江东将士多为你旧部，我也不敢斩你！更重要的是，斩你，不公。

周瑜：罢撤周瑜所有职权，剥夺爵位俸禄，永不再用。

文武们再起惊声。鲁肃表情祥和，吕蒙面色铁青。

孙权沉吟：如果我是个仁者圣君，则应该宽容为怀，施恩挽留你三次。你哪，四次负罪请辞，如此方合春秋大义。可惜我不是仁者圣君，我只是区区江东之主。所以，准！听令，罢夺周瑜所有职位爵俸，收缴剑印，降为白身，逐出宫廷！

两侍卫上前，摘取周瑜佩剑，收回大都督符，置于王案。继之，将周瑜推出大殿。

文武无不惊悚，个个屏息。

孙权起身逼视众文武：你们不是周公瑾，我个个斩得动！你们听着，今日起，江东永不设大都督之位。任何人胆敢擅言攻取荆州，斩无赦！

众文武齐声：遵命。

孙权：各位请退吧，子敬留下。

文武们纷纷退出大殿。鲁肃近前，揖：主公？

孙权沉默片刻，难言地：子敬啊，劳你去一趟荆州，面见关羽……

鲁肃：此去何为？

孙权悲伤地：说媒。

鲁肃长叹：明白了。

32. 日外　军营

鼓声震天。

数排弓弩手弯弓搭箭，怒目圆睁，瞄向不远处正持刀逼近的盾牌战阵。

近了，弓弩手同时放箭。无数利箭嗖嗖飞去，扎在那些盾牌上。但凡步卒身体露在外面的肢体，尽被利箭射中。中箭的步卒惨声回缩，发出一片叫骂。

一将军按刀注视，夸奖：好！射得好！

盾牌战阵冒着箭雨继续前进，更近了。

弓弩手迅速张弓搭箭，再次朝战阵射去。密集的箭簇扎在密密的盾牌上，又有暴露在外的肢体被射中，中箭步卒发出惨叫。几个弓弩手表情不忍，停弓犹豫。

按刀将军朝弓弩手怒喝：放箭，快放箭，你们还有两支箭的生机！容敌近身，自己必死！

弓弩手赶紧引弓狂射！……

按刀又朝盾牌战阵怒喝：快冲，冲上去。距离越近，敌人箭法越乱，你们只剩二十步了，生死决于片刻，冲上去砍了敌人头颅！

战阵疾速推进，终于冲到弓弩手面前。步卒们从盾牌后面探身，一支支战刀高高举起了，就在劈斩前一瞬，将军大喝一声：停！

所有战刀停定空中，停定在弓弩手的头颅上。唯有一把战刀再控制不住，失手砍在弓手的肩上。中刀者顿时惨叫，跌倒，血流如注。

将军远望战阵刚才的进攻路线，那里有许多血滴，并跌倒着三五个中箭步卒，其中一个似已死去。将军嗔：你们它妈的命大，要搁战场上，早被人戳一万个窟窿了。

33. 日内　囚室

五个校尉模样的军人跪坐于地，每人面前放着一海碗酒，一把战刀。在他们对面，吕蒙也跪坐于地，面前横放自己的长剑。

吕蒙沉声道：老四，你起过异心，想拥大都督主大位。老二，你胡乱放言，说江东三军都是大都督的！老五老六，你们也有过类似言语。这些事主公早知道，不忍追究。现在大都督去位了，主公令你们自刎，以免蛊惑军心。

五个校尉互视，举酒饮尽。

吕蒙沉声：上路吧。早晚有一日，我们黄泉相聚。

五个校尉横刀向颈，正要发力挥刀。响起咚咚击门声，继之房门被踹开。一个军士匆匆闯入，急道：将军，将军且慢……

吕蒙沉声：怎么?

军士：主公口谕，犯事各位，全部免死!

五个校尉兴奋互视。吕蒙喜悦：当真?

军士：当真!

吕蒙笑了：主公说了为何么?

军士笑道：说了。主公说，他看了你吕将军上的条陈，被你对部将的情义打动了！嘿嘿嘿，你们几个还不谢将军救命之恩?

那几个校尉扑地向吕蒙叩头，乱纷纷叫：大哥！……大哥活命之恩，小弟致死无忘!

吕蒙呆了，一动不动。

那些校尉抬首，不解地望着吕蒙。

吕蒙呆呆地：我没有给主公上过任何条陈……

一校尉诧异：没有?

吕蒙沉声：没有。

校尉：那主公为何那么说?

吕蒙喃喃地：不知道。

校尉们互视，渐渐面生不安，甚至恐惧。一个老年校尉愤然道：想那么多干嘛？既然将军没上过条陈，那主公恩典就是假的。与其提心吊胆，不如取个痛快……上路吧！

这校尉挥刀向颈，发力。颈血四溅，倒地死去。

另外几个校尉见状，陆续挥刀向颈，陆续自刎而死。剩下最年轻校尉，横刀向颈。吕蒙再也不忍，嗔：你才多大岁数！

那校尉犹豫着，看眼面前死去校尉们，颤声：大哥，我不想死，可他们都死了，我还有脸活么？

言未尽，少年校尉狠狠发力，颈血四溅，倒地殒命。

地上的血泊渐渐淹到吕蒙膝边，吕蒙悲伤长叹。

34. 日外　囚室外

吕蒙踉跄着走出囚室，忽然看见面前有一排侍卫，个个冷眼相视，却无主公。吕蒙再回头，突然看见孙权就在自己身边，就站在囚室门旁。

吕蒙呐呐地：主公。

孙权冷声：谁让你说的！

吕蒙忽然醒悟，痛苦道：哦……哪怕有千言万语，也要一声不出啊。

孙权沉声：晚了。听令，罢夺吕蒙将军职，拘营待罪。

吕蒙呆呆地：领命。

侍卫们将吕蒙押下。

35. 日内　荆州城关将军阁

城关各处，刀枪耀日，军威凛然。

阁内，鲁肃将一帧精美的帛书放在朱案当中。

关羽注视它：那是何物？

鲁肃：礼单。闻上将军有一女，年方二八。我主三公子恰好与其同年，真乃天作之合！我主愿与上将军结秦晋之好，成百年和睦。这便我主求聘将军女的礼单。

关羽微笑：子敬呵，你放礼单的地方，数日前，周瑜想把我的头颅放那儿。

鲁肃微笑：云长兄，周瑜不再是大都督了，他已经被我主罢夺全部职权。江东也永远不设大都督。

关羽：为何？

鲁肃：位高权重，尾大不掉。

关羽：我是问为何罢撤周瑜？

鲁肃:因为他不遵我主联手抗曹大计，为了取回荆州而不惜与将军开战。

关羽赞叹：孙权真乃明主啊，在下好生敬佩！如此说来，你们不想取回荆州了？

鲁肃：想，做梦都想！可醒来后便心明如镜，孙刘联盟，大于一座荆州城。取一城而至孙刘反目，是因小失大。孙刘两败。

关羽揖：孙权明智，子敬高义。有你二人做主，荆州无东顾之忧了。

鲁肃笑了：就是嘛！如此简单的道理，公瑾却要说得杀气腾腾，闹得大伙眼里只见杀机，不见道理……

语音未落，关羽已沉声：我相信周公瑾的杀机，不相信鲁子敬的道理！

鲁肃惊讶：云长说什么？

关羽沉声：江东周瑜，只要活着就必取荆州，就算他死了，阴魂也会犯荆州，你们根本拦不住他。

鲁肃怒声：云长为何如此偏执？！

关羽感叹：子敬啊，我如果是你江东将士，也会立誓夺取荆州的。我和周瑜人同此心,心同此志。而你主所谓的联姻哪,和睦哪,皆属缓兵之计罢了。

鲁肃气得大叫：云长一叶障目，满口荒唐！

关羽微笑:对了子敬，还记我大哥娶孙小妹的事吗，差点把命送在吴阿！你们江东除了嫁娶之外，别无安天下的良策了吗？

鲁肃此时已经满眼含泪，他颤抖地卷起帛书:看来，上将军是要拒亲了。

关羽哈哈一笑：我虎女焉能嫁犬子……

这时，伫立在后的关平失声惊叫：父亲！

关羽的话令鲁肃如遭雷殛！他愤怒的盯关羽一眼，身体剧颤。之后。他慢慢卷好帛书，朝关羽折腰，深深长揖，痛声:云长呵，尽管你如此污辱我主，可知道我主如何做答？

关羽冷声：发兵攻打荆州！

鲁肃：不！我主会说，无论云长如何辱我，我绝不坏孙刘联盟，绝不攻取荆州。云长呵，国之安危，大于主之荣辱！告辞。

鲁肃忍着痛苦，昂首步出将军阁。那片刻，关羽竟然感动了……

36. 日外　城关

鲁肃昂首步下城道，关平恭敬相陪。

城关上，关羽遥遥长揖。

37. 日外　江面　城关

江面上，鲁肃伫立于小船，面迎江风，背对荆州，满面沧桑，仿佛瞬间老去许多。

城关上。关羽动情地目送鲁肃。

关平问：父亲，孙权是在施骄兵之计吗？他们会暗中攻取荆州吗？

关羽犹豫，片刻后正声：宁信其有，勿听其无。

38. 日外　山间

秀美的吴山。山间旷处，设有酒案、箭台等物。

多位将军正在赌射。他们各执一弓，挽弓待发。

不远处的山旮旯里复盖一张巨大的网，网中有无数只被捕获的鸟儿。执掌网口的正是贬为士卒的吕蒙。

一将大喝一声：纳命来！

吕蒙迅速从网中捉出一只鸟儿掷向空中。久被束缚的鸟儿乍获自由，兴奋吱吱叫，飞向云天。

两将军张弓瞄准，同时放箭并同声大喝：着！

两支利箭嗖地射去，一支落空了，另一箭射穿飞鸟。鸟儿飘摇落地。

将军们采声大动。射中鸟的将军得意地朝失败的将军笑，那将军则朝袋中掏出一枚金质吴钱掷给他。

孙权执弓步上箭台。对面站着一位老将。他粗声对孙权道：主公，我不会让你的。

孙权笑道：你箭技无双，我输也甘心。

众将凝神观赌。老将军边开弓边朝吕蒙大喝：纳命来！

吕蒙执鸟再朝空中一掷。那鸟儿欢叫着迅猛地飞向云天，疾如流星！

孙权与那老将军张弓瞄准，同时大叫：着！

空中，只见两只利箭疾射飞鸟，竟然同时射穿鸟儿！那只鸟儿在空中惨叫一声，身负两只利箭飘飘坠落。

众将惊呆了，猛雷似喝彩：好！好！神射啊，亘古奇观！……

老将敬佩地孙权一揖，步下箭台。孙权却不肯离去，放声大叫：谁再来？再来一人跟我比试！

突然响起低低的声音：主公！

孙权低头望去，鲁肃面色凝重的站在台畔。孙权微笑：哦，子敬回来了？

鲁肃：我回来了。

孙权一边调理弓弦一边道：关羽怎么说？

鲁肃低声：请主公回宫，容我慢慢禀报……

孙权一怔，嗔：此处天高地阔，何事不能言？你就在这说！

鲁肃仍然犹豫：主公，回宫吧……

这时，所有将军都圆睁双眼，死死盯着他俩。

孙权看一下众将军，突然厉喝：子敬，这些将军个个随我父兄出生入死，在他们面前，江东无任何隐密。你就在这说！

鲁肃一揖，正声：禀主公。关羽狂傲无比，小视江东。他把主公顾全大局的心意视为缓兵之计，仍然认为我们要暗中攻取荆州。

孙权一怔，沉声：关羽还有什么话。

鲁肃又犹豫了。孙权怒吼：说！全部说出来！

鲁肃痛声：关羽拒绝把女儿嫁给公子，讥讽说，江东除了嫁娶之外，别无安天下的良策了么？

顿时，将军们一片怒声。

鲁肃颤声：更有甚者，辱及主公。

鲁肃第四次犹豫不言，孙权第四次怒嗔：说！一字不准少！

鲁肃颤声：关羽说：虎女焉能嫁犬子……

众将大惊失色。那位老将暴吼：狂徒！竟然视我主公为犬，那我们成了什么？狗崽子？……言未了，他气得吐血顿足。

众将怒如山崩，吼声不绝：

——拿下荆州，把关羽碎尸万段！

——主公，血洗荆州，破城之后，老少不留！

——主公发令吧，我等与关羽誓不两立！……

不远处，吕蒙一动不动，冷眼相视。

蒙受巨辱的孙权竭力保持平静，淡声：子敬啊，当时你如何答他？

鲁肃正声：我说云长，尽管你如此污辱我主，可知道我主如何做答？关羽说，发兵攻打荆州呗。我告诉他——不！我主公会说，无论云长如何辱我，我也绝不坏孙刘联盟。云长呵，国之安危，大于主之荣辱！

孙权感动地望着鲁肃：子敬说得好！比我说得都好。多谢了！

众将仍是一片怒喝：主公，攻下荆州，血流三城……

孙权怒视众将，突发冷声：忘了我的军令吗？妄言攻荆者，斩！

众将一片死寂。孙权呆呆步下箭台，孤独地朝远处走去。将军们悲愤地望着孙权背影。

突然，后面传来一声低喝：庸主！

孙权如被雷殛，回首望去——远处的吕蒙正冷冷望着孙权，正是他脱口而出的。

两人狠狠互视，恐怖的气氛笼罩山间。

孙权突然举弓，怒喝一声：纳命来！

鲁肃根本来不及阻拦，孙权利箭已经离弦，射向吕蒙。

那利箭发出凄厉的尖啸，飞射吕蒙，近了，更近了，咫尺之间却与吕蒙擦颈而过，稍微偏了半分。但吕蒙却一把抓住那支飞逝的箭，紧握于掌，然后狠狠地、深深刺在自己胸膛上，顿时血流如注！继之，吕蒙挺立身体，挺直那支颤动的流血的箭，仍然怒视孙权。冷声：如果大都督在此，肯定箭无虚发！

吕蒙满胸鲜血，挺立不动，等待孙权的下一箭，等待着自己的死亡……

吕蒙的话更令孙权穿怒无比，他气急败坏的伸手掏箭，欲再射。不料腰间箭囊已空。

鲁肃扑上去抱住孙权，颤声乞求：主公，回宫吧。

孙权浑身发软，手中长弓落地了，他靠在鲁肃怀里，泪水夺眶欲出，但是一滴未落！

继之，孙权狠狠推开鲁肃，独自踉跄而去。

山旮旯那边，中箭的吕蒙再也站不住，他重重摔倒了。吕蒙疼痛挣扎时，军靴踢开了网口。

顿时，无数只黑鸟如狂风暴雨冲出网笼，飞向天空。叽啾之声铺天盖地。

孙权正在踉跄而去，乌云般的黑鸟儿瞬即追上了他。片刻间，鸟群就遮住了太阳，遮住了整个天空，叽啾之声震耳欲聋，黑压压地完全笼罩孙权。

从没见过如此无边无际的鸟的恐怖景观！仿佛天空浮着一片黑压压的海洋！

孙权像一片柔弱羽毛，在黑压压的乌云压抑下，孤独前行，步履飘摇。

39. 晨内 周府

辉煌的编钟，上中下三排，宛如悬挂着的古老战阵。琥钟，赢司钟，揭钟，以及最大的一座大傅钟……编钟大小依序，但每只钟身上都锲铸着几行古篆，字迹已经斑驳，每篇篆文都在诉说一段神秘的往事。

周瑜盘膝端坐于钟前，孤身陷入梦想。少顷，他慢慢抬起双手，两手各执一丁字形钟锤，开始击奏。他击出的乐音叮咚悦耳，令人心旷神怡。

小乔步近，站在周瑜身后，谛听着乐音……终于低语：周郎啊周郎，你什么时候才能快乐起来。

周瑜微笑：我身前有编钟，身后有小乔。我是天下最快乐的人。

小乔：能把假话说得这么好听，天下也只有我的周郎了。

周瑜一笑：有何新曲么？

小乔沉默片刻，低声道：昨夜梦得一曲，醒来满面是泪。

周瑜兴奋：奏与我听。

小乔盘膝座于旁边的锦垫上，执锤凝息，沉静了片刻，慢慢的击奏起来。其音如泣如诉，催人肠断。

周瑜屏息听着，渐渐动情，渐渐惊骇，渐渐双目如炬，最后死一般呆定！

曲终，小乔满眼泪水。端坐不动。

周瑜叹息：乐似微醺，音如隐痛。小乔，这曲意何来？

小乔正声：就在周郎的面前。

周瑜惊骇：在我面前……

周瑜面前悬挂的那只揭钟，钟面上正锲着一篇铭文，字迹细密如帛，色泽斑驳陆离。

小乔喃喃道：那是篇寓言，说一只母兔带着小兔在阳光下嬉戏。一头狐狸看见了，朝它们扑去。母兔为了保护儿女，把狐引到虎穴前。恶虎一口叼住了狐，一掌按住了兔。狐与兔皆亡，唯有小兔安然回家。我心有所伤，曲便从心间流淌出来。

周瑜紧紧地注视着钟身铭文，沉思。

小乔望着编钟：我想呵，这六十五枚编钟，其文都出自于巫，其工都出自于匠。唯有周郎面前那只乳钟，肯定出自一个女人。

周瑜望定它，喃喃道：我在它面前呆了那么久，竟没有看见它。

小乔苦笑：眼观天下是男人，视而不见也是男人。

周瑜无言的展开臂膀，小乔无言的偎入他怀里。

周瑜紧紧的搂着小乔，目光注视着那只乳钟，注视铭文，若有所思。小乔渐渐睡去了，在周瑜怀里闭目。

忽然，周瑜内心闪现一个念头，那念头如雷闪电殛，令他剧烈颤抖。周瑜失声自语：吾命不绝城不下，吾命绝而城得！

小乔梦中惊醒，不由泪水盈眶，颤嗔：周郎啊，虽然你抱着我，心里依然搂着荆州。

周瑜无言，失常的紧紧拥抱小乔。仿佛下一刻便成永诀。

但小乔却狠狠一推，周瑜头颅猛撞到身后那只揭钟上。轰的一声，那揭钟又撞到紧挨它的揭钟，揭钟再撞旁边的乳钟……于是钟们一尊尊彼此碰撞，彼此传递着轰响，发出了连绵不绝的颤音，令人心碎。

编钟轰鸣中，小乔痛声狂叫：周郎，让我生个孩子吧。要不然，日后谁给你上坟！！

小乔泪流满面，摇摇欲坠！周瑜一把抱住了她。两人再次撞到编钟上。

轰轰轰……钟声震耳欲聋，天地悚然！

40. 日外　野郊

壮美的山景。

吕蒙胸前捆着厚厚的渗血绷带，背上拴一只小小包裹，孤独行进在山道上。

山中忽然传来一阵箫音。

周瑜独坐林下，执箫低鸣。一只美丽的蝴蝶飞来，竟然停在箫端。周瑜停止吹奏，全身凝定，深情注视那只蝴蝶。蝴蝶也慢慢摆动翅膀，像是与周瑜交流心意……

片刻后，蝴蝶飞开了，而吕蒙站到了周瑜面前。

吕蒙沉声：我那样怒骂主公，他本该杀我才是，没想到只是将我赶出了都城。为什么？他为何不杀我？是大都督救我的么？

周瑜：不是。

吕蒙：那是为何？

周瑜：不必多想，想也无用。人各有命，生死在天。你命不绝，总是因为事未了。

吕蒙：何事？

周瑜定定地望着吕蒙，忽然折腰跪地，揖拜：我有一件大事拜托你。

吕蒙站着不动：如能为大都督而死，吕蒙快哉！

周瑜起身，遥指天边：看见那片山峰吗？

吕蒙望去：看见了。

周瑜：山峰后面有什么？

吕蒙回忆：那儿有一座废城。已经荒废百多年了，周围百里无人敢居住。传言那城里有魔障，入者暴病而亡。所以都叫它鬼城。

周瑜沉声：两年前，鬼城里进驻了千余名亡命之徒，都是我从各处寻来的。他们别无长技，天天以攻杀为乐。两年多下来，相互杀得只剩下二百余人。但这二百余人，个个堪称死士，个个能赴汤蹈火，飞檐走壁，个个打不死砍不烂，冷酷无情，嗜血如命。

吕蒙诧异：他们如此亡命，总有所图吧，总当有个念头吧？

周瑜微笑：问得好。他们的念头就是，有朝一日杀进吴宫，斩孙权，夺大位，拥我做江东之主，于是他们自己也会拜将封侯，得到终生富贵。

吕蒙骇然，欲言又止。

周瑜逼视他，厉声：当主公那支利箭射来时，你也生过类似念头吧？！

吕蒙惭愧垂首，无言。

周瑜厉声：我要你去做他们的首领！他们虽然悍勇，却只会搏命而不知兵法。我要你去训练他们，把他们练成既能搏命也能听命的士兵。在三个月内，将这二百人练至百人以内，因为人多无用。

吕蒙慨然：知道了，大都督给一道令符，我这就去鬼城。

周瑜一笑：令符无用，他们不认。

吕蒙：那么，如何让我们认我？

周瑜把长箫递给吕蒙：你执它入城，直至后殿正中，吹响长箫。他们便会相信你就是周瑜。

吕蒙接过那支铜箫：明白了。

周瑜：把你的兵志给我。

吕蒙摘下脖子上的吴钱，交给周瑜。

周瑜接过，嘎地一声掰成两半。一半执置于掌中，另一半递给吕蒙。沉声：三个月后，会有人执我这半边兵志前来找你，无论此人是谁，也无论此人下达什么命令，传达的都是我的话。你即刻率队出发，完成使命。

吕蒙执箫一揖，掉头而去。

41. 日外　鬼城

夕阳如血，寒风凛然。一座破旧的空城出现在吕蒙面前，城门半合半闭……

吕蒙踏着野草慢步上前，谨慎的推开高大的城门。轰隆一声，腐朽的城门竟然整个从空中垮塌下来了，碎裂成大团废墟，几乎将吕蒙埋没。

吕蒙钻出废墟，抖掉身上落物，走上一条被野草埋没的城道，走向远处那座荒芜的大殿。

忽然，吕蒙头颅一闪，一片突袭的刀锋贴着他脖子砍去！吕蒙执箫横击，将那袭者打翻，继续前进。

又有数箭射来，吕蒙执箫将它们击落，继续前进。

一支长枪从墙缝中刺来。吕蒙闪开，顺势狠击，将那人击死在墙后。继续前进。

随后，吕蒙每前进一步，都遭遇重重阻杀。不断有偷袭者、亡命者从四面八方攻杀他。他也不断的把他们打倒、击毙……吕蒙一步步血战着走向大殿。

后面已经躺着许多死伤的亡命徒，但窜出来的竟然越来越多。这些亡命徒不但攻杀吕蒙，因为杀性大起，杀着杀着他们相互之间也攻杀起来！

吕蒙已经身负数创，铜箫上血肉淋漓，仍然奋力拼杀，杀向大殿！

42. 日内　鬼城大殿

吕蒙终于杀进大殿，这时他伤血满身，筋疲力竭。

无边无际的死士仍然从四面八方围拢来，个个执利器逼向吕蒙。

吕蒙跌坐到殿中那尊王位上，执箫力吹——却吹不出一丝声音。吕蒙呆了，只见死士们越逼越近，刀枪密集，片刻后就会把他乱刀分尸。

吕蒙再次举箫狠吹，箫口一端竟然噗地喷出一团血肉，溅出数尺开外。

箫管终于通了，吕蒙的铜箫发出一阵尖锐至极的长鸣！天惊地颤，摧肝裂胆……

所有死士全部凝定，静静注视吕蒙。继之，他们慢慢放下利器，黑压压的跪成一片，全部向吕蒙揖拜！

整个过程无一言语。

43. 晨内　吴宫

吴宫大殿，又是一座辉煌的编钟，上中下三排，宛如悬挂着的古老战阵。琥钟，赢司钟，揭钟，以及最大的一座大傅钟。

三个乐女盘坐于锦垫，正在击奏钟乐。编钟发出美妙的钟乐……

孙权从宫门外踱入，乐音在耳，他且听且行。

奏曲过程中，右边那乐女敲击一下大傅钟。大傅钟发出的浑厚乐音。但这乐音却令孙权一怔，不禁止步，沉吟：音律不对嘛。

乐女们却全然不察，她们继续奏乐。片刻后，那乐女又击打一下那座大傅钟，那钟再次发出浑厚钟鸣。

孙权突然厉嗔：停！……退下。

乐女们惊惶起身，迅速地静静的退出大殿。

孙权走向那座大傅钟，在近处细细端祥它。大傅钟依然灿烂如故，不见任何异常。

孙权踱到钟后，突然呆定！只见，钟身中部的一片已被利剑削平，展现出金子般闪闪发光的一块，宛如纸面。这金质纸面上锲着两行用剑锋刻下的字：吾命不绝城不下，吾命绝而城得。

孙权仰天长吁，含泪喃喃：公瑾有取荆之策了……

就在孙权抬头一瞬，看见了高处悬挂着那柄王剑。孙权一把抓过剑鞘，抽出断剑，在钟面上奋力一刮！

一片薄薄的铜页被剑锋削去，大傅钟上字迹全无了，唯剩那块闪闪发光的金属平面。

孙权平静地将断剑归鞘，离去。

44. 日内　西川大校场

大校场上，耸立一杆杆将军的大纛与门旗，一方方军阵盔甲闪亮，杀声震天。

孔明沉思着从一座营帐中步出，马谡牵着战骑迎上。

孔明将手中一卷军令交付马谡，沉声：马谡，主公下月就要取益州，急需添兵。此去荆州一千八百余里，限你五日内赶到，将此信交给云长。

马谡接过：请问军师，调用荆州多少兵马？

孔明沉吟：荆州是吾命脉，万不容失。而云长自视甚高，主公要多少兵马他就会拨多少兵马。我这么跟你说吧——见到云长后，你先不说主公要调他多少兵马，而要先问他需要多少兵马才能确保荆州无忧。如果他说三万足矣，你就留给他五万。他如说五万足矣，你就留下七万。他说七万足矣，你就留下九万！余者才能发往西川。

马谡：明白了。

孔明：另外，须再三叮嘱他要与东吴和睦相处，万不可两面受敌。

马谡：在下一定把军师心意详加转达。之后，探明曹、吴军情，再率荆州军回川。

孔明：去吧。善言叮嘱云长，谨之又谨，慎之又慎。

马谡应声揖别，上马疾驰而去。

45. 日内　荆州校场

威严的大校场。

东头挺立关羽，胯下赤兔，手提青龙偃月刀。

西头挺立关平，胯下战骑如雪，手提一柄紫金大砍刀。父子俩虎虎对视，杀机如炽！

几乎是同时，父子俩大喝一声，分别从东西两端冲来，近了。两柄战刀哐地在空中相击，火星四溅！继之，父子俩勒马回首，再次恶斗在一起。他们每一击都无丝毫顾忌，每一击都是生死相拼！

关平一边攻杀父亲一边道：江东细作探报，孙权未改初衷……

关羽一边刀劈儿子一边令：接着说！

关平狠狠一刀劈来：鲁肃当着江东众将的面，向孙权禀报了父亲拒婚之意，当他说出虎女焉嫁犬子一句时，所有将军大怒……

关羽狠狠一刀劈来：怒得好！

关平继续攻杀：但孙权再次重申，妄言取荆州者，斩！

关羽挥刀格开关平刀锋：哼哼。我看，这才是孙权故作妄言！

关平继续攻杀：吕蒙当时脱口而出——庸主！

关羽展开了攻杀，大笑：喝喝！

关平挥刀反攻：孙权一箭射来，当场射死了吕蒙……

关羽在空中架住关平的长刀，惊问：什么！射死了？！

关平：千真万确，细作亲眼看见，吕蒙心口中箭，随之倒下，再未起身。

关羽不禁沉吟：哦？吕蒙是江东勇将，日后有望掌军的。孙权竟然射死了他？……

关平补充四字：亲手，当众！

关羽勒马沉思，微叹，略显伤感。

一个校尉力喝：禀上将军，参军马谡到。

关羽回首望去。马谡策马驰近，揖：马谡拜见上将军。

关羽回礼，微笑：参军辛苦。你此次来荆，是要调兵入川吧？

马谡恭敬地：将军神武，一料便中。

关羽自豪的长笑：我早替大哥准备好了，给你十二万精兵！

马谡大惊：十二万？将军拿什么守卫荆州？

关羽：我留三万兵足矣。荆州城中两万，章陵南阳各五千。

马谡沉吟：军师再三叮嘱，荆州是吾命脉，万不容失。上将军兵马太少了。

关羽嗔：一年之内，曹操绝无攻荆可能。东吴孙权，既惧我，又惧曹。我有三万军在此，荆州万无一失！

马谡微笑：上将军说得是。不过，主公取川地后，必挥师汉中，攻取中原。是时，定会需要将军由荆州出师，先取襄阳，再北击许昌，协助主公攻取天下。到了那时候，上将军就会觉得兵少了。

关羽闻言一怔，喝喝笑了：是啊。到那时候，我若有十万精兵，定能荡平天下。

马谡：请上将军留下六万军吧。

关羽：三万！

马谡坚定地：六万！

关羽微笑：三万。

马谡大声：六万！

关羽沉默了，愤怒了！他目光仅仅那么一瞟，马谡立刻一懔。

马谡垂首叹息：请留下五万军吧。否则我无法跟军师交待……

关羽嗔：又是孔明！告诉他，让他只管全心助我大哥谋取西川，荆州有关羽，三万军足矣！

马谡低声：遵命。

46. 日内　吴宫

一股大风扑入殿堂，顿时，所有编钟发出嗡嗡低鸣……

此刻阳光如柱，照入大殿，像剑光打在另一只剑上。从这个角度望去，高低错落的编钟之阵宛如一方待发的战阵，一片含蓄杀机的武士。

孙权孤独地绕钟踱步。

鲁肃入内，一揖：刘备已与刘璋反目，五日前开始攻打益州。

孙权沉声：知道了。

鲁肃：关羽发兵十二万，前往川地助刘。荆州守军，尚有三万精兵。

孙权沉声：荆州两万，章陵南阳各五千。足矣！

鲁肃欲言又止：既然主公什么都知道，在下就不知该说什么好了。

孙权看他一眼，嗔：把你最不想说的话说出来。

鲁肃沉吟：江东军情不稳了，将士们心怀愤恨……

孙权沉声：恨谁？

鲁肃：主公！

孙权惊讶：恨我？

鲁肃表情痛苦，声音发颤：是啊。主公能忍，但将士难以忍受关羽的污辱了。他们恨你已经恨到了这个程度——要么杀关羽，要么杀主公。或者两人都杀，先杀主公再杀关羽！

孙权呆定，呆定！过一会，他开始微笑了。这时，他整个人充满欢乐又克制着欢乐，充满陶醉又克制着陶醉，充满幸福又克制着幸福！

鲁肃骇然：主公，您怎么了？

孙权含泪颤声：子敬呵，战机到了！

47. 日外　吴城

一骑执王旗从城中大道上疾驰而过。骑士沿途高喝：主公有令，凡十六岁以上，四十岁以下男性，全部前往营中待命，听候遣用！……

两旁路人吃惊。

48. 日外　江边

江边有一处船厂，众多工匠正在打造渔船。

一骑执王旗疾驰而至，大喝：主公有令，江东各郡所有工匠，全部到葫芦湾待命，听候遣用！……

工匠们吃惊。

49. 日外　农田

一骑执王旗从农田中驰过，朝两旁边村庄大喝：主公有令，各家各户，凡十斤以上铜器，全部借于主公，日后加倍偿还！……

农夫沉默无言，但是正在耕地的水牛们却昂起首，悲愤的仰天长嗥！

50. 日　溶洞内外

深山，一处巨大的溶洞。洞口却用城门紧闭。

城门轰轰打开了，甲士们从溶洞内推出一辆巨大的、既似战车又似云梯的攻城器物。

至旷处。众甲士合力拽动绳索。这器物嘎嘎作响，巨人般站了起来。一截截对接、升高、壮大……最终成为一尊多层战台，它甚至比荆州的城关更高！

51. 日外　吴山

群山之中，一片阔及数里的大山谷。

山谷间长满青草，有野鸟在草地上逐食，有野兔在谷间奔跑……

两边山头上，拴着数根胳膊粗的绳索。高处有一亭，亭间一祭台。此刻，一位将军注视着正在燃烧的三炷纹香。那纹香烧至半截，突然爆裂！

将军执旗冲出亭，挥旗大喝：天公降意，启！……

两边山头上的壮士们，同时大喝：启！

所有壮士奋力卷动巨大的绞盘，那些胳膊粗的绳索拉直了，拉紧了，一圈圈卷入绞盘上了。

渐渐地，整片山谷由北向南，整片草地慢慢席卷开。草上的鸟与兔惊慌奔飞……原来这大山谷上竟然复盖着一片巨大的、生机勃勃的草垫！

草垫下面的大山谷，安放着无数战车、刺胄、巨网、撞弹、抛射器……各种从未见过的攻城器物陆续出现，这是一片无边无际的兵器海洋！

整个山谷，就是掩藏的杀机，是压抑的欲望！

52. 日外　鬼城

一辆辆大车驰近鬼城，车上满载酒肉等物。

给养车后面跟随着一辆辆宫车，皆垂帘。帘中隐约传出女人的嗔笑之声。

为首的那辆宫车掀开车帘，现出青萍面宠，她吃惊地打量着这座恐怖的鬼城……

53. 晚外　鬼城各处

明月当空，光如水泻。

鬼城各处的草丛、营棚，外面抛置着酒具，肉骨，里面却都传出各式各样热烈的作爱之声……

54. 晚内　鬼城大殿

大殿上，吕蒙就着一缸水在磨刀。他每磨亮一柄小刀，便看都不看地顺手一掷。

每一柄飞刀都准确地扎在殿中大梁！那根梁柱上已扎满飞刀，但吕蒙仍在磨。

青萍舒舒服服地躺在一尊阔大战盾里，那战盾像贝壳那样托着她。她望着天空上月亮，笑着说：我爹就这么坏！他一边让你们送死，一边又要留下你们的子孙，好让江东人丁兴旺！咯咯咯。

吕蒙讷讷地：小姐，请回吴阿去吧。这儿，冷。

青萍笑嗔：冷好，我冻死在这！……吕蒙啊，我告诉你，过不了多久，我爹一定会把我配给曹操公子、要么就是曹操孙子，反正都一样！爹没要来关羽女儿，只好把自己女儿送给曹操。咯咯咯。

吕蒙沙声：青萍，回宫吧。

青萍嗔：不！鬼城的月亮比宫里的好。

吕蒙无言，继续磨刀。在吕蒙吱吱的磨刀声中，青萍慢慢睡着了。

吕蒙停止磨刀。起身走到青萍身边，望着她梦中的面容，欲抱起她来，却又胆怯的收回手，犹豫着……最后，吕蒙没有碰青萍，双臂托起那尊巨大的战盾。

青萍睡在战盾里，像小鸟偎缩在蛋壳里，像贝偎在贝壳里，整个儿被吕蒙托进了内殿。

旷野处，隐约传来男人粗野的欢叫，传来女人忘情的疯笑！……

内殿里静静的，无丝毫声息。片刻后，吕蒙从殿门内出来了，他继续坐在大缸前，沉身磨刀。

殿堂大柱，扎满了利刃！

55. 日内　周府

编钟前，小乔正用丝巾揩抹甬钟，其情像侍候自己的婴儿。她不时抚摸钟上铭文，又不时轻叩一下。

忽然，一片阴影无声无息的遮住了光线，小乔抬首望去——十数位甲士已伫立在堂上。

小乔嗔：怎么？

为首的校尉向小乔一揖：主公有令，十斤以上铜器全部收缴。

小乔一怔，随即淡淡地：抬走吧。轻点儿，别弄疼了它们。

校尉：遵命。

甲士们上前摘取编钟，一尊尊小心异异的抬出殿门。

小乔呆呆地望着，望着，突然痴声叮嘱：化铜的时候，小心……

校尉一怔，沙哑地应声：嗳。

所有编钟全部消失了，空旷的大堂上，只伫立着空荡荡的编钟木架。小乔跪坐于锦垫，坐在木架前，呆呆在望着曾经悬挂编钟的虚空，沉入梦想。

坚实的钟架仍然挺立，上面有一道道钟耳勒出的深痕。

小乔朦胧中，下意识的执锤朝虚空一敲。原先悬挂揭钟的空中，竟然发出了钟的轰鸣，如梦如幻……

小乔陶醉地笑了。她继续击打虚空，虚空中清朗朗的发出了钟鸣，而且奏出那寓言的乐音。仿佛编钟们从来没消失，一直悬挂在她面前。

小乔起身，如梦如幻的沿着钟架舞动，手中钟槌优美的掠过并击打……于是，原先悬挂乳钟的虚空，统统发出钟声！钟声们高低跳动，互相呼唤，久久不绝。直到小乔离去，钟韵仍在空中颤动。

56. 日外　吴宫玉阶

玉阶上，伫立着腰悬王剑的孙权，伫立着身着战甲的周瑜。

阶下，众将排立。四周甲士执枪，远处飘扬着各位将军的大纛！

孙权正声道：听令，即日起，周瑜复职，终生为江东大都督，并率我军全部精锐，攻取荆州！

周瑜向孙权揖：领命！

众将大喝：领命！

周瑜上前厉声：五日之内，必须攻取荆州。因为，此战为孙刘殊死相争，曹军坐观成败。攻荆一开始，襄阳曹仁便会得报。他遣人向许昌曹操请命，往返需两日。再发兵至荆州，哪怕是昼夜兼行也需四日。只要荆州落入我掌，曹仁战机便失，只能无功而返。听命，五日之内，必须攻下荆州！

远处的军阵海涛般呼应：领命！领命！……

像一道利剑刺破了庄严，军声中突然迸出一股女人的疯狂喊叫：放下它们！畜牲！我要杀了你们，放下编钟！放下！……

所有将军惊讶侧目。不远处，从侧宫门那里抬出一尊编钟，数个壮士抬着钟架，但青萍却死死吊在钟架上，双手紧抱一只乳钟，死不撒手，声声狂叫：放下它们！它们是我的！我要杀了你们！畜牲，畜牲！给我放下！……

孙权愠声：怎么？

一个校尉上前揖，谨声：小姐抗拒主公令，不肯交出编钟。

孙权沉吟。众将屏息注目。青萍仍在声声叫骂……

孙权走到钟架前，动情地对青萍道：丫头，撒手吧。父亲以后会还你一套更壮丽的编钟。

青萍怒叫：不！不！……

孙权正声：女儿！撒手，立刻撒手！

青萍竟然冲着孙权怒叫：你滚开！叫他们统统滚开，把编钟给我放回去！

孙权暴喝：青萍，撒手！

青萍怒叫：不！

剑光一闪，孙权豁然长剑在手！继之迅猛一挥，就像劈掉一片树叶那般轻妙，青萍的双手立刻断掉。她惨叫一声，跌地昏迷。

壮士们即刻抬走编钟，抬走青萍。地面上独留两只断手。

孙权剑指众将，声音平静而冰冷：执吾女双手传示三军。告诉所有将士，如果不能攻取荆州，江东失去的不光是手臂，是你们父母的牲命！是我们的家国田园！

众将暴喝：遵命！

57. 日内　匠房

大傅钟放在一方铁砧上，一枚巨大的铜锤从空中落下。大傅钟发惊天动地的轰鸣。却没碎，它仿佛在抗拒！壮士们个个惊呆了。

少顷，巨大的铜锤再次落下，一锤又一锤……

大傅钟痛叫一声，轰然开裂，再开裂，最终裂成若干碎块。

壮士们挥着巨锤砸向一尊尊编钟——大大小小的琥钟、嬴司钟、揭钟都发各种不同的音律，凄厉穿心，仿佛绝唱！

黄钟大吕，全部碎裂。那些新鲜至极的金属断面，在日照下迸射猛烈的金光，眼睛那样一闪一闪……

58. 日内　炉膛

炽热的炉膛内，漾动紫红色铜汁。令人惊骇的是：铜汁上面隐约飘浮着几行古篆，飘浮着寓言残片，飘浮着些许兽纹。少顷，它们才恋恋不舍的融化。

紫红色的铜汁从炉膛里流淌出来，灌入一只只模具……

模具们冷却了。嘎地被大锤砸开——豁然出现一支五尺长、闪闪发光的铜质长枪……

无数支长枪被装载上车，驰出匠房。

59. 日外　大校场

大较场耸立着一尊尊高大的多层攻城战台，像是一座座楼宇。

铜质长枪被传递到战台上，安装进一只只巨弩里。原来，这些长枪都是箭，它们将要射穿荆州城关！

60. 日外　荆州城关

将军阁中，关羽注视着面前棋枰，盘面上的黑白子正绞杀成一团，局势难解……

忽然，棋枰最边缘的棋子微微颤动了一下。接着，所有棋子连续不断的细微颤动，原来是地面在发颤！少顷，天边才传来隐隐约约的闷雷。

关羽步出将军阁，走到城垛旁，极目天边。

天边，仿佛正行进着大片群山！它们步步接近，越来越高，越来越壮阔，越来越密集，越来越汹涌澎湃！

城关各处，所有将士都死盯那片史无前例的吴军战阵，却无一声惊叫。

荆州死一般沉默……

61. 日外　战阵

周瑜端坐在一尊巨大的战车上，注视着越来越近的荆州城。

无边的战阵缓缓前进，将士们全部注目前方城关。千军万马无一令，无一言。

战阵死一般沉默……

62. 日外　城关

城关上的将士紧紧注视战阵，关羽却闲亭信步般从他们身后踱过，且走且令，仿佛吟诗：告知百姓，城墙内侧二百步以内人家，全部搬迁。两个时辰内，他们房屋片瓦无存。

一士立刻奔下城关。

关羽继续：快马传命章陵、南阳二城守将，无论荆州战况如何，他们概不准发兵来援，违令斩！

一士立刻奔下城关。

关羽继续：周仓李平，率军一万上城御敌。王超马进，率军一万备战。两军每隔四个时辰，战歇轮换一次。

一士立刻奔下城关。

关羽继续：关平率所有甲士，只歇不战！吴军如果兵败，防曹军来袭。吴军如果破城，与敌决战于城中。

身后的关平凛声：遵命！

63. 日外　攻城（一）

八具攻城战台像八尊擎天巨人，在大片甲士牵引之下，向城关靠近。战台上最高的一层甚至比城关上的将军阁还要高出十尺，足以俯视城内……

荆州城内射出无数火弩与飞弹，直击高高的攻城战台……

周瑜注视着（近乎俯视）荆州城关，城内的防御态势他历历在目。看着看着不禁微笑了。喃喃地：四日之内，定能攻下荆州！

周瑜示意。主战台上立刻轰鸣，向空中射出几枚绚丽的哨弹！

四尊攻城战台忽然像刺猬那样张开了：各层均现出一层层巨弩，弩上安置着编钟铸造的长枪。啪啪啪！……无数只长枪朝城关射去。它们深深地，密密麻麻的刺入墙身。有些枪直接射穿城上的将军阁。

地面上甲士，组成甲阵，战盾们彼此相连接相复盖，如同一只只巨大的钢甲乌龟。这些甲阵冒着空中弹与箭，逼至城下。继之，甲士纷纷跳出甲胄，踏着钉在城墙上长枪，像踩楼梯，像攀岩，执利器攀上城关……

另有两尊攻城战台接近城关，轰隆两声巨响，战台上同时射出两只长长的利器，深深钉在城墙上。这利器上挂着卷帘。渐渐地，卷帘展开，下落，竟然是粗绳索编织而成大幅渔网，复盖了城墙。无数轻甲壮士冲至墙根，顺着这渔网向城关上攀爬……

另有两尊攻城战台接近了城关，它们顶部竖出长长的云梯，嘎地一声，搭在城垛上，成为战台与城关之间过渡。许多甲士冲出战台，踏着这跳板冲上城关……

地面上，一具具战车列阵，车载的巨大抛射器向城中抛射枚枚燃烧火弹……

中国历史上曾经出现过的攻城战法，在这里无不呈现极致姿态！并在此基础上再加以奇妙创造！

64. 日外　水门－攻城（二）

一艘巨大的战船从长江逆流而上，驰入布满杀机的水道。从表面上看此船与周瑜当初的坐驾并无不同，但内部充满奇异。

水道前方，水门瞪着两只巨大的兽眼。城关上万弩待发。水道两旁，暗伏的士卒个个跃然待击！

水底，吴军水手潜在水中，他们正在绞紧巨钳，把水底昂立的利器一个个绞断。船底正好贴着断器驰过……

突然间，城关与水道两旁万弩齐发，无数飞石利箭朝战船击来！

战船迅速变化了外形，它四周升出一扇扇巨大铜盾，把自己保护起来。箭与石击在铜盾上，丝毫无伤。相反，船身各处出现射口，朝两旁射出连环箭：每一轮都十支！连环箭暴雨般刺向岸上的守卒……

行驰水中城门前，战船再次变幻外形，船速骤然加快，尖锐船首狠狠撞向水中城门。轰隆一声。城门上的一只兽眼震开了，另一只仍紧闭。城门半开半合。战船仍然冲不进去。

于是，此船再次变幻外形。它顶部张开了，升出一副阔大的战台，几乎与城关平齐！船中甲士纷纷执兵器冲上船顶，从战台上跃入城关……

远处，疾驰来第三艘战船，沿途交战，最终与前艘战船的尾部咣地连接。第三船疾驰而来，咣地连接第二艘战船……片刻间，宽大的水道完全消失了，完全变成吴军的攻城阵地！

65. 日外　城关－攻城（三）

城关各处，守城的将士们正在浴血厮杀！到处血肉四溅，到处刀光剑影……

将军阁内，关羽居高凭下静静观看。关平紧张地伫立于侧。颤声：父亲，战况危急了，我率甲士出战吧。

关羽沉吟：平儿啊，告诉你一个好消息……

关平愕然：父亲？

关羽微笑：我原以为，周瑜如果攻城，最少要攻我三个月，但现在看来，两日之内我与他便能一决胜负。关平啊，我料错周瑜了！

关平骇然。

66. 日内　军帐

军帐中，孙权百无聊赖，他信手取过一方丝帛，在上面书写。片刻后，不满意，将那丝帛掷开，又取一方重新书写。

鲁肃入内，气愤地望着孙权：主公，你欺骗了我。

孙权且写且道：怎么？

鲁肃沉声：主公从来没有相信过孙刘联盟！主公罢免公瑾，裁撤主战将领，箭射吕蒙，忍辱求亲，全都是为了欺敌，全都为了让关羽轻视东吴，分兵入川。主公非要把江东将士逼至绝境，逼到了几乎兵变的程度，这才认为战机到了！主公所做的一切，早就与公瑾预谋好了，只骗得我这个厚道人为你们做假，做嫁！

孙权微笑：子敬，你其他说得都对，唯独和公瑾"预谋"说得不对。公瑾被罢免的三个月里，我没与他见过一面，道过一言。为何？因为我们心意相通，根本无需预谋，直到钟身上出现那句话。

鲁肃：什么话？

孙权：吾命不绝城不下，吾命绝而城得。这使我明白，公瑾已经决定了取荆之策，我立刻遵从他的决定！

鲁肃骇然：公瑾会死？！……

孙权不悦：如此问话，真是对公瑾的污辱。

鲁肃打量案上：主公在写什么？

孙权：降表。

鲁肃惊愕：降表？！

孙权淡声：将士们都在攻城，此时此刻，主公的价值不如一马夫！我除了写写降表，还能做什么呢？

鲁肃失声：向谁投降？

孙权示意：念吧，顺便为我斟酌。

鲁肃取过丝帛，高声念颂：臣权叩拜魏公丞相。吴军攻荆大败，兵马无归，国力丧尽。此时，公只须遣一上将，提五千军直袭吴阿，尽可兵不血刃收取江东九郡。权，必率百官跪迎。公若不忍如此，则请容权率土归降。十日内，权必遣长子孙皓前往许昌，终生为质，并携江东五十六县之图册簿籍，一并献于丞相。此后，江东所有税赋粮饷，尽归丞相取天下所用。臣权百拜……主公这是何意？城关东西二门皆破，公瑾眼看要拿下荆州，我们要大获全胜了啊！

鲁肃气得几乎发疯！

孙权沉声：这恰恰是最危险的时候！子敬啊，曹操现在正在犹豫，攻吴？还是取荆？他要是现在倾巢而出，攻荆则荆亡，取吴则吴下，谁也挡不住他。我这道降表一到许昌，有助他做出最终判断——刘备与孙权，谁才是他日后一统天下的大敌！如此，即使我们今日大败于荆州城下，即使国破家亡，江东也可能获得十几年喘息之机。哦，我说的是可能。

鲁肃：主公，如果我们取胜呢？如果我们攻下荆州呢？

孙权淡声：那就学曹操而且比他更彻底，无论多少海誓山盟，全部赖账！之后厉兵秣马，攻许昌、争天下、取曹刘二人的脑袋。

鲁肃激动的热泪盈眶：主公呵，这是古往今来最恶毒、也最伟大的降表！

孙权感动：精辟。

鲁肃掉头出帐：我亲自去许昌，拜见曹操！

67. 日外　城关－攻城（四）

城关上面，处处血战。而吴军已明显占据优势……

城关内，巨大的城门即将崩碎，潮般的吴军将涌入城，血洗荆州！

但是城门内，早已密密麻麻伫立一方铁阵。那些甲士个个冷如刀剑，静如顽石。关平策马横刀，立于阵前，静静等待着。

巨大的城门轰隆一声倒下了，无数吴军呐喊冲入。

城门两边射出阵阵箭雨，将冲入的吴军大部射死，射翻……

关平举刀长喝：随我来！

上万甲士跟着关平冲出了荆州城关。

68. 日外　城下－攻城（五）

城门中冲出两拨铁骑，每骑都扯着一根长索，而根根长索又拧聚一根巨索。于是两拨铁骑合扯着两根巨索，巨索则拽着一只巨大的石轱辘。

石轱辘在铁骑的奔驰牵拽下，越滚越快，轰轰作响，酝聚着极大冲击力……

终于，巨石轱辘撞上了攻城战台的底部。那尊高高的战台立刻倾斜，嘎嘎作响的栽倒了。战台上所有将士，全部落地殒命！……

另两拨铁骑冲出城门，拽着巨石轱辘冲向另一尊吴军战台，那尊也立刻被撞碎，从空中重重落地……

关平策骑，率甲士们直冲向吴军的中军，那里高高耸立着周瑜的大纛……

69. 日外　瓮城－攻城（六）

吴军将士们冲过城道，冲进荆州。突然，城门穹窿的上空咔地又落下一道城门，把吴军的洪流斩为两截。几个士卒当场粉身碎骨。

数千将士被关在巨大的瓮城里，进不得退不得。一将军挥刀厉令：休慌。半个时辰内大都督就会破城！

空中响起砖瓦碎裂之声，吴军将士们仰面望去，全部惊呆！

关羽策骑横刀，正从高高城关上跃下。赤兔马根本不沾地面，而是在屋宇楼阁的顶上飞驰。铁蹄从屋顶刚刚弹开，蹄下的砖瓦才来得及碎裂……

天神般的关羽从空中降至瓮城，再降至吴军头顶。他根本不睬数千吴军甲士，直取率队将军。只一刀，那颗头颅飞出数丈……

瓮城中，关羽只身与上千吴军恶战……

70. 日外　城下－攻城（七）

关平的铁骑疾风般冲至周瑜面前。周瑜微笑一下，拔剑迎敌。

几位副将冲上前拼命拦阻：大都督快退！……

周瑜挥开众将，竟然步行着直朝关军战骑迎去。

上百战骑立刻把吴军冲散，之后紧紧围着周瑜恶斗……

远处城关上，关羽提着滴血的青龙偃月刀，静静注视这里。

浑身战伤的周瑜，在甲士圈中拼死与关军恶斗。

外围，那几个吴军将军正拼命试图杀入战阵，以解救周瑜。但是，他们陆续被关平挥刀砍翻……

71. 日内　大都督府

小乔绕过屏风，走进大堂。这时一阵微风吹来，她忽然听见编钟的嗡鸣之声。

小乔举首望去，登时惊呆了。光秃秃的钟架上，竟然吊着一只小小的乳钟。此时它正在阳光下闪耀金光！

屋角处，瘫着一个受伤的老甲士。他看见小乔入内，挣扎起身，施礼。

小乔示意那只钟：怎么回事？

老军士喘道：禀夫人。当初化钟时，大都督暗中违抗了主公令，私藏下这只钟，他知道夫人最喜爱它。今晨，大都督令我把这只钟送来……

小乔颤声：周郎怎样？他在哪？他好吗？

老军士：大都督说，他在荆州等你。

老军士再施礼，离去。

小乔含泪望着那只小小的编钟。少顷，执锤上前，轻轻敲击它的各个部位，每个部位都发出不同的鸣响……继之，小乔陶醉地喃喃道:周郎，你听。

小乔闭住了眼，动情地敲打这只编钟，以及周围的虚空。虚空发出黄钟大吕之声，奏出仍是那篇寓言的乐音。

小乔如梦如幻地敲击编钟……

72. 日外　城下

黄钟大吕之声化为剧烈的刀剑铿锵之声。

战阵中，周瑜只身与关军拼杀。外围，许多吴军冲入解救，但他们再度被关平杀退。

战阵中，周瑜继续血战，渐渐不支了。

73. 日外　城上

关羽匹马单刀，高高伫立于城关上，静静朝远方的周瑜眺望。

74. 日内　大都督府

大堂上，小乔越来越动情，越来越灿烂，越来越疯狂!

小乔突然停定，凝神谛听着什么……

这时，那只小铜钟突然无缘无故的掉落，它轰然落地，发出痛苦鸣响。

小乔顿时呆定!

75. 日外　城下

战阵中，周瑜身中数刀，甲胄喷血。他踉跄着，朝远处城关上大吼：关羽，我在黄泉等你!

吼毕，周瑜倒地死去。

76. 日外　旷野

千军万马在旷里急进。上将曹仁领军。

正行间，一骑执令旗急急追赶而来：上将军，上将军!……

曹仁驻马：何事?

传令校尉：丞相有令，命你放弃吴阿，率军攻取章陵，襄阳二城。

曹仁惊讶：为何？

校尉：丞相不言，只令你十日内取下二城！

曹仁：遵命。

校尉驰离后，曹仁朝偏将喝令：传命，前军掉头，南下章陵！

战骑开始纷纷掉头，朝南方疾驰……

77. 日外　城关

城关各处，各种攻城器具、断枪残刀、将士尸首堆积如山，而且无边无际。

关羽策骑巡视。负伤的关平随行，禀道：部下们粗粗点验过，仅吴军尸首就有一万二千多具，据此推算，他们损伤的兵力不下于十万。五年内，江东再无交战的力量了。

关羽沉声：周瑜在哪里？

关平正声：战死了！

关羽：我要看见他的尸首。

关羽掉头驰下城道，直趋城外。

78. 日外　城下

关羽驰至一座战车前。周瑜的尸体平放在车板上。

关羽动情的望着，望着，终于长叹：拿酒来！

片刻后，护卫取来酒具，并斟满两盏。

关羽接过一盏，放在死去的周瑜身边。再接过一盏一饮而尽，长叹：公瑾呵，你怎么就死了呢？从此，荆州无忧，江东则无救了！

关平低声：父亲：章陵守将遣人来报……

关羽打断：我早知道了。

关平：章陵、襄阳万不可失。父亲有何命令？

关羽笑了：平儿啊。守城只是我的末技，攻城拔寨、野战致胜那才是我的长处。传命：伤兵全部留守荆州，所有将士全部随我北上，迎击曹仁。

关平犹豫：父亲……

关羽：快！半个时辰之内就要出发。

关平无奈，即刻拨马传命。

79. 日内　鬼城大殿

大殿上，吕蒙正在饮酒吃肉，一个十三四岁少年死士无声无息地贴到了他身后。

这精瘦少年正欲夺吕蒙手中酒盅，却发现早有一支利刃抵在自己腹间，少年窘笑了：嘿嘿。

吕蒙：何事？

少年：外头来了个死货，白白胖胖的，像个帐房。那肉哇，好想烤了他！……

吕蒙嗔断：来干嘛？

少年：说是替大都督送话。

吕蒙一惊，立刻推开少年，飞快奔出大殿。

80. 日外　鬼城城门

吕蒙刚刚奔出城门，顿时呆定。孙权伫立在他面前。

吕蒙揖，沉声：主公。

孙权无言地抬起手，半只铜钱从他指间垂落下来。

吕蒙明白了，正声：吕蒙待命。

孙权沉声：我军攻荆完败，周瑜阵亡，江东的军力、国力消耗殆尽……

吕蒙惊：大都督死了？

孙权不睬，继续道：但那只是佯攻，是欺敌。我们真正的主攻，从你开始！

吕蒙怔：我？……

孙权嗔断：你练至百人以内了吗？

吕蒙：到今天早上为止，城中有死士 98 人！

孙权：好。此刻荆州守军，只有弱旅数千。令你率 98 位死士夜袭荆州，天明之前，把荆州守军全部斩尽杀绝！天明之后，我要进城。

吕蒙杀机勃生，揖：遵命！

孙权示意山湾：百匹快马已为你们备妥，上路吧。

81. 日外　哨楼

那个精瘦少年赶着一群鸭朝江边哨楼走去。

哨楼上的守军发现了，急叫：小子，过来，快过来！

少年欲躲。城楼上的守军立刻张弓，厉喝：过来，把鸭子赶进哨楼，不然射穿了你！

少年无奈，畏畏缩缩地、万般不情愿地把鸭群赶进哨卡内。哨卡门关上了，但里面立刻响起乒乒之声……

少顷。哨门打开了，那少年浑身是血，手里抓着一只鸡腿边啃边出来。大咧咧朝芦苇荡叫：嗳，过吧。

吕蒙领着死士们冲出芦苇，迅速穿过哨楼，奔向远处的荆州城关。

哨卡里面，地面上躺着十多具大汉的尸体，全部被利器穿胸而死。

82. 雨夜外　荆州水门

水道上塞满巨大的战船残骸。吕蒙与众死士摸上战船，在残骸中寻找着，装配着……

很快，战船残骸上升起一座座巨大的弹射器——它们全部都是预留在船内的。

吕蒙率先坐入弹射器。众多死士压弯了弓弦。

嗖地一声，吕蒙像一颗子弹飞上了夜空……

空中的吕蒙张开双臂，他的臂与身之间出现一片皮翼。于是，他身体象蝙蝠似的在夜空滑翔了片刻，越过高高的荆州城头，落入城内。

吕蒙在落地的瞬间，双手连掷飞刃——他腰与背上皆是利器，片刻间便杀了十几个守军。

继之，一个个死士也如此这般飞翔了进来。有两人不慎落到庙杆尖上，登时被旗矛穿胸而死！但他们即使死也一声不出。

83. 夜外　荆州各处

荆州将军府，兵营，殿堂，庙宇，街巷，井畔……到处可见死士与守军恶斗。他们每人都在对付数十乃至上百人。

在各种恶斗中可以看出，鬼城中许多场景与荆州此刻场景极为相似——仿佛鬼城原本就为这一刻准备的！

84. 晨外　城门

朝阳灿烂！

城门前，孙权骑在战马上，静静等待着。

少顷，城门轰轰敞开了。吕蒙伤痕遍体，两边只站着几个鲜血淋漓的死士，各提断剑与残刀。

吕蒙步出城门，向孙权沙哑地道：禀主公，城中守军全部歼灭，请主公入城。

孙权注视着那几个死士，颤声：就剩下你们五……

话音未落，那个重伤的少年死士再也难支，噗地倒身而亡。这时孙权话语才完：……四人了。

孙权策骑入城，当他驰过吕蒙面前时，突然看见吕蒙跪地了——却不是向孙权，而是向着远方。

孙权扭头望去，看见一个女人远远走来，越来越近，竟然是青萍！孙权失声：丫头。

青萍无视孙权，她径直走到吕蒙身边，一言不发地踏着吕蒙的膝盖、吕蒙的手掌、吕蒙肩头，登上了一匹坐骑。

孙权颤声：女儿……

青萍仍然无视孙权，更无言，只动情地望着浑身伤血的吕蒙。

孙权不由一叹。

吕蒙替青萍牵缰前行，沙哑地道：禀主公，青萍断腕后，一直和我在一起。

孙权突然激动了：丫头啊，我说过要送你一位夫君！此人稍胜于孙权，稍弱于周郎……吕蒙听令，命你继任江东大都督，都督府就设在荆州。

吕蒙揖：遵命！

城道上，孙权且行且打量久违的荆州，万千感慨……突然，马蹄踩动了一支铜质长枪，发出咣当之声。

孙权叹道：丫头啊，父亲还答应过，要送你一套更壮丽的编钟！回头我就令人收回枪箭，重新铸造！

青萍面如冰雪，仍然无言，她直视孙权抬起了双袖——袖口褪下了，露出两只光秃秃的断腕。

孙权一震，颤声：呵……钟有了，手没了。

85. 日内　城关将军阁

孙权步入将军阁。阁中处处残破，唯有那尊朱红大案完好如初。

就在周瑜发誓要安放关羽头颅的案中，安放着一尊头盔！

那是周瑜布满战痕的头盔，此刻却仿佛是一只被砍下的金属头颅。

86. 日内　许昌宫中

宫中另一尊长案，案上也安置着一只精致木匣，匣中放着关羽的头颅。只见他双眼圆睁，长须垂出了匣外，微微被风吹动……

字幕：关羽在北进襄阳途中，遭吴军曹军南北夹击，被吴将斩首，首级送往许昌。

一个华服老者（曹操）背对观众，面对萧瑟的秋风落叶，长吁短叹道：传命，为关羽打造身躯，配其首级，厚葬。

一侍从：是。

曹操沙哑地：告诉工匠，云长身高七尺，肩阔二尺八寸，腰围三尺半，腿长四尺，脚长九寸五分……

侍者惊讶：丞相，您连自个脚多长都不知道，何以知道关羽的腿脚？

曹操嗔：因为他是云长不是曹操！唉，云长啊……

自始至终，曹操没有转过身来。

秋风吹拂，匣中关羽飘起了一缕长须。

87. 日外　城关

仍然从城墙底部一块古老斑驳的基石开始。

那块巨大的基石闪射着古铜般暗辉，并且咬合另外一块。巨石们彼此咬合，宛如人的骨骼，渐渐展现粗粝城墙暗藏的细节：暗红的石纹，狰狞的裂缝，倔强生长的草根与青苔，无数古铜箭簇和断裂的矛尖深扎在砖石上，不肯掉落……随着镜头摇过，出现一只新鲜的、穿着军靴的人脚，脚掌尖死死抠在城砖缝隙里。显然，这人在快要攀登到城头时突然被守城者砍断了双腿！

但是在城头一角，长出一丛洁白的野花。花瓣带露，鲜嫩欲滴！

青萍走到那丛野花面前，伸出自己的一截断臂，轻轻地抚摸它，感受着它。突然。被触动的花丛滚下一滴露珠，从花瓣上淌到她断腕上……青萍欣喜道：吕蒙你看，这花儿要长在我手腕上了！

身后，吕蒙轻声：我也想长在你手腕上。

88. 日外　城下

城下大道，一尊王驾轰轰驰近。

车帘掀开，现出小乔脸宠，她远望城关，忽然嗔：停车！

王驾驻。护从匆匆近前：夫人？

小乔示意城关：那是荆州吧？

护从：正是。

小乔：为什么拉我到荆州来？

护从：主公有令，今日要把周大都督帅旗升上城关。主公说，这荣誉应该赐于夫人。

小乔立刻跳下王驾，冷声：不！我回家了。

护从大急：夫人，夫人！……在下怎么跟主公交待啊？

小乔冷声：你告诉孙权。我永远不进荆州。天下有多少城关，人间就有多少怨恨！

小乔只身离去。

89. 日外　城关

城关上，孙权愠怒地注视着远去的小乔，叹息：小乔啊，知道公瑾的取荆之策从哪来的吗？你造就了你的周郎，你害死了你的周郎。

不远处，忽然响起冷冷的回答：她知道！女人心头一痛，什么都知道……

孙权一惊，转脸望去，看见含泪的青萍。她仍然不看父亲，只呆呆地望着天边的小乔。

90. 日外　城关与土道

小乔在土道上走着，两边全是各色各样的难民。

一个三四岁的孤女跪在路边，面前有一方破布，破布上写着一个字：售！显然，此孤女正在求售自己。

小乔在孤女面前蹲下，动情望着她。孤女抬起满是尘土的脸，大眼睛望着小乔。

小乔轻声问：你认得这字吗？

孤女摇头。

小乔轻声问：谁写的？

孤女平静地转头望去。旁边，躺着一位死去的爷爷。然后，她又平静地转回头来望小乔。

91. 日外　土道

远处的荆州城关响起隆隆的鼓号，并且高高升起周瑜的大纛。

土道上，小乔牵着那个孤女慢慢远去。她听到身后的鼓号声，根本不回首，继续前行。

鼓号声完全消失了，行走的小乔却忽然停步。因为，这时她心头一痛，知道了！于是她回首张望……

92. 日外　城关

城关一角，伫立着青萍，正在挥手向远方小乔告别。

这时的青萍，完全忘记自己没有手了，动情挥着那只光秃秃的断腕——那就是她的挥手！

93. 日外　山间茅芦

溪水畔，有一座茅芦。

小乔坐在茅芦外，弹着一尊古琴。

七根弦丝颤动，小乔的手拨动着琴弦。忽然，琴盘伸出另一只胆怯的小手，也轻轻拨了一下琴弦。

小乔的大手再拨一下弦，那只小手也再拨一下弦。其音其位其指法，完全相似……

小乔笑了，她怀里伸出那个孤女秀丽的脸。于是，母女俩一大一小两只手，共同弹拨着这尊古琴。

琴音叮咚，那是我们熟悉的钟乐——国殇。

屋檐角，悬挂着一只闪闪发亮的小乳钟。此刻，一股山风吹过，轻轻吹响了它……